브뤼셀의 두 남자

Les deux messieurs de Bruxelles
by Eric-Emmanuel Schmitt

Copyright © Editions Albin Michel-Paris 2012
All rights reserved.

Korean translation copyright © Yolimwon Publishing Co., 2017
This Korean edition is published by arrangement with Editions Albin Michel, France
through Milkwood Agency, Korea.

이 책의 한국어판 저작권은 밀크우드 에이전시를 통해
Editions Albin Michel과 독점 계약한 도서출판 열림원에 있습니다.
저작권법에 의해 한국 내에서 보호를 받는 저작물이므로 무단 전재와 무단 복제를 금합니다.

브뤼셀의 두 남자

에릭 엠마뉴엘 슈미트 소설 | 최정수 옮김

Schmitt

열림원

차례

브뤼셀의 두 남자　007
개―에마뉘엘 레비나스를 기리며　087
콘스탄체 폰 니셴　177
재 속의 심장　211
유령 아이　305

작가 노트　327

브뤼셀의 두 남자

파란 양복을 입은 삼십대 남자가 그녀의 집 층계참에서 초인종을 누르고는 오십오 년 전 4월 13일 오후 생트 귀될 성당에서 에두아르 그르니에와 결혼한, 처녀 적 성이 피아스트르인 주느비에브 그르니에 부인이 맞느냐고 물은 날, 주느비에브는 텔레비전 게임쇼 따위에는 나갈 생각이 없다고 응수하며 현관문을 쾅 닫아버릴 뻔했다. 하지만 평소처럼 상대방에게 상처를 주면 어쩌나 하는 노파심에, 머릿속에 스치는 생각들을 억누르고 짧게 중얼거렸다.
"네."
파란 양복은 그녀의 대답에 몹시도 기뻐하며 자신은 공증인 데뮐레메이스터르라고 소개한 뒤, 그녀가 장 데망스 씨의 유일한 권리 승계자라고 말했다.

"뭐라고요?"

주느비에브는 놀라서 두 눈이 휘둥그레졌다.

공증인은 자신이 무슨 실수라도 했나 싶어서 겁을 먹었다.

"그분이 돌아가신 걸 모르십니까?"

그보다 더 큰 문제는 그녀가 그런 사람이 세상에 존재했다는 것조차 모른다는 사실이었다! 장 데망스…… 이 이름에서 그녀가 떠올리는 기억이 아무것도 없단 말인가? 아, 그녀의 뇌세포도 다리만큼이나 손상되었단 말인가? 그러니까 뇌세포가 아무런 기능도 하지 못한단 말인가? 장 데망스? 장 데망스? 그녀는 혼란스러웠고 죄의식을 느꼈다.

"글쎄요…… 기억이 나지 않네요. 좀더 설명해주세요. 그분의 나이가 어떻게 되죠?"

"부인과 같은 해에 태어나셨습니다."

"또다른 사항은요?"

"데망스 씨는 브뤼셀에 사셨습니다. 르푸트르 가 221번지요."

"내가 알고 지낸 사람들 중 그 구역에 산 사람은 아무도 없는데요."

"그분은 갈르리 드 라 렌에서 오랫동안 보석상을 운영하셨습니다. 상점 이름이 '라투 쾨르'*였죠."

"아, 그렇군요. 그 상점은 기억나요. 무척 근사한 곳이었죠."

"오 년 전에 문을 닫았습니다."

"그런데 그 상점 진열창 앞에서 구경을 한 적은 많지만, 안에 들어가본 적은 한 번도 없어요."

"그게 무슨 말씀이시죠?"

"뭐라고 말씀을 드려야 할지 모르겠네요…… 그래요, 난 그분을 몰라요."

공증인이 머리를 긁적였다.

주느비에브 그르니에는 적절한 말을 찾아내 덧붙였다.

"미안합니다."

그러자 공증인이 고개를 들고 또렷하게 말했다.

"그런 사정은 그대로 간직하십시오, 부인. 저는 부인과 데망스 씨의 관계를 알아보려고 찾아온 것이 아니라, 데망스 씨의 유언을 집행하러 왔으니까요. 그분이 부인을 자신의 유일한 상속자로 지목하셨거든요."

얼떨떨하기도 하고, 공증인이 한 말 속에 내재한 가정들도 그다지 신빙성 있게 느껴지지 않아 주느비에브가 뭐라고 변명

---

* '하트 에이스'라는 뜻. 이하 이 책의 각주는 모두 역자주이다.

을 하려는데, 공증인이 말을 이었다.

"그러니에 부인, 제 질문은 이것입니다. 상속을 수락하시겠습니까, 거부하시겠습니까? 며칠 시간을 드릴 테니 잘 생각해 보십시오. 상속을 수락하시면 그분의 재산뿐 아니라 빚까지도 상속받게 되니까요."

"뭐라고요?"

"법에 의하면, 상속인이 피상속인의 유산 상속을 수락할 경우 재산을 받게 되고, 혹시 피상속인에게 빚이 있다면 채무의 의무도 지게 됩니다."

"빚이 있나요?"

"가끔은 빚만 있을 때도 있죠."

"이번 경우도 그런가요?"

"법률에 의거해 그건 말씀드릴 수가 없습니다, 부인."

"하지만 당신은 알고 있잖아요! 그러니 말해주세요!"

"법이 그렇게 정하고 있습니다, 부인. 저는 법을 따르겠다고 서약했습니다!"

"이봐요, 난 그쪽 어머니뻘은 되잖아요. 그쪽은 늙으신 어머니를 함정에 처넣을 사람은 아니겠죠. 안 그래요?"

"아무튼 그걸 알려드릴 수는 없습니다, 부인. 제 명함을 드리겠습니다. 결심이 서면 제 사무실로 찾아오세요."

남자는 그녀에게 인사한 뒤 구두 뒤축 소리를 내며 멀어져갔다.
주느비에브는 며칠 동안 그 문제를 갖가지 측면에서 고려해 보았다.

친구 시몬에게 전화해 이웃집 여자에게 생긴 일처럼 이야기하며 상의도 했다. 시몬은 주느비에브의 이야기를 듣자마자 탄성을 질렀다.

"상황을 자세히 알아본 다음에 결정해야 돼. 그 남자 직업이 뭐였다고?"

"보석상을 운영했대."

"그것만으로는 알 수 있는 게 아무것도 없지. 부자였을 수도 있지만 파산했는지도 모르잖아."

"오 년 전에 가게 문을 닫았대."

"그럼 파산한 거네!"

"그런데 시몬, 우리 나이면 일이 잘돼도 그만둘 때도 됐잖아."

"그리고 또?"

"르푸트르 가에 살았대."

"자기 집이었대?"

"그런 것 같아."

"그 정도로는 부족해…… 사업이 잘 안 되었다면 아파트를 저당잡혔을 거야."

"만약 그렇다면 그걸 누가 알고 있을까?"

"그 사람이 거래하는 은행에서 알고 있겠지. 하지만 은행에선 절대 고객 정보를 알려주지 않을 거야. 그런데 그 사람 어떻게 죽었대?"

"그건 왜?"

"너도 알겠지만, 만약 그 남자가, 그러니까 네 이웃집 여자의 애인이 병으로 죽었다면 고무적이지. 하지만 혹시 자살한 거라면 문제가 있잖아. 그 남자가 생전에 빚에 시달렸다는 뜻일 수도 있으니까."

"반드시 그런 건 아니지, 시몬. 뭔가 끔찍한 소식을 듣고 자살했을 수도 있잖아. 예를 들면 암이라든가."

"음······"

"아니면 자식들이 비행기 추락사고로 죽었다든가."

"그 남자한테 자식이 있었어?"

"아니. 자식들 이야기는 전혀 없었어."

"음, 아무튼 자살 가능성을 배제해선 안 돼!"

"이웃집 여자가 나한테 자살에 대해 말하진 않았어."

"그런데 혹시 네 이웃집 여자가 그 남자를 죽인 건 아닐까? 그 남자가 자기를 상속자로 지정했다는 사실을 알자마자, 자기 애인을 죽인 거지."

"시몬, 우리는 그 남자가 어떻게 죽었는지 정확히 모르고 있어!"

"바로 그게 그 여자가 영악하다는 걸 입증하는 거지."

"그 남자는 그 여자의 애인이 아니야!"

"오, 주느비에브, 얼간이처럼 굴지 마! 애인도 아닌데 상속자로 지정했겠어? 그럴 리가 없잖아"

'받아들일 것인가 거절할 것인가?' 하는 문제가 이제는 다른 문제, 즉 '그 남자는 누구인가?'와 '상속인과 피상속인은 무슨 관계인가?' 하는 문제로 바뀌었다. 보험회사에서 일하는 사촌으로부터 두번째로 부정적인 의견을 들은 뒤, 주느비에브는 그 남자의 뒷조사를 할 생각을 빠르게 포기했다.

그녀는 아침부터 밤까지 서로 반대되는 욕망으로 주저했다. 받아들일까, 거절할까? 잃느냐 아니면 얻느냐! 잠이 달아나버리긴 했지만, 그녀는 그런 정신적 동요를 만끽했다. 마침내 그녀의 인생에 모험의 향기가 폴폴 나고 있었다. 그녀는 끊임없이 숙고하고 또 숙고했다.

72시간 뒤, 그녀의 마음이 한쪽으로 기울었다.

그녀는 공증인 데밀레메이스터르 씨의 사무실을 찾아갔다. 사실 그런 제안은 거절하는 것이 신중한 처사였다. 하지만 바로 그래서 그 제안을 받아들이기로 했다. 신중하게 행동하기 싫었던 것이다. 그녀는 평생 소심하고 조심스럽게 살아왔고, 자신의 그런 성격이 마음에 들지 않았다. 하지만 이제 나이가 여든 살인 만큼 겁낼 것이 별로 없었다. 설령 빚을 상속받게 되더라도, 그녀는 소시민으로서 살아갈 최소한의 연금만 받고 있으니 그 빚을 갚을 수 없을 것이다. 빚이 수백만에 달한다 해도, 쥐꼬리만한 연금에서 빼앗아가지는 않을 것이다. 그녀는 이 가정을 더 이어가지 않았다. 더 추론해봐야 잃을 것이 아무것도 없는 한 이런 무모한 결정이 그녀로서는 최선의 대처라고 느꼈다.

결과는 대박이었다! 엄청난 재산이 주느비에브에게 굴러들어왔다. 잔액이 가득한 은행 계좌 하나, 브뤼셀 시에 있는 아파트 세 채—그중 두 채는 세를 준 상태였다, 르푸트르 가 22번지에 보관되어 있는 가구·그림·예술작품들, 마지막으로 프랑스 남부에 별장이 한 채 있었다. 예상치 못한 지위 상승을 증명하듯, 공증인이 그녀에게 재산을 관리해주겠다고 제안했다.

그녀가 대답했다.

"생각해볼게요. 그런데 유언장에 편지가 동봉돼 있지는 않았나요?"

"편지는 없었습니다."

"내 앞으로 된 서류 같은 것은요?"

"그런 것도 없었습니다."

"대체 무슨 조화로 그 사람이 나를 상속인으로 지정한 거죠?"

"그분에겐 가족이 없었어요."

"그렇겠지요. 하지만 왜 하필 나예요?"

공증인은 말없이 주느비에브를 응시했다. 그리고 처음으로 의심하기 시작했다. 지금까지 그는 그녀가 데망스 씨의 애인이라고 생각해왔다. 그런데 지금 그녀가 한 말이 사실이라면, 그는 이제껏 보아온 사례들 중 가장 이상한 경우를 마주하고 있는 셈이었다……

주느비에브가 물었다.

"이봐요, 당신은 그 사람과 잘 아는 사이였나요?"

"아닙니다. 제 전임자가 넘겨준 업무에 그분 서류가 포함되어 있었어요."

"그 사람은 어디에 묻혔죠?"

주느비에브를 고객으로 붙잡고 싶다면 협조해야 했다. 공증인은 직원들에게 몇 가지 지시를 내린 뒤 잠시 자리를 비웠다. 그리고 오 분쯤 뒤 네모난 종이 한 장을 손에 들고 다시 나타났다.

"익셀 묘지입니다. 1번 통로 2번 잔디밭, 왼쪽에서 다섯째 무덤이에요."
주느비에브는 그날 곧바로 묘지를 찾아갔다.

날씨가 지저분했다. 구름이 잔뜩 낀 하늘이 토해내는 빈약하고 우중충한 빛줄기가 담벼락의 콘크리트를 어루만지고 사람들의 얼굴을 흐릿하게 만들었다. 행인들은 찌푸린 얼굴이었다. 비가 오지 않았는데도 도로가 젖어 있었다. 비가 온 것이 아니라 곧 올 것 같았다……
버스는 카페 세 곳이 나란히 있는 묘지 입구에 주느비에브를 내려놓았다. 유리창 너머로 보니 테이블을 차지하고 앉은 손님이 아무도 없고, 웨이터들은 침울한 표정으로 하품을 하고 있었다. 그날은 묘지에 시신 매장이 없었다. 주느비에브는 목에 두른 스카프 자락을 여민 뒤 몸을 부르르 떨면서, 그곳 카페 웨이터들이 하는 일을 상상해보았다. 죽음에 관해 사색하고, 미망인에게 허브차를 갖다주고, 고아들에게 레모네이드를 건네고, 망각을 갈망하는 남자들에게 맥주를 따라주는 일 말이다. 확실히 여기서는 냅킨이 입을 닦는 용도보다 눈물을 닦는 용도로 많이 쓰일 것이다……
쇠로 된 웅장한 철문이 열리지 않아, 주느비에브는 왼쪽에 있는 작은 문을 통해 묘지 안으로 들어간 뒤, 녹색 옷을 입은 시 공무원에게 인사하고, 떡갈나무들이 늘어선 둥근 광장으로 다가갔다.

넓은 산책로에 들어서자, 자갈들이 발밑에서 달가닥거렸다. '썩 꺼져, 이 낯선 여자야. 돌아서서 사라지라고.' 그랬다. 그들이 옳았다. 이 유복한 사람들의 도시에서 그녀가 할 일은 아무것도 없었다. 이 도시에는 집 대신 지하 묘소와 유명인들의 무덤이 있었는데, 그 호화로움, 웅대한 조각, 엄숙한 오벨리스크들을 마주하고 보니, 돈 없고 보잘것없는 자신은 이곳에 잠든 사람들과 어울릴 일이 없었다는 사실을 새삼 깨달을 수 있었다.

푸른 삼나무들을 따라 늘어선 가족 묘비들은 두 세기도 전에 만들어진 것이었다. 주느비에브는 어리둥절해졌다. 왜 부자들의 족보만 게시하는지 궁금했다. 가난한 사람들에겐 조상이 없단 말인가?

그녀는 고개를 숙인 채, 자신은 이 묘지에 자리 하나 빌리지 못했을 거라고 중얼거리며 앞으로 나아갔다.

하지만 할 수 있다, 이제는……

이런 계산에 두려움을 느낀 그녀는 몸을 떨며 성호를 그었다. 그 장소 그리고 방황하는 자신의 영혼으로부터 스스로를 보호하기 위해서였다.

"하나, 둘, 셋, 넷…… 다섯. 여기 있네!"

짙은 색의 화강암으로 된 무덤은 무척 반들거려서 위에서 가지를 드리운 나무들의 모습이 비쳐 보일 정도였다. 장 데망스라고 무덤 주인의 이름이 금색으로 새겨져 있고, 이름 오른쪽에는 그의 사진 한 장이 박혀 있었다. 마흔 살 때의 모습으로, 눈과 머리칼이 진한 갈색이었다. 이목구비가 뚜렷하고, 말끔하고, 남자답고, 입술이 도톰했으며, 행복한 얼굴로 미소짓고 있었다.

"잘생긴 남자네……"

그녀는 그 남자를 알지 못했다. 그렇다. 그녀는 그 남자와 친분이 없었다. 확실했다. 하지만 그의 얼굴을 보니 어쩐지 친밀감이 느껴졌다. 어디서 오는 친밀감이지? 아마도 외모 때문인 것 같았다. 지중해 스타일의 그 외모는 그녀가 지금껏 만나 본 수많은 갈색 머리 남자들의 특징이기도 했다. 아니면 부지불식간에 그와 마주친 적이 있는지도 몰랐다. 둘 중 한 경우일 수도, 아니면 둘 다일 수도 있었다. 어디서 마주쳤지? 어쨌든 그녀 쪽에서 그에게 말을 건넨 적은 한 번도 없었다. 그것만은 확실했다.

그녀는 남자의 사진을 골똘히 응시했다. 왜 그는 그녀를 선택했을까? 무슨 동기로 그런 큰 아량을 베푼 걸까?

혹시 그녀에게 숨겨진 형제가, 쌍둥이 형제가 있었던 걸까? 말도 안 되는 얘기다! 그랬다면 부모님이 그녀에게 말해주었을 것이다! 그리고 그런 경우라면, 그쪽에서 누이인 그녀를 찾아왔어야 한다. 안 그런가?

뒤이어 지금까지 한 번도 생각해보지 않은 의문이 불쑥 솟구쳤다. 장 데망스라는 이 남자는 왜 생전에 그녀 앞에 나타나지 않았을까? 왜 죽은 뒤에야 자기의 존재를 드러냈을까?

수수께끼가 진회색 돌 위에서 계속 미소짓고 있었다.

주느비에브는 난처하고 당황스러웠다. 은인이 사진 뒤에서 자신을 물끄러미 바라보고 있는 느낌이 들었다. 그녀는 입을 열어 더듬더듬 말했다.

"음…… 고마워요. 당신의 선물 말이에요…… 예기치 않았고 엄청나기도 한 선물이에요. 그런데 이런 경우엔 나한테 설명을 해줬어야죠. 안 그래요?"

남자의 사진이 환하게 밝아졌고, 그녀는 거기서 하나의 맹세를 보았다.

"좋아요. 당신을…… 당신을 믿어요."

그녀는 불현듯 웃음을 터뜨렸다. 짜증이 났다. 어떻게 석판과 소리내어 대화할 정도로 어리석을 수가 있단 말인가?

그녀는 고개를 돌렸고, 옆의 4번 묘지에서 장 데망스의 무덤과 비슷한 무덤을 발견했다. 비슷하다고? 정말로 비슷했다! 이름과 사진 외에도 모든 것이 흡사했다. 돌의 크기부터 벽면에 꺾쇠로 묶어놓은 자그마한 황동 십자가, 그리고 빛깔까지, 옆의 묘소를 그대로 본뜬 듯한 모습이었다. 똑같은 금색 글씨에 서체가 같았으며, 디자인도 유사했다.

"로랑 델팽? 이런, 이 사람은 오 년 먼저 죽었네."

그 유사성으로 미루어볼 때 두 무덤 사이에, 아니, 두 남자 사이에 어떤 관련이 있는 것 같았다. 주느비에브는 사진을 살펴보았다. 사진 속 우아한 금발의 삼십대 남자를 응시했다. 장 데망스만큼이나 매력적인 남자라는 생각이 들었다. 그녀는 사진에서 눈길을 거두었다.

"이러다가 정신이 이상해지겠어."

주느비에브는 장 데망스의 묘소로 고개를 돌려 인상을 찌푸렸던 일에 대해 용서를 구하고, 혼란스러운 기분으로 절을 했다. 그리고 두 묘소의 차이점에 주목했다. 장 데망스의 묘소에는 화병도 화분도 없었다. 자기 묘소에 찾아와 꽃을 장식해줄 사람이 아무도 없다는 걸 예상했던 걸까? 그녀는 조만간 다시 찾아와 꽃다발을 놓아주기로 다짐한 뒤 발길을 돌렸다.

산책로를 떠나면서 그녀는 한숨을 내쉬었다. "아무튼 참 멋

있는 남자네."

아침에는 이런 큰 선물을 받다니 자신은 운 좋은 사람이라고 생각했다면, 몇 분 전부터는 피상속인이 너무도 매력적인 사람이었음을 알게 되어 기분이 좋았다.

그래서 그녀에게는 그의 불가사의한 의도가 시시각각 더욱 수긍하기 힘든 것이 되었다.

"왜? 왜 그 사람이고 왜 나지?"

*

오십오 년 전, 생트 귀될 성당의 종들이 요란하게 울렸다.

제단 앞에서는 하얀 망사 드레스를 입은 백합처럼 호리호리하고 생기 넘치고 매혹적인 주느비에브 피아스트르가 평소엔 에디라고 불리는 건장한 젊은이 에두아르 그르니에와 결혼식을 올리고 있었다. 정비공 작업복을 전당포에 잡히고 정장을 빌려 입은 탓에 에디의 얼굴이 붉었다. 그러나 그들은 감동에 벅차고, 열정이 넘치고, 행복을 열망하느라 환하게 빛이 났다. 큰아버지 덕분에 그들이 사는 동네에 있는 우중충한 교회가 아니라, 왕실의 의식이 거행되는 이 위엄 있는 성당에서 결혼식을 올릴 수 있었다. 사제가 값비싼 과자 두 개처럼 그들을 소중히 품어주었지만, 두 사람의 등뒤에서는 가족과 친구들이 밤새도록 술잔치를 벌일 생각에 흥분해 있었다. 신부 주느비에브는 인생의 가장 아름다운 시절에 막 접어든 참이었다……
 방금 전 아버지의 팔을 끼고 가슴을 두근거리며 들어온 입구 가까운 곳, 친지들이 메운 신자석 너머 넓은 예배당 깊숙한 곳에서 무슨 일이 일어나고 있는지 살펴볼 생각은 떠오르지 않았을 것이다.
 끝에서 두번째 기둥 뒤 희미한 빛 속, 황금빛 톱을 휘두르는 사도 시몬의 조각상 뒤에 두 남자가 몸을 숨긴 채 무릎을 꿇고 명상에 잠겨 있었다. 그들의 몸가짐은 제단 앞 빛나는 자리를 차지한 신랑 신부에 비견할 만했다.
 사제가 에디 그르니에에게 주느비에브와 결혼하겠느냐고 묻자, 두 남자 중 한 명인 갈색 머리 남자가 단호한 목소리로 "예"라고 대답했다. 곧이어 사제가 주느비에브에게 똑같이 질문하자, 금발 머리 남자가 얼굴을 붉히며 고개를 끄덕였다. 그들은 결혼 의식이 거행되는 곳에서 수십 미터나 떨어져 있었지만, 신의 사자가 스테인드글라스의 노란빛 아래에서 그들에게 직접 말을 건네는 것처럼 행동했다.
 이윽고 사제가 "이로써 성스러운 혼인이 이루어졌음을 선포합니다"라고 말했고, 그리스도 앞에서 공식 부부가 된 신랑 신부가 입맞춤을 하는 동안, 비공식 부부도 구석자리에서 똑같이 입맞춤을 했다. 에디와 주느비에브가 파이프오르간이 퍼뜨리는 성가 소리에 맞춰 결혼 의식을 행하는 동안 갈색 머리 남자도 호주머니에서 보석 상자를 꺼냈고, 그 안에서 반지 두 개를 집어들어 서로의 손가락에 조심스레 끼었다.

그들을 눈여겨본 사람은 아무도 없었다.

결혼 의식이 끝난 뒤에도 아무도 그들에게 주의를 기울이지 않았다. 그들은 감동에 겨워 무릎을 꿇은 채 계속 기도를 올렸고, 그러는 동안 하객들은 줄지어 놓인 신자석을 지나 성당 밖으로 나갔다.

성당 앞 광장에서 축하의 말들이 오가는 동안, 두 남자는 성당 안 희미하고 자비로운 빛 속에서 생각에 잠겼다. 밖에서 들려오던 환호성과 자동차 경적 소리가 잦아들자, 두 남자는 밖으로 나가기로 했다. 그 순간을 영원히 남겨줄 사진사 없이, 그들의 행복한 순간에 동참해 쌀을 뿌려주고 박수를 보내줄 친지도 없이, 성 미카엘이 눈부신 햇빛을 받으며 용을 쓰러뜨리고 있는 시청의 고딕식 탑만을 증인으로 삼아 텅 빈 계단 꼭대기로 나왔다.

두 사람은 르푸트르 가 22번지, 갈색 머리 남자의 집으로 서둘러 달려가 겉창을 닫았다. 그들은 주느비에브와 에디보다 더 자유로웠고, 침대에서 열정을 표출하기 위해 밤까지 목 빠지게 기다릴 필요가 없었다.

놀랍게도 장과 로랑은 사랑하는 사이였다.
장은 성인이 되고 얼마 안 돼서부터 은밀한 만남들을 많이 가졌다. 관능적인 향락을 즐겼고, 사랑 없는 연애도 많이 했다. 욕정에 떠밀린 이 사냥꾼은 술집과 사우나를 어슬렁거리고, 마음속 방에 많은 사람을 들이고, 나이트클럽들을 배회하며 많은 시간을 보냈다. 자신이 싫어하는 담배연기가 자욱하고, 자신이 혐오하는 음악이 쾅쾅대는 나이트클럽에서 먹잇감을 찾아내 집으로 데려갔다.
로랑을 만나기 전 장은 자신이 얽매이지 않고 방탕하게 사는 것을 좋아한다고 생각했다. 그런데 로랑과의 첫 섹스 이후, 그런 삶이 생각했던 만큼 명예롭지도 대단하지도 않다는 것을 깨달았다. 그런 삶을 통해 쾌락, 오르가슴, 자아도취적 황홀감을 맛보았지만 한편으로는 냉소주의에 이끌리기도 했다. 애정 결핍의 돈 후안이 끊임없이 새로운 여자를 만나 연애를 해야 하는 형벌을 받았다면, 장은 타인의 육체로부터 얻은 만족감 때문에 그들을 경시하게 되었다. 성적 충동을 만족시킬수록, 남자들과 어울리는 일이 시들해졌다. 지나치게 섹스를 많이 한 나머지 그들을 존중하지 않게 되었던 것이다.

　로랑은 그런 그에게 삶에 대한 의욕을, 흥미를, 경의를 회복시켜주었다. 파르크 왕립극단에서 조명기사로 일하는 그 금발 머리 청년은 잠자리에서와 똑같이 즐거움 넘치는 모습으로 대화하고, 장을 보고, 식사 준비를 했다. 로랑은 모든 일에 열광했다. 생각지도 못했던 로랑의 출현은 장에게는 그야말로 혁명의 시작이었다. 관능만을 알던 장이 마침내 사랑을 발견한 것이다. 장은 기운이 넘쳐나는 사람이었고, 사랑에 빠지자 저돌적이 되었다. 사랑의 말을 속삭이고, 선물 공세를 하고, 키스를 퍼부었으며, 채워지지 않는 욕망에 몸을 떨면서 로랑에게 덤벼들었다.

　그리고, 자기들 두 사람의 관계를 인정받길 원하게 되었다. 그러나 사회가 두 남성의 합법적 결합을 허용하지 않았으므로, 장은 책략을 하나 생각해냈다. 장도 로랑도 성소수자로 사는 것에 압박감을 느끼지 않고 삶을 즐겼다. 두 사람 다 자신이 희귀한 성향을 가졌음을 알고, 그런 소외된 상황에서 희미한 자부심을 느꼈다. 그런 상황에 전율을 느끼는 동시에 오만한 태도마저 지니게 되었다. 그들은 눈에 보이는 세상과 보이지 않는 세상 모두에서 살았고, 평범한 사회와 은밀하게 감춰진 사회를 동시에 드나들었다. 대다수의 사람들에게 허락되는 것이 그들에게는 허락되지 않았지만, 그들에게 그것은 중요하지 않았다. 정말로 열망한다면, 책략을 통해 얻어내면 그만이었다……

이런 연유로 그들이 그해 4월 13일 오후 생트 귀될 성당에서, 에디와 주느비에브 뒤에서 몰래 결혼식을 올리게 된 것이다.

운명은 그 두 쌍의 부부가 함께 결혼 예식을 치르도록 이끌었다. 하지만 로랑이 낭만적인 기분에 젖어 그 결혼 예식을 공표한 게시문을 시청 게시판에서 떼어오지 않았다면 그들의 인연은 거기서 그쳤을 것이다. 며칠 뒤 로랑은 그 게시문을 두 사람의 앨범 속에 붙여놓았고, 자신들의 결혼 서류, 즉 장 데망스와 로랑 델팽의 결합을 승인하는 서류도 만들어서 넣었다. 물론 가짜 서류였지만 그들에게는 진짜처럼 여겨졌다.

추억 노트에 보관해둔 결혼 게시문 덕분에, 그르니에라는 성은 그들에게 친숙해졌다. 그래서 〈르 수아르〉 신문에 에디와 주느비에브의 첫아들 조니 그르니에가 태어났음을 알리는 광고가 실렸을 때, 그들은 한동안 그 광고에서 눈을 떼지 못하고 멍해지기도 했다. 그날 아침 그들은 동성애가 무엇인지 처음으로 뼈저리게 깨달았다. 자신들의 사랑이 아무리 커도 결코 열매를 맺을 수 없다는 사실을 확인하고 고통을 느꼈다.

그들은 아기의 세례식에 참석했다.

생트 귀될 성당에서 결혼식을 올리도록 손써준 큰아버지가, 이번에는 에디와 주느비에브의 첫아기가 그들이 다니는 교회 본당보다 멋진 노트르담 이마퀼레 성당에서 세례를 받게 해주었다. 하모늄*이 파이프오르간을 대신해 숨가쁘게 음악을 연주했고, 그러는 동안 사제가 네온관처럼 생긴 낡은 회색 확성기를 통해 강론을 조금씩 뱉어냈다. 주느비에브—엄마가 된 그녀는 모든 것이 행복하기만 했다, 장, 로랑은 아기의 탄생에 경탄을 금치 못했다. 오직 에디만 불만이 가득했다. 오래되어 반질반질해진 신자석과 간결한 스테인드글라스가 있고, 왁스를 입힌 거무튀튀한 나무 조각상들이 수많은 플라스틱 조화造花에 빽빽이 둘러싸여 있는 노르스름한 색조의 예배당 한가운데에서, 그 정비사는 현실로 돌아왔다. 스물여섯 살의 그는 결혼생활이 성가시고 버거웠다. 주느비에브는 쾌활했고, 여전히 사랑이 넘쳤고, 열정적이었지만 에디는 결혼생활에서 양심의 가책을 느꼈다. 선술집에서 친구들을 만나 진탕 퍼마시고, 허풍을 떨고, 느물거리며 아가씨들의 환심을 사고, 주느비에브가 정성 들여 만들어준 음식은 외면하고 봉지에 담긴 감자튀김이나 감초사탕 같은 형편없는 음식을 실컷 먹고, 라

---

* 정식 오르간 대용으로 쓰도록 만든 리드 오르간의 일종. 두 발로 페달을 조작해 거기서 일어난 바람을 이용해 소리를 낸다.

디오를 크게 틀어놓은 채 침대에 큰대자로 드러누워 게으름을 부리고 팬티 바람으로 빈둥거리는 것에 대해, 간단히 말해 결혼 전과 똑같이 행동하는 것에 대해 죄의식을 느꼈다. 그는 조심스럽게 행동하지 못했다. 몸가짐을 바르게 하고 행동을 개선하고 분별력을 갖추어, 책임감 있고 성실한 사람이 되지 못했다. 그런 것을 견디지 못했다. 그가 볼 때 그것은 인간의 본성에 어긋나는 행동이었다. 욕망이 생길 때마다 아내를 안기 위해 그런 것을 견뎌내야 한단 말인가? 그런 계산은 터무니없어 보였다…… 게다가 얼굴이 상기된 그 풋내기 젊은이가 보기에, 배내옷 속에서 울부짖는 조니는 상황이 좋아지지 않을 거라 예고하고 있었다.

세례식이 진행되는 동안 애써 기쁜 척하긴 했지만, 에디의 우울한 기색은 예배당 깊숙한 곳에 숨어 있는 두 남자의 눈을 벗어나지 못했다. 장과 로랑은 충격을 받았다. 세상에, 저 얼간이 같은 녀석은 가정을 이루는 것이 얼마나 행운인지 모르고 있다. 아둔한 녀석! 두 남자는 아기를 보며 기뻐하는 주느비에브에게 연민을 느꼈다.

다음 날, 장과 로랑은 시청 복지과에서 부모가 된 것을 축하하는 뜻에서 보낸다는 짧은 메모와 함께 주느비에브 부부에게 유모차 한 대를 보내주었다.

두 부부는 계속 살아갔다. 각자의 리듬에 따라, 각자의 진실을 향해 나아갔다.

장과 로랑의 행복은 줄어들지 않았다. 극단에서 제안한 다양한 예술 프로젝트들을 로랑과 함께 시도해본 뒤, 장은 자신에게는 그쪽에 재능이 전혀 없다고 결론내렸다. 그쪽 일을 미련 없이 그만두고, 아버지의 돈으로 가게를 하나 마련해 보석을 팔기 시작했다. 그는 안목이 있었고 여자 손님들의 마음을 끄는 법도 알았기 때문에, 가게는 빠르게 번창했다. 보석상 '라 투 쾨르'는 브뤼셀의 멋쟁이 여자들에게 없어서는 안 될 곳이 되었고, 그는 여자들에게 훌륭한 조언자가 되었다.

장과 로랑은 다정하게 성숙해갔다. 함께 산다는 사실을 숨기지는 않았지만, 공공연히 드러내지도 않았다. 당당하지 않았지만 부끄러워하지도 않았다. 이해하려는 사람은 이해한다가 그들의 입장을 단적으로 요약해주는 말이었다. 한편 사회는 무정부주의적 이상理想의 영향 아래 더 관대해졌다. 사회운동가들의 투쟁 덕분에 권력을 가진 정치가들이 스스로 결정한 성적 지향을 주장하는 사람들에 대한 차별을 금지했다. 장과 로랑은 그 조치에 기뻐했고, 그때껏 지켜온 태도를 바꾸지 않았다. 남들 눈에 띄지 않도록 세상에서 한 발짝 물러나 사는 것이 자신들의 행복에 도움이 된다고 여기는 태도 말이다. 그들은 음지에, 성당의 기둥 뒤에 숨어서 결혼한 비합법적인 부부로 남았다.

무척이나 조심스러운 그런 태도에 자극받은 덕분에 그들의 관능적 열정이 수그러들지 않았으리라.

에디와 주느비에브는 그들과 다른 길을 걸었다. 조니가 울고, 짹짹거리고, 병을 앓는 것이 에디에게는 가정에서 멀어질 구실이 되었다. 그는 정비소에서 퇴근하면 친구들과 술을 마시거나 카드놀이를 하며 시간을 보냈고, 잘 시간이 되어야 집으로 돌아왔다. 주느비에브는 에디의 그런 무관심에 불평하는 대신 자기 자신을 나무랐다. 에디가 빗나가는 것은 자신이 피곤해서 스스로를 돌보지 않기 때문이고, 아기에게 젖을 먹이기 때문이고, 기저귀, 빨래, 아기에게 시럽 몇 스푼 먹이는 일 등 그녀가 하는 이야기들이 시답잖기 때문이라고 생각했다.

그리고 딸아이가 태어났다.

에디는 딸아이를 미니라고 부르자고 했다. 미키의 여자친구 그 미니 말이다. 딸아이를 들어올려 품에 안자마자 에디는 자기 아이디어에 흥분해 쥐 이름을 속삭이며 재미있어했고, 다음 순간 숨이 막힐 정도로 웃어댔다. 주느비에브는 그 모습을 보고 아연실색했지만, 자신이 그 별명에 반대하면 아이들을 향한 에디의 불안정한 사랑이 미움으로 바뀔까 두렵기도 하고,

별명 때문에라도 미니가 아버지에게 사랑받길 바라는 마음도 있어서 받아들였다.

장과 로랑은 외국 여행을 하느라 에디와 주느비에브에게 둘째 아기가 태어났다는 것을 알지 못했다. 첫아이 때처럼 시청에서 선물을 보내주지 않아 실망했지만, 주느비에브는 갖고 있던 유모차를 한껏 장식해 사용하면서 스스로를 위로했다.

십 년이 흘렀다.

장과 로랑은 가끔 에디와 주느비에브를 생각했지만, 또렷하지 않게, 나른한 향수를 느끼는 정도였을 뿐이다. 에디와 주느비에브는 그들의 청춘에 속한 사람들이었고, 그들의 청춘은 천천히 달아나고 있었다. 그들은 자기들의 행복한 추억이 담긴 금빛 액자 속에 갇혀 있는 그 부부의 소식을 더 들으려고 애쓰지 않았다.

그러나 언제나 그렇듯 운명은 그들을 거칠게 다루었다.

장이 '라투 쾨르'에 안젤라라는 이탈리아 여자를 고용했다. 몸집이 크고, 건장하고, 말이 많지만 정직한 부인으로, 마롤의 서민 구역에 살았다. 그녀는 손에 먼지떨이를 들고 일하면서 매일같이 독백처럼 이런저런 이야기를 늘어놓았는데, 그러다가 자기 이웃집인 그르니에 집안les Grenier에 대해 언급했다. G를 발음한 뒤 r 발음을 할 때 그녀가 혀 차는 소리를 네 번이나 하는 바람에 장은 꽤나 소스라쳤다.

장은 그녀가 해주는 이야기에 흥미를 보였고, 솜씨 좋게 질문도 했다.

그렇게 해서 가슴 아픈 소식을 알게 되었다.

에디 그르니에가 정비소에서 해고당하는 바람에 – 정비소 사장이 에디의 게으름과 잦은 지각에 질려버린 것이다, 주느비에브가 일자리를 찾아야 했다. 다행히 그녀는 손재주가 있어서 집에서 삯바느질을 하게 되었고, 덕분에 일하면서 아이들을 돌볼 수 있었다. 그런데 에디는 전혀 고마워하지 않고 끊임없이 화를 내며, 틈만 나면 그녀에게서 지폐 몇 장을 빼앗아 길거리로 달려나간다는 것이었다.

그날 저녁, 장은 물건을 배달하러 간다며 안젤라에게 집까지 차로 바래다주겠다고 했다.

오트 로路에 도착했을 때, 반소매 폴로셔츠 차림의 남자 하나가 상체를 한껏 내민 채 빨간 머리 아가씨와 팔짱을 끼고 그녀의 엉덩이를 어루만지며 보도에서 허세 부리는 모습이 보였다.

"케 미제리아Che miseria, 세상에나!" 안젤라가 외쳤다. "에코 일 미오 비치노Ecco il mio vicino, 그 이웃집 남자예요."

장은 그 허풍 떠는 남자를 자신의 머릿속에 새겨져 있는 얼굴, 성당 제단 앞에 선 채 어색하면서도 감격스러워하던 신랑의 날렵한 얼굴과 연결짓기가 힘들었다. 그동안 몸이 불었고, 얼굴도 넙데데해져 있었다. 몸을 움직일 때도 더 거드름을 피웠다. 몸짓, 찌푸린 얼굴, 꼴불견인 행동에 상스러움이 뚝뚝 묻어났다. 불어난 체중으로 그의 진정한 본성이 표현되는 것 같았다. 그 본성은 그의 청춘 속에 여전히 잠들어 있었다. 그의 몸무게는 되는대로 사는 태만을, 과장된 정신을 구현하고 있었다.

장은 눈을 감았다.

"왜 그러세요, 데망스 씨?"

"아닙니다. 그냥 저 남자의 아내가 불쌍해서요."

"아내를 속이고 바람을 피우는 거예요. 센차 베르고냐Senza vergogna, 뻔뻔하게. 불쌍한 여자 같으니."

르나르 로의 자그마한 건물 앞에 안젤라를 내려주면서, 장은 그 구역 사람들이 에디를 나무라고 주느비에브를 칭찬한다는 것을 알게 되었다. 그녀의 의연한 체념이 슬픔의 격을 높여주었고, 그래서 수선해달라고 옷을 맡기는 고객들이 그녀에게 연민을 느낀다는 것도.

밤에 르푸트르 가의 집 주방에서 장은 로랑에게 그 이야기를 해주었다. 로랑이 눈살을 찌푸렸다.

"숨기지도 않고 보란 듯이 여자를 데리고 다닌다고요?" 로랑이 투덜거렸다. "더러운 녀석 같으니! 조심도 하지 않고 말이에요. 안 그래요?"

"그렇지."

두 연인은 서로의 눈을 깊숙이 들여다보았고, 서로의 뜻을 이해했다. 그런 다음 각자 할 일을 했다. 채소를 다듬고, 식탁을 차렸다. 그런 교류를 통해 서로의 약속을 확인한 것이다.

장과 로랑은 환상을 갖고 있지 않았다. 두 사람은 남자가 유혹에 약하다는 것을 잘 알았다. 여자들은 동의하지 않을 때가 많지만, 충동에 굴복하는 것이 대수롭지 않은 일이라는 것도 알고 있었다. 수컷은 일단 잠자리를 하고 나면 배우자를 덜 좋아하게 된다. 몸과 마음의 긴장이 풀려버리는 것이다. 그리고 섹스를 한다고 해서 반드시 감정이 개입되는 것도 아니다.

장과 로랑이 했던 약속은 이제 옛일이 되었다. 그러나 그들은 육체적으로는 부정을 저지를지언정 변함없는 애정을 유지하고 있었다. 금기가 있다면, 부정한 행위를 보란 듯이 드러내거나 정말로 사랑에 빠지는 일이었다. 상대방이 눈치채지 못하고 길게 가지 않는 한, 가볍게 스쳐가는 만남들은 용인했다. 그 덕분에 장과 로랑은 서로에게 상처를 주지 않고 사랑할 수 있었다.

바로 이런 맥락에서 그들은 에디의 상스러운 행동을 비난하고 아내를 모욕하는 그를 경멸한 것이다. 바람을 피우는 행위는 공공연히 드러나서도, 상대방에게 고통을 주어서도 안 되니까.

이후 몇 달 동안, 장과 로랑은 관계가 나빠져서 마음을 언짢게 하는 그들의 쌍둥이 부부에 대해 많이 생각했다. 그들에게 개입해 부부관계의 파국을 늦춰주고 싶었다. 하지만 두 사람이 무엇을 할 수 있겠는가? 그리고 무슨 권리로?

대화를 나눌 때면 자신들과 그 부부의 차이를 가늠해보았다. 아이가 없는 것이 아쉽긴 했지만, 그들은 아이 때문에 함께 사는 게 아니었다. 그리고 동성 부부였지만, 동성인 덕분에 이성보다 서로를 잘 이해할 수 있었고, 그런 이례성이 역설적이게도 그들의 삶을 수월하게 만들어주었다. 이쯤 되면 소외된 삶을 사는 데도 이점이 있지 않은가?

크리스마스 날 아침, 안젤라가 수다를 떨던 중 자신의 이웃 그르니에 부인이 얼마 전에 아이를 출산했다고 알려주었다.

"콸레 크레티노Quale cretino, 바보 같으니, 치마만 둘렀으면 아무 여자한테나 올라타는 것만으로는 부족했나봐요. 조강지처와도 또 그 짓을 했으니 말이에요! 포베라Povera, 불쌍한 주느비에브!

이제 그녀가 먹여 살릴 입이 네 개가 되었네요. 운 마리토 인카파체Un marito incapace, 무능한 남편 그리고 아이 세 명까지요!"
장은 집에 돌아와 로랑에게 그 소식을 알렸다.
그들은 성당 뒤쪽에 숨어 아기의 세례식을 지켜보았다. 그렇게 십오 년 만에 결혼식 하객들을 다시 만났다. 어떤 사람들은 알아볼 수 있었고 ― 나이가 들어 주름이 생기고 쇠약해져 있었다, 어떤 사람들은 알아볼 수가 없었다. 아기들은 사춘기 청소년 또는 성숙한 어른 같은 청년이 되어 있었다. 그러나 두 사람의 호기심은 다른 누구보다 에디와 주느비에브에게로 향했다.
주느비에브는 변한 데가 별로 없었다. 몸이 호리호리하고, 이목구비가 단정했다. 젊은 시절의 광채만 잃었을 뿐이었다. 꿈이 날아가버린 탓이리라…… 긴장한 채로 갓난아기를 안고 있는 모습이 그녀의 불편한 속내를 말해주었다. 그녀는 그 자리에 모인 사람들에게 '보다시피 나는 아직 이 남자의 아내예요! 에디는 여전히 나를 사랑해요!'라고 말없이 부르짖기 위해 마지막 희망인 아기에게 매달리고 있었다. 그 불행한 여자는 자기 인생이 재앙과 다름없다는 사실을 받아들이지 못했다.
에디는 거만한 자세로 으스댔다. 마치 암탉 여러 마리를 만족시켰음을 과시하는 수탉 같았다. 단 일 초도 주느비에브에게 눈길을 주지 않았고, 단 일 초도 아기의 오빠 조니와 언니 미니에게 신경을 쓰지 않았다. 그랬다. 그는 그곳에서도 예쁜 여자들을 유혹하려 했다. 아기 클로디아를 품에 안은 것도 오로지 여자들에게 부드러운 수컷의 이미지를 보여주려는 목적에서였다. 여자들은 그런 모습에 감동하니 말이다.

장과 로랑은 그 광경을 지켜보며 무척 놀랐다. 그들 부부가 지옥을 향해 추락하고 있음을 알 수 있었다. 이제 남은 의문은 하나뿐이었다. '그들이 언제 바닥을 찍을까?'

장과 로랑은 집에 돌아와 마음의 안정을 갈망하며 색다른 방식으로 사랑을 나누었다. 서로 얽힌 팔다리가 세상의 폭력으로부터 그들을 보호해주는 피난처인 것처럼.

이 년이 흘렀다.

장은 가게에서 안젤라가 수다 떠는 소리를 들으며 그르니에 집안에서 일어나는 시시콜콜한 일들을 조금씩 알 수 있었다. 그들 부부는 갈라서지 않고 계속해서 파국을 향해 치닫고 있었다.

그러던 어느 날, 마흔이 넘은 주느비에브가 또 임신을 했다고 안젤라가 알려주었다.

"논 카피스코 니엔데Non capisco niente, 정말 이해가 안 돼요! 그런

야만인하고 살면 피임을 해야지. 안 그래요, 데망스 씨?"

"아, 글쎄요……"

"죄송해요! 제가 사장님이 모르시는 세상 이야기를 했네요. 사장님은 신사죠. 논 파레테 소프리레 마이 우나 시뇨라non farete soffrire mai una signora, 이제껏 여자에게 고통을 주신 적이 없잖아요."

장은 남자답고 다정해서 여자들에게 인기가 있었다. 여자에게 관심이 없을 거라고 의심받는 일은 거의 없었다. 그래서 안젤라도 몇몇 고상한 손님들과 마찬가지로 자신의 고용주에게 남몰래 연정을 품고 있었다. 장의 친구 로랑도 처음에 보고는 장과 비슷한 유형의 남자겠거니 생각했다. 선량한 이탈리아 여자로서 남자들 사이의 우정에 익숙했기 때문에 아무 의심도 하지 않았다.

"가장 끔찍한 건 말이죠, 데망스 씨. 주느비에브가 그 아이를 가진 걸 흡족해하는 것 같다는 거예요! 그래요, 마치 사륜마차 창가에 앉은 여왕처럼, 부풀어오른 배를 보란 듯이 에시 비스체Esibisce, 전시하고 다닌다니까요. 아 콰란타니A quarant'anni, 나이 마흔에 말이에요!"

이번에는 〈르 수아르〉에 광고가 실리지 않았다. 예전에 위엄 있는 생트 귀될 성당에서 결혼식을 올리게 해주었던 부르주아 큰아버지가 아이들 출생을 알리는 광고 비용도 내주었는데,

얼마 전에 돌아가신 것이다.

그럼에도 불구하고, 장과 로랑은 안젤라가 알려준 정보 덕분에 다비드의 세례식에 참석할 수 있었다.

골동품 상점들이 늘어선 시장이 끝나는 곳에 있는 죄드발 광장은 쓰레기장이나 다름없었다. 행인들의 발에 밟힌 신문지, 갈라져 터진 안락의자에서 삐져나온 솜뭉치, 부서진 대들보, 납작해진 종이상자, 찌그러진 냄비 들이 축축한 보도 위에 널려 있었다. 늦게 도착한 상인들이 낙서로 뒤덮인 트럭에 물건들을 채우는 동안, 흑인 여자 두 명이 흥미가 당기는 쓰레기 물건들을 비닐봉지 안에 허겁지겁 챙겼고, 작업복 차림에 어부용 장화를 신은 노인 한 명도 남은 물건들 중 마음에 드는 것을 되는대로 수거했다.

붉은 벽돌로 지은 성당 앞에서, 장과 로랑은 자기들이 여기서 뭘 하고 있는 건지 자문했다. 부러움을 넘어선 타성이 그들을 이곳으로 이끌었지만 이 놀이는 더이상 즐겁지 않았다. 지난 몇 년 동안 에디를 비난해왔지만, 이제는 비난의 화살이 주느비에브 쪽으로 향했다. 그녀는 왜 반응을 보이지 않는가? 왜 그 비열한 녀석을 쫓아내지 않고, 여전히 헌신하고 있단 말인가? 마음이 병적으로 약해서인가, 아니면 아직도 그 녀석을 사랑하고 있는 것인가. 어떤 경우든 병리학적으로 문제가 있었다. 무력함과 피학 성향 중 무엇인지 도무지 알 수가 없었으므로, 그들은 주느비에브 부부의 참기 어려운 관계에 관심을 끊고 싶었다. 그 부부가 그들과 무슨 상관이 있단 말인가? 아무 상관도 없었다. 성당 입구에서 이번을 마지막으로 그 부부에게 더이상 관심을 갖지 말자고 약속했다. 반드시 그렇게 하기로!

그들은 노트르담 이마퀼레 성당 안으로 들어갔다. 스페인어권 이민자들이 많이 모이기 때문에 스페인 교회라는 별명으로 불리는 교회였다. 성소聖所라기보다는, 벽이 노랗고 천장에 전등들이 매달려 있는 구내식당 같은 어수선한 분위기의 건물이었다. 그들은 조화 다발들을 성큼성큼 뛰어넘은 뒤 평소 앉던 곳에 자리잡고 앉아, 짙은 색 나무 제단 주위에서 일어나는 부산스러운 움직임을 지켜보았다.

주느비에브는 변해 있었다. 열 살은 더 젊어 보였고 키도 이십 센티미터는 더 커진 것 같았다. 옷차림이 소박한데도 상냥하고 우아해 보였다. 그녀는 아기를 가슴에 꼭 안은 채 기쁜 마음을 숨기지 않았다. 조금 떨어진 곳에서 에디가 수염도 제대로 깎지 않은 침울한 얼굴에 마지못해 끌려나온 개 같은 행색으로 그녀를 에스코트하고 있었다. 그는 냉담한 표정으로 초대받은 손님들을 응시했다. 예전과 달리 으스대지 않았다.

뒤에서 문이 삐걱거리고, 그들과 비슷한 그림자 하나가 예배당 오른쪽을 향해 미끄러져들어왔을 때, 장과 로랑은 무슨 일이 벌어진 것인지 짐작했다.

이베리아 출신으로 보이는 그 갈색 머리 남자는 사람들 눈에 띌까 염려하며 조용히 앉아 있었다.

예식이 시작되었다.

주느비에브는 입가에 희미한 미소를 띤 채 이따금 예배당 구석으로, 오른쪽 그리고 왼쪽으로 눈길을 던졌다. 세례식에 참석한 사람들 중 자신이 보지 못한 사람이 있는지 파악하려는 것 같았다. 한순간 그녀가 아기 다비드를 두 손으로 높이 안아 올렸다.

스페인 남자는 박자에 맞춰 무릎을 꿇기도 하고, 몸을 일으키기도 하고, 기도문을 읊조리기도 했다. 성가를 흥얼거리기도 하고, 때에 맞춰 아멘 하고 말하기도 하면서 예식의 매 과정에 성실히 참여했다.

장과 로랑이 눈짓을 주고받았다. 그 남자는 생트 귀될 성당에서 열린 결혼식 때 그들이 했던 것처럼 행동하고 있었다. 이 예식을 자신의 예식으로 여기고 있음이 분명했다.

"저 남자가 아기 아버지인가봐요." 로랑이 속삭였다.

"나쁘지 않아 보이는걸."

브뤼셀의 두 남자 43

"그러네요." 로랑이 동의했다. "당신을 닮았어요."
그 말이 내심 기분 좋았지만 장은 대꾸하지 않았다.
"게다가," 로랑이 덧붙였다. "내 눈이 틀리지 않다면, 저기 있는 아기도 머리 색깔이 갈색이에요."
"음...... 어쨌든 주느비에브에게 애인이 생긴 걸 알게 돼서 기분이 좋군. 주느비에브에게 한결 호감이 생겨."
"나도 그래요." 로랑이 대꾸했다. "그녀의 취향이 나와 같다는 점에서 특히 더요."
장은 감격스러워서 숨이 막힐 것 같았다. 함께 산 지 십오 년이 되었지만, 로랑에게 그런 칭찬을 들으니 처음 만났을 때보다 훨씬 더 마음이 요동쳤다. 로랑은 에디의 태도를 살펴보고 있었다.
"아무것도 모른다 해도 남편은 경계하겠죠. 아마 직감으로 알 거예요. 배신당한 남자치고는 얼굴 상태가 양호하네요······"
"정말 그러네!"
그들은 웃음을 터뜨렸다.
옆에서 스페인 남자가 깜짝 놀라 그들에게 성난 눈길을 보냈다.
그러나 스페인 남자의 눈길은 그들을 진정시키기는커녕 폭소를 유발했고, 그들은 예식에 방해가 되지 않도록 밖으로 나가야 했다.

성당 밖으로 나가 죄드발 광장으로 가서 차에 올라탄 뒤 두 사람은 눈물을 닦았다.

로랑이 말했다.

"제때에 나온 거예요. 만약 에디 그르니에가 당신을 봤다면, 틀림없이 당신을 애아버지로 착각했을 거예요."

"닮았다는 얘기는 이제 그만해……"

"맙소사, 한눈에 봐도 그런 걸요. 저기 좀 봐요. 당신 앞쪽을 보라고요……"

스페인 남자가 사람들의 눈에 띨까 미사가 끝나기 전에 성당을 나와, 도로를 보수하는 인부들과 부랑자들 사이를 경쾌한 걸음걸이로 빠져나가고 있었다.

"머리색도 같고, 호리호리한 몸매도 같고, 어깨가 굽은 것도 같아요." 로랑이 결론지었다. "물론, 얼굴은 다르죠. 세세한 부분들까진 확인할 수 없었어요. 그러고 싶었지만."

"그래서, 당신은 여전히 나를 사랑해?"

"믿어야죠." 로랑이 어깨를 추켜올리며 투덜거렸다. "당신은 어떤데요?"

"그걸 증명해 보일 테니 집으로 돌아가자고……"

장이 시동을 걸었고, 르푸트르 가까지 기세 좋게, 활기차고 대담하게 운전했다.

그들은 성당에 가서 그르니에 부부의 동정을 살피고 돌아올 때마다 사랑을 나누었다. 그리고 그때마다 낯선 감정을 통해 애무의 자양분을 공급받았다. 이번에는 난폭함이 끼어들었다. 물론 억제된 난폭함이었다. 그것은 '나는 당신을 강렬하게 욕망해'라는 의미였고, 첫 섹스의 마법을 되살려주었다.

다비드의 탄생은 장과 로랑 커플에게 사랑의 불길을 다시 지펴주었다. 그들은 성당 입구에서 했던 약속 – 더이상 에디와 주느비에브에게 신경쓰지 말자던 약속 – 을 잊어버렸다. 오히려 마롤에서 일어나는 일에 더욱 면밀히 신경을 썼다.

안젤라가 전하는 소식이 띄엄띄엄해지자, 로랑이 직접 조사에 나섰다. 파르크 왕립극장에서 일하는 동료들 중 마롤에 사는 전기공이나 기계공 들을 수소문했고, 그들과 함께 카페에 다니고 볼링도 치면서 친해졌다.

그렇게 몇 달을 보낸 뒤, 더 많은 정보를 알아냈다. 그 남자는 스페인 사람이 아니라 이탈리아 사람이었고, 이름이 주세페였다. 그리고 이미 결혼한 처지였다. 극도로 조심스러웠던 그의 태도가 비로소 이해되었다.

주느비에브와 주세페의 관계를 눈치챈 사람은 아무도 없었지만, 주느비에브가 아름답고 생기발랄하고 당당한 모습으로 유모차를 끌면서 길을 가로지르는 모습을 본 사람이라면 그녀가 정서적으로나 관능적으로나 한껏 피어나고 있다는 사실을 충분히 간파할 수 있을 것이다.

마침내 안젤라가 뒷집에서 싸우는 소리를 들었다고 했다. 주느비에브가 이혼을 요구하더라는 것이다.

"그런데 남편이 거부하더라고요. 하기야 그 무능한 남자는 아내가 없으면 알거지 신세가 될 테니까요. 그런데 여자가 남편에게 대들더라고요. 주느비에브가요. 예전의 그녀가 아니더라니까요……"

"혹시 그 여자한테 애인이 생긴 것 아닙니까, 안젤라?"

"스케르차테 Scherzate, 지금 농담해요! 하긴 그런 페초pezzo, 화상가 딸려 있는데 애인이라도 만드는 게 사레베 주디치오소sarebbe giudizioso, 분별 있는 처사겠죠. 하지만 아니에요! 그 여자는 산타 마돈나Santa madonna, 성모 마리아예요……"

안젤라가 일을 마치고 퇴근하자마자, 장은 로랑을 돌아보며 흥분해서 중얼거렸다.

"우리의 친애하는 주느비에브가 남편이랑 싸웠대."

"그래요. 그녀가 자랑스럽네요."

"주느비에브가 정말 이혼할까?"

"다비드를 품에 안은 그녀의 모습을 보면 당신도 그렇게 생각할걸요."

로랑이 외쳤다.

장과 로랑은 가족이라도 되는 양 주느비에브, 에디, 주세페, 다비드, 미니, 조니, 클로디아에 대해 이야기를 나누었다. 미처 깨닫지는 못했지만, 그들의 쌍둥이라 할 수 있는 그 부부는 그들의 삶 속에 단단히 자리를 잡았다. 부부는 두 사람의 친한 친구가 되었다.

그들은 혹시 누가 그들의 이름-장 데망스와 로랑 델팽-을 그르니에 부부에게 말한다면 어떻게 될까 하는 생각은 한 번도 하지 못했다. 설사 그런다 해도 그르니에 부부는 그들이 누구인지 알지 못했을 것이다.

안젤라가 수다를 떨던 중 우연히 이웃집 여자가 이사를 갈 거라고 알려주었다. 남편이 이혼을 거부하고 버티긴 하지만 그 여자는 이혼을 기정사실로 여기고 있고, 곧 네 아이와 함께 새 거처로 옮겨갈 거라는 이야기였다. 장은 기쁜 마음을 애써 숨겼다. 안젤라가 일 보는 시간을 틈타 극장에 있는 로랑에게도 전화를 걸어 그 소식을 전해주었다.

그날 밤, 그들은 사블롱 광장에 있는 레스토랑 '레카예 뒤 루아'에 가서, 바다를 연상시키는 파란 실내에서 그 소식을 축하하며 샴페인을 실컷 마셨다. 마롤의 습기 찬 건물에 사는 여자들이 그 광경을 보았다면, 우아한 신사 두 명이 도시의 높은 지역, 그들의 지붕보다 더 위에 있는 가장 비싼 레스토랑의 테이블을 차지하고 앉아 그녀들 중 한 사람의 해방을 기념하고 있다고 상상이나 했을까?

다음 월요일, 장과 로랑은 정체를 숨긴 채 주느비에브에게 계속 선물을 보내고 그녀가 잘 정착하도록 의심 사지 않고 도울 방법을 이리저리 궁리했다. 괜찮은 시나리오를 여러 개 구상했다. 그러던 중 화요일에 안젤라가 장에게 말했다.

"아, 시뇨레 데망스Signore Demens, 데망스 씨, 에디 그르니에가 쓰러졌어요! 세상에나, 뇌출혈이래요!"

"죽었나요?"

"아뇨. 구급대에 실려갔대요. 응급실로요. 하느님께서 퀘스토 디아볼로questo diavolo, 그 악마를 지옥으로 보내시면 좋겠어요."

"가톨릭 신자다운 말은 아니네요, 안젤라."

"에디 그 남자는 여기보다 그곳에서 볼기짝이 더 칼도Caldo, 뜨겁지도하지도 않을 거예요. 늘 고기 굽는 도구 옆에 엉덩짝을 대고 있었으니까요. 알메노Almeno, 하다못해 자기가 저지른 비열한 짓거리의 대가라도 치러야 할 텐데. 시, 로 소 Si, lo so, 그럼요, 그렇고말고요. 제가 한 말은 기독교인다운 말은 아니죠. 하지만 퀘스토 모스트로questo mostro, 그 괴물도 기독교인답지 못한 건 마찬가지예요. 그러니까……"

장은 그녀를 사면해주었다. 그 역시 그녀와 의견이 같았기 때문이다.

몇 시간 동안 장과 로랑은 에디가 죽기를 간절히 바랐다. 그 잔인한 소망 때문에 양심의 가책을 느끼지는 않았다. 그 사건으로 인해 주느비에브의 행복이 지체될까 염려했을 뿐이다.

평소처럼 가게에서 수다를 떨면서, 안젤라는 우선 에디의 상태에 진전이 없다고 전해주었다. 그런 다음 '그나마 좋은 소식'을 알렸다. 승전보라도 전하듯 대대적으로 떠벌렸는데, 에디가 응급실에서 일반 심장병동으로 옮겼다는 것이었다. 며칠이 지나자 안젤라는 처음에 저주를 퍼부었던 것은 잊어버린 채, 에디의 병세가 조금이라도 호전되면 기뻐하고, 빠른 쾌유를 바라며 이웃집 여자와 똑같은 마음으로 상황을 지켜보았다. 꽃만 보내지 않았을 뿐, 자신의 선한 마음씨에 스스로 도취해, 평소 혐오해 마지않던 그 남자를 걱정했다.

몇 주 뒤, 안젤라가 들고 있던 빗자루를 바닥에 세우며 말했다.

"제가 그 이웃집 여자에 대해 말씀드렸나요, 데망스 씨? 주느비에브 그르니에라는 선량한 여자요."

장의 몸이 뻣뻣이 굳었다. 장은 안젤라가 그토록 끊임없이 재잘거리면서도 자신이 이야기했는지 안 했는지 기억조차 못 하는 것에 늘 놀랐다…… 장은 시큰둥한 어조로 대꾸했다.

"남편과 헤어지려고 한다는 여자요?"

"에코! Ecco, 맞아요 그 여자가 남편과 헤어지지 않기로 했대요."

"뭐라고요?"

"오늘 남편이 병원에서 퇴원해 집으로 돌아온대요. 재활치료를 받아야 한다네요."

"그런 사람들을 돌봐주는 곳이 있을 텐데요."

"저도 그 여자한테 그렇게 말했어요, 시뇨레 데망스! 제가 그 여자한테 한 말이 파롤라 페르 파롤라 parola per parola, 바로 그 말라고요! 그랬더니 그 여자가 저한테 뭐라고 했는지 아세요? 그 남자는 자기 아이들의 아버지로 남을 거래요. 인 퀘스토 스타토 In questo stato, 이런 상황에서 그 남자를 버린다면 스스로를 용서할 수 없을 거라면서요. 다른 계획들은 포기하기로 했대요. 하지만 저는 그 여자가 '다른 계획들'이라고 하면서 수구리셰 suggurisce, 암시한 것들이 잘 이해가 안 돼요. 이사 계획은 그렇다 치고, 자기가 일자리를 바꿀 계획이었다는 건 논 하 멘치오나토 non ha menzionato, 언급하지 않았거든요…… 그리고 저도 병원으로 그 여자를 도와주러 가야 돼요. 그러기로 약속했어요. 다

브뤼셀의 두 남자 51

섯시에요! 제가 잠깐 가게를 톨고 tolgo, 비우면하면 폐가 될까요? 내일 일을 더 해서 보충할게요."

"그보다는, 안젤라, 마침 보석을 배달하러 가야 하니까 내가 당신을 데려다줄게요."

"판타스티코 Fantasico, 그거 좋죠!"

다섯시에 장은 안젤라를 생 피에르 병원 앞에 내려주었다. 그런 다음 그녀가 로비 깊숙이 멀어져가자, 멀지 않은 곳에 자동차를 세우고 오트 로의 한 카페에 들어가 자리를 잡았다.

삼십 분 뒤, 안젤라가 종이가방 몇 개를 손에 들고 다시 나타났다.

이윽고 주느비에브가 휠체어를 밀고 나왔다. 휠체어에는 에디가 무기력하고 창백한 얼굴로 앉아 있었다. 아랫입술로 침이 흘러내렸다. 마치 고깃덩어리가 든 부대처럼, 휠체어가 조금만 덜거덕거려도 몸이 출렁였다. 눈에서 발까지 몸 오른쪽이 마비된 상태였다.

그 생기 없는 얼굴 위 주느비에브의 얼굴도 무표정했다. 안색이 마치 밀랍 같았다. 입술에 핏기가 없고, 눈길은 갈 곳을 찾지 못해 먼 곳을 응시하고 있었다.

장은 자동차에서 뛰쳐나와 그녀에게 큰 소리로 외치고 싶었다. '그 남자를 그냥 내버려둬요! 그 남자는 당신 인생을 망쳤

잖소. 앞으로도 계속 그럴 거요. 주세페를 붙잡아요, 어서!'

하지만 주느비에브가 길의 울퉁불퉁한 부분을 피해 조심스럽게 휠체어를 미는 모습을 보고, 환자가 춥지 않도록 담요를 덮어주는 것을 보고, 장은 그녀가 절대 결심을 번복하지 않으리라는 걸 깨달았다. 그녀는 자신의 행복을 희생해가며 자살 행위나 다름없는 이타성을 발휘해 제 발로 무덤을 향해 걸어가고 있었다. 주세페에 대한 사랑보다 에디를 향한 동정심을 선택한 것이다.

주느비에브가 장에게서 불과 몇 미터 떨어져서 지나쳐갔다. 마롤의 보도를 건들거리며 돌아다니다가 결국엔 인간쓰레기가 되어버린 에디를 조심스럽게 다루는 그녀의 모습을 보면서, 장의 경탄은 분노로 바뀌었다. 지금이 약속의 존엄성을 내세울 때인가! 그녀는 생트 귀뒬 성당의 영롱하게 빛나는 스테인드글라스 밑에서 사제가 '기쁠 때나 슬플 때나' 사랑하라고 맹세시킨 그 의무를 이행하려 하고 있다. 약속을 지키려는 것이다. 기쁜 순간은 짧았다. 반면 슬픈 순간은 이미 많았고, 끊임없이 되풀이되고 있다. 주느비에브의 결단 앞에서 장은 스스로가 하찮은 사람처럼 느껴졌다…… 그라면 그런 희생을 할 수 있을까?

충격을 받은 장은 차에 다시 올라타 생각에 잠긴 채 목적지도 이유도 없이 도시 외곽의 터널 속을 오랫동안 돌고 돌았다.
주느비에브가 마음을 바꾼 것을 알고 로랑 역시 뒤집어졌다. 행복을 앞에 두고 어떻게 그런 선택을 할 수 있단 말인가? 로랑이라도 그런 선택은 하지 못했을 것이다…… 하지만 두 사람이 나서서 반대해도, 주느비에브는 오히려 그들이 생각을 바꾸도록 설득했을 것이다.
그날 밤, 로랑이 장에게 물었다.
"내가 불구가 돼도 계속 나를 사랑할 거예요?"
"모르겠어. 지금까지 당신은 나에게 기쁨만 줬어. 당신은?"
"나도 마찬가지예요."
그들은 깊은 생각에 잠겼다. 로랑이 결론지었다.
"사실 우리에겐 서로 사랑할 만한 장점이 아무것도 없죠……"
장도 수긍했다.
그들은 모순된 생각들에 동요되어 서로를 유심히 관찰했다. 애정을 가늠하기 위해 서로를 테스트해야 했을까? 터무니없는 일이었다. 그들은 그쯤에서 대화를 마무리짓고 영화관에 갔다.

이어진 몇 달 동안 주느비에브의 희생은 더욱 공고해졌다.
로랑은 마롤에서 동료들을 만나는 것이 습관이 되어 기분이 울적하거나 사기가 꺾일 때마다 그곳의 술집에 들렀고, 주세페와 자주 마주쳤다.

"페로케의 사장이 그러는데, 주세페가 곧 이탈리아로 돌아간대요." 어느 날 로랑이 장에게 전했다. "안색이 형편없는데, 자기 말로는 향수병 때문이라고 한대요."

"엉망진창이 따로 없군. 그럼 다비드는? 그 사람이 떠나면 다비드는 아버지도 모르고 자랄 텐데?"

"그게 사생아들의 운명이죠. 어머니가 결정하는 거고요."

사건의 우중충한 전개와 예고된 재앙 때문에 그르니에 가족에게 갖고 있던 그들의 관심은 급격하게 식어버렸다.

의도했던 바는 아니지만 그들은 그르니에 가족에게서 등을 돌렸다. 새로운 친구들을 사귀었고, 여행을 더 자주 다녔다.

아마도 두려웠으리라…… 지나치게 자주 불행과 맞닥뜨릴 경우 불행이 전염되지는 않을까 두려워하지 않을 사람이 있을까?

불행이라는 것이 바이러스처럼 전염되지 않는다는 것을 알아도, 우리는 불행 자체가 아니라 불행과 대면하는 것을 두려워한다. 무기력은 고통스러운 상황 속에 우리를 붙잡아두고 부정적인 힘에 문을 열어준다. 그리고 그 부정적인 힘은 허공을 응시하도록 우리를 부추긴다. 용암이 녹아내리는 분화구

위로 몸을 기울이도록, 용암에 가까이 다가가도록, 그 뜨겁고 치명적인 숨결을 들이마시도록 우리를 몰아댄다……
　생리적 반사작용에 의해, 장과 로랑은 조금씩 멀어졌다.

　몇 년이 흘렀다.
　장과 로랑은 오십 줄에 접어들었다. 남자들에게는 불편한 시기다. 그때부터는 나이를 역산하게 되니까. 이제는 미래가 무한해 보이지 않고, 그저 남아 있는 시간으로만 보일 뿐이다. 서두를 마음이 없어지고 천천히 가기를 열망했다.
　십 년 전에 그들이 매일 주느비에브 이야기를 했다는 걸 누가 상기시켰다면, 그들은 아마 깜짝 놀랐을 것이다.
　그들은 여전히 서로를 사랑했다. 이제 그것을 기적으로 여기지는 않았고, 자기들의 사랑에 길이 들어 있었다. 그러면서도 각자 만약 자신이 다른 선택을 했다면, 이 사람을 동반자로 선택하지 않았다면, 다른 사람들보다 이 사람을 더 좋아하지 않았다면 자신의 인생이 어떻게 되었을지 궁금해했다. 그러나 현기증을 일으키는 그런 질문에는 당연히 답이 없었고, 일상을 우울하게 만들 뿐이었다.
　그사이 안젤라가 르나르 로를 떠났고 이웃집 여자도 바뀌었으므로, 장은 '라투 쾨르'에서 더이상 안젤라의 수다를 듣지 못하게 되었다.

어느 날 장은 상점 진열창에 보석을 진열하다가, 마치 환상 같은 광경을 보았다. 유리창 밖에서 낯익은 여자 하나가 열 살쯤 된 귀여운 남자아이에게 청금석 팔찌를 가리켜 보였다. 장은 엄마를 보아야 할지 아들을 보아야 할지 알지 못했다. 주느비에브의 생기 있는 모습을 다시 보게 되어 너무도 놀랐다. 그녀는 행복으로 한껏 눈을 빛내고 있었다. 아들아이의 밝은 모습도 감탄스러웠다.

상점가를 산책하던 주느비에브와 다비드는 장이 가게의 그늘진 곳에 몸을 숨긴 채 자기들을 지켜보는 것도 모르고 진열창의 보석들에 대해 이야기를 나누었다.

다비드의 매력적인 모습이 장을 당황하게 만들었다.

이윽고 호기심 많은 모자는 가던 길을 계속 갔다. 밖으로 나가 그들에게 안으로 들어오라고, 들어와서 보석들을 구경하라고, 마음에 드는 것이 있으면 한번 걸쳐보라고 말할 수도 있었을 것이다…… 하지만 장은 가게 유리창이 넘어서는 안 되는 경계선처럼 그들 사이에 우뚝 서 있기라도 하는 듯, 그것이 과거와 현재를 가르는 칸막이라도 되는 듯, 몸이 굳어서 아무 대처도 하지 못했다.

저녁식사 때 그 일을 이야기하자, 로랑은 악의 없이 장을 놀리고는, 이렇게 물었다.

"다비드라는 아이가 그렇게 잘생겼어요?"

"응, 정말 잘생겼어."

다음 날, 로랑은 다시 물었다.

"다비드가 잘생겼다고요?"

장은 그렇다고 대답한 뒤, 다비드의 생김새를 로랑에게 설명해주었다.

그다음 날, 로랑이 장에게 또 물었다.

"다비드가 그렇게 잘생겼어요? 어떻게 생겼는데요?"

급기야 한 시간에도 몇 번씩 똑같은 질문을 했다.

로랑의 호기심이 결코 충족되지 않을 거라는 생각에 장은 이런 제안을 했다.

"그 아이를 직접 보고 싶어? 그 사람들이 사는 건물 앞에 가서 지켜보면 어떨까?"

로랑은 반색하며 그러자고 했다.

오후 네시 반에 그들은 주느비에브가 사는 오트 로 마롤의 골목길 바로 위쪽에 자동차를 세워놓고 기다렸다.

곧 아이가 모습을 드러냈고, 장이 손가락으로 아이를 가리켰다.

아이는 등에 책가방을 메고, 걷는다기보다는 춤을 추며 길을 가고 있었다. 몸도 기분도 가볍고 경쾌해 보였다.

로랑은 몸을 앞으로 기울인 채 눈을 크게 뜨고 숨까지 멈추며 아이를 바라보았고, 이내 얼굴이 붉게 물들었다.

로랑이 격한 감정을 느끼고 있음을 눈치채고, 장이 놀라서 돌아보았다. 로랑의 목 혈관들이 굵게 불거져 있었다.

다비드는 미소 띤 얼굴로 길을 건너 르나르 로 안쪽 깊숙이 걸어가서는 자기 집 안으로 들어갔다 — 아니, 뛰어들어갔다고 해야 맞을 것이다.

로랑이 숨을 가다듬고 말했다.

"만약 당신이 아들을 두었다면 틀림없이 다비드처럼 생겼을 거예요."

순간 장은 로랑이 자기에게 품고 있는 열정이 얼마나 큰지 가늠할 수 있었다.

그들은 서로 손을 깍지 끼고 의자 등받이에 몸을 느슨히 기댄 채 흐릿한 눈빛으로 오랫동안 그곳에 머물러 있었다. 그들의 마음속에는 서로에 대한 애정이 가득했지만, 아이를 갖지 못한다는 낙심, 강렬하고 깊은 회한도 존재했다.

"그게 그렇게 아쉬워?" 장이 중얼거렸다.

"아이요?"

"응……."

"당신의 분신, 당신의 미니어처, 나를 필요로 하는 포켓 사이즈의 장이 있으면 좋겠어요. 내가 당신을 성가시게 하지 않고 아낌없이 사랑할 수 있는 존재요. 나는 더 많이 사랑할 수 있어요. 당신도 알다시피, 가게 뒷방도 있고요."

로랑은 자신이 느끼던 것을 말로 표현하고 나자 마음의 부담이 덜어져서 빙긋이 웃었다. 그리고 장을 걱정했다.

"당신은요?"

장은 대답하지 않았다. 그는 그런 바람이나 실망을 느낀 적이 한 번도 없었다. 하물며 그런 감정을 말로 구체화해본 적은 더더욱 없었다. 그가 말을 돌렸다.

"로랑, 당신 그렇게 감상적인 사람이었어?"

"대답 대신 나를 공격하는군요. 그러는 당신은요?"

장이 가만히 있었으므로, 로랑은 말을 잘 알아듣지 못하는 사람에게 하듯 또박또박 다시 물었다.

"당신은요?"

"나는…… 나는 당신이 하는 그런 생각을 나 자신에게 허락하지 않아. 그런 생각을 하기 시작하면 내가 동성애자인 걸 한탄하게 될 테고, 또……"

"모든 것이 늘 좋아요?"

"아니지. 하지만 그런 것처럼 행동해."

"사실 당신도 나와 같은 생각이잖아요. 안 그래요? 당신은 사랑 없이도 아랫도리 한 번 놀려서 번식하는 이성애자들을 질투하고 있잖아요! 우리의 다리 사이를 팔랑거리며 뛰어다니는 아이, 당신과 나를 쏙 빼닮은 아이를 갖고 싶잖아요! 안 그래요? 그렇다고 말해요!"

장은 로랑의 눈길을 똑바로 받아냈다. 그리고 천천히, 마지못해, 눈으로 수긍의 뜻을 표현했다. 그러자마자 눈꺼풀이 부풀어오르는 것이 느껴졌다. 이유는 알 수 없지만 그는 흐느껴 울었다. 로랑이 그의 머리를 끌어당겨 자기 가슴에 대고 울게 해주었다.

당황스러운 감미로움……

다시 기운을 차린 뒤, 로랑은 운전대를 잡고 미소를 지으며 이렇게 말했다.

"다행히도 저 아이가 우리를 보지 못했네요! 나이든 여자 둘이 감동해서 호들갑 떠는 모습을 보면 아이가 무척 재미있어했을 텐데……"

그날 이후 다비드는 마롤에서 가장 운 좋은 소년이 되었다. 길을 쏘다니다보면, 바닥에서 지폐 몇 장을 주웠다. 영화관에 표를 구하지 못하면, 아이들의 문화적 소양을 고취한다는 정체

모를 구호단체에서 초대권을 보내왔다. 우편함에는 음반, 책, 향수 등의 무료 증정본이 밀려들었다. 우편배달부가 자전거, 테니스 라켓, 롤러스케이트 등 시청에서 보낸 선물을 배달해주었다. 봄에는 익명의 후원자들이 학교 성적이 좋아서라는 이유로 그리스 여행권을 선물했는데, 다비드가 한 사람을 지목해 함께 갈 수 있었다. 당연히 다비드는 어머니와 함께 아테네에 갔다. 이런 행운이 전설을 낳았다. 그러잖아도 쾌활한 성격 덕분에 친구들에게 인기가 많던 다비드는 이제 행운 때문에 사람들 입에 자주 오르내리는 아이가 되었다. 어른들도 로토에 응모하기 전에 좋아하는 숫자가 뭐냐고 다비드에게 물었다.

다비드는 서른 명쯤 되는 친구들과 함께 6월에 첫 영성체를 받았다. 장과 로랑은 폴란드 이민자들의 교회인 널찍한 노트르담 드 라 샤펠에 가서, 순결한 하얀 가운 차림의 아이들을 축하하러 온 부모, 삼촌, 사촌 등 수많은 어른들 속에 섞여들었다. 굳이 몸을 숨길 필요가 없어서 앞줄에 앉아 한 시간 동안 다비드를 보며 감탄했다.

그때부터 두 남자는 다비드 생각을 하지 않고는 단 하루도 그냥 보내지 못했다. 로랑은 파르크 왕립극장 일을 그만두고, 통속적인 희극을 주로 공연하는 아담한 극장인 갈르리 홀의 무대감독이 되었다. 극장은 장의 가게에서 불과 이십 미터 거리였고, 그래서 시간이 날 때마다 자주 장의 가게에 가서 함께 있었다. 그들은 함께 술을 마시고, 모든 것에 대해, 아무것도 아닌 것에 대해, 다비드에 대해 이야기를 나누었다. 그런 다음 각자 자기 일로 돌아갔다.

어느 날 오후, 일본에서 친구가 보내준 차를 함께 맛보는데, 가게 문가에 매달아놓은 작은 종이 땡그랑, 울렸다. 그들은 티스푼을 손에 든 채 당황해서 꼼짝하지 못했다.

다비드였다.

다비드는 열다섯 살이었다. 곱슬곱슬한 갈색 머리에, 입술이 산딸기처럼 빨갛고, 목소리가 싱그러웠다. 마치 조약돌이 머리에서 가슴으로 튀고 어린아이의 높은 목소리와 성인의 저음 사이에서 주저하는 것 같았다.

"안녕하세요."

아이가 문을 닫으며 말했다.

장과 로랑은 범법행위―무슨 범법행위?―를 현장에서 들킨 사람들처럼, 말로도 몸짓으로도 대꾸하지 못했다.

다비드가 당황하지 않고 다가와 그들에게 미소지었다. 가게 안이 환해졌다.

"선물을 좀 사려고요."

장과 로랑은 여전히 눈을 휘둥그레 뜨고 있었다.

브뤼셀의 두 남자 63

"곧 어머니날이잖아요."

장은 평소의 자세를 되찾으려고 무진 애를 쓰면서, 이 주 뒤의 일요일이 어머니날인데 벌써부터 찾아오는 아이는 드물다는 듯, 진지한 표정으로 머리를 흔들었다.

그 반응에 힘을 얻어 다비드가 말했다.

"엄마가 아저씨 가게를 무척 좋아하세요."

'아저씨'라는 말에 장과 로랑은 얼굴을 붉혔다.

로랑이 멍한 상태에서 빠져나와 설명했다.

"아, 여기는 내 가게가 아니에요. 이분, 장의 가게예요."

장은 어리둥절한 표정으로 로랑을 바라보았다. 왜 그런 말을 하는 거지? 주느비에브는 그런 것에 관심이 전혀 없을 텐데! 로랑은 도대체 뭘 암시한 거지? 그들이 커플이 아니라고? 아니면 이 소년 앞에서 이성애자인 척하고 싶은 걸까?

"그럼 일 보세요, 사장님. 차 잘 마셨습니다."

갑자기 로랑이 눈썹을 찡그리며 거만한 어조로 이렇게 말했을 때, 장은 화가 나서 따지려고 했다.

그러나 자신이 다비드의 존재를 잊고 있었다는 걸 깨닫고, 안쪽 진열창을 손으로 가리켜 보이며 말했다.

"네 어머니 마음에 들 만한 것을 골라보렴……"

그런 다음 다비드를 데리고 안쪽으로 들어갔다.

로랑은 의자에 앉아 다비드를 예의 주시했다.

다비드는 정확한 표현과 잘 다듬어진 문장으로 자기 어머니가 어떤 것을 좋아하고 어떤 것을 좋아하지 않는지 총명하게 설명했다. 다비드는 서툴지 않았고, 수줍어하지 않았다. 사춘기 아이들에게서 흔히 볼 수 있는, 건성건성 아무렇게나 하는 태도를 보이지도 않았다. 다비드는 서툴지 않게 자기 자리를 지켰고 주변 사람들과 잘 관계를 맺었다.

장은 반지, 체인 그리고 귀걸이 들을 이리저리 다비드에게 보여주면서, 아까 로랑이 그런 말을 한 이유를 깨달았다. 섬세하게도 다비드와 이야기 나누는 특권을 그에게 양보한 것이다.

로랑은 그 기회를 틈타 조용하고 여유롭게 그들 두 사람을 살펴보고 있었다.

다비드는 마음에 드는 팔찌 하나를 구경하다가, 잠금쇠에 매달려 있는 조그만 라벨에 적힌 숫자를 보고 몸을 떨었다.

"이게 가격인가요?"

라벨에 적힌 가격을 본 다비드의 표정이 그대로 얼어붙었다. 어머니의 두 달 치 월급에 해당하는 액수였다.

장이 잽싸게 대답했다.

"아니야. 그건 가격이 아니란다. 상품번호를 매겨둔 거야."

"그래요?"

다비드가 반쯤 안심하며 대답했다.

"마음에 드는 물건을 고르면, 내가 가격이 얼마인지 확인하고 알려주마."

다비드는 자신이 가진 돈이 충분한지 계속 의심하면서 자신 없는 목소리로 말했다.

"그럼 이런 팔찌는 얼마나 하나요?"

장은 책상 쪽으로 걸어가며 태연한 어조로 물었다.

"선물 예산을 얼마 정도로 잡고 있는데?"

그러자 다비드는 얼굴이 창백해져서 침을 꿀꺽 삼킨 뒤, 자기가 생각해도 우스꽝스럽다는 것을 의식하며 입술 끝으로 불분명하게 중얼거렸다.

"오십 프랑 정도?"

장은 프로다운 몸짓으로 전화번호 수첩을 펼치고 가격을 찾아보는 척한 뒤, 또렷하게 말했다.

"오십 프랑? 그럼 여유가 있겠구나. 팔찌 가격은 그 절반이야. 이십오 프랑."

"이십오 프랑요?"

다비드가 날카롭게 외쳤다. 자신에게 찾아온 행운을 감히 믿을 수 없었다.

"그래, 이십오 프랑. 그런데 네가 우리 가게에서 처음 물건을 구입하는 거니까, 좀더 할인을 해주마. 이십이 프랑만 내렴. 그 이하로는 안 된다. 자, 젊은이, 이십이 프랑이오."

다비드의 눈이 반짝였다.

장과 로랑은 비밀 신호를 주고받았다. 팔찌의 실제 가격은 그 마흔 배는 되었다. 하지만 모진 고문을 받는다 해도, 둘 중 누구도 그 사실을 발설하지 않았을 터였다.

장이 다시 다비드에게 다가갔다.

"천천히 결정하렴. 나는 가격표를 보고 있다가 네 마음에 드는 물건이 더 있으면 가격을 알려주마."

"고맙습니다, 사장님."

다비드는 갑자기 만만해진 화려한 물건들을 새로운 눈으로 바라본 뒤, 열의 넘치는 태도로 두번째 탐색에 착수했다.

장은 그런 다비드에게서 눈을 떼지 않았다.

"네 어머니가 보석을 수집하시니?"

"오, 그건 아니에요. 엄마는 돈이 생기면 가족들에게 다 써요. 엄마 자신은 절대 생각하지 않으세요."

"아버지는?"

한쪽에 조용히 비켜나 있던 로랑의 입에서 나온 질문이었다. 아버지에 대해 묻고 싶은 마음을 도저히 억누르지 못한 것이다.

다비드가 로랑을 돌아보며 대답했다.

"아버지는 장애인이에요. 우리한테 잘해주고 싶어하지만, 휠체어에 앉아 지내시는 형편이에요. 말도 거의 못 하시고요."
"아버지를 사랑하니?"
이 질문에 다비드는 마음이 상해서 얼굴이 일그러졌다.
"물론이죠, 아저씨. 가여운 분인걸요…… 아빠는 운이 없었지만, 저는 운이 좋아요."
장과 로랑은 몇 분 동안 말이 없었다. 다비드 말에 따르면, 에디는 그의 진짜 아버지이고 아이는 그를 몹시 사랑했다. 아내를 애지중지 떠받드는 남편이었고, 뇌출혈로 몸이 마비되지만 않았다면 열심히 일했을 터였다. 그 천진난만함이 당황스럽기 짝이 없었다. 두 남자는 그 천진난만함에 마음이 약해졌고, 그때부터 다비드를 그냥 아이가 아니라 악마들의 집에 내려온 천사로 여기게 되었다.
삼십 분 뒤, 다비드는 딜레마에 빠졌다. 처음에 고른 팔찌와 두번째로 고른 에메랄드 귀걸이 중 하나를 선택해야 했다. 얼굴이 붉어진 두 남자는 관자놀이에 맥박이 뛰는 것을 느끼며 서로를 바라보았다. 그들은 둘 다 다비드가 에메랄드를 선택했으면 하고 바랐다. 그 에메랄드 귀걸이는 이 보석상에서 가장 비싼 물건이었다. 실제 가격과 다비드가 지불하게 될 가격 차이가 무척이나 컸지만, 그들은 벌써부터 기뻐하고 있었다.

위풍당당한 속임수였다!

"그런데 궁금한 것이 있는데요……"

다비드가 중얼거렸다.

"뭐지?"

"이거 에메랄드인가요?"

장은 소년을 속이고 싶진 않았지만 정말이지 돕고 싶었다. 소년이 그리 바보가 아닌 이상 말이다.

"네 생각이 틀리진 않다. 그 가격으로 에메랄드를 살 수는 없어. 그래도 이건 유리로 만든 가짜 에메랄드는 아니란다! 세게 두들겨도 깨지지 않고 멀쩡하지."

"그래요?"

다비드는 당황해서 우물우물 말했다.

"그래. 이건 브라질에서 온 준보석이거든. 에메로디노는 에메랄드 대체품이지. 보기에도 그렇고, 만져봐도 그렇고, 전문가를 포함해 누구든 속아넘어간단다. 이게 진짜 에메랄드인지 밝혀내려면 화학적으로 분석을 해봐야 해. 너한테 거짓말을 하고 싶진 않아서 말해주는 거란다."

"고맙습니다."

"그러니까 어머니에게 이것이 에메랄드라고 말씀드려도 문제 될 게 전혀 없어."

"아니에요! 그렇게 말씀드리면 제가 어떻게 진짜 에메랄드 귀걸이를 샀는지 납득하지 못하실 거예요."

"그럼 편한 대로 하고."

다비드가 두 남자에게 큰 신세를 진 걸 알기라도 하듯 몇 번이고 고맙다고 인사한 뒤 보석을 들고 멀어져가자, 장과 로랑은 긴장이 풀려 의자에 주저앉았다.

"당신, 상상이나 해봤어? 그 아이가 여기에 들어왔어……"

"그 아이가 우리와 이야기를 했죠……"

"다비드가!"

"에메로디노라는 걸 지어내다니, 대단해요. 나까지 속을 뻔 했다니까요."

로랑이 자리에서 일어나 다비드의 흔적이 공기 중에 아직 남아 있는 갈르리 드 라 렌을 유심히 내다보았다. 그런 다음 장을 응시하며 말했다.

"장, 혹시 우리에게 재앙이 닥쳐오면, 우리가 가진 것이 다비드에게 가면 좋겠어요."

장이 몸을 일으키며 물었다.

"뭐라고?"

로랑이 설명했다.

"상상해봐요. 우리가 비행기를 타고 가는데, 기장이 비행기에 심각한 고장이 발생했다고 말하는 거예요. 그럴 경우 두 가지가 우리에게 위안이 될 거예요. 함께 죽는다는 것, 그리고 다비드가 부자가 될 거라는 것."

"나도 당신 말에 이백 퍼센트 공감해."

다음 날, 그들은 공증인을 만나러 가서 각자 똑같은 유언장을 작성했다. 두 사람 중 더 오래 사는 사람에게 재산을 모두 물려주고, 그 사람마저 세상을 떠날 경우엔 남은 재산을 모두 다비드 그르니에에게 물려주기로.

그날 밤 그들은 샴페인 세 병을 땄다. 손에 잔을 들고 그런 사실을 짐작조차 못하고 있는 한 아이를 향해 이런저런 말을 한 뒤, 새벽까지 사랑을 나누었다.

다비드는 매년 어머니날 무렵 상점을 찾아왔다. 남자가 되어갔지만, 그러면서도 아이 적의 활달함과 생기를 잃지 않았다. 그런 모습은 경탄스러울 뿐 아니라 감동적이기까지 했다.

다비드는 매년 그 상인들을 만났다. 그렇다고 생각했다. 지난 일 년 동안 그들이 자기를 몰래 염탐했다는 사실을 알지 못했다. 중학교 졸업식, 운동 경기, 졸업 기념 공연 등 행사가 있었지만, 장과 로랑은 그 어디에도 공식적으로 모습을 드러내지는 않았다. 다비드나 주느비에브가 자기들을 보지 못하도록, 사람들 속에 몰래 섞여 행사를 참관했다.

더이상의 시도는 하지 않았다. 다비드와 주느비에브에 대한 그들의 애정은 삼십오 년 전 생트 귀뒬 성당의 기둥 뒤에서 치른 결혼식처럼 은밀한 것으로 남아야 했다. 딱 한 번, 다비드가 연극에 관심을 보였을 때, 로랑이 극장의 무대 뒤로 찾아와 보라 제안했고, 그러고는 장이 멀지 않은 곳에서 상영중인 걸작 영화를 보러 가라고 권한 것이 전부였다. 다행히 그때마다 상대방이 꼼꼼히 살피고 개입했다. 동료로서든 친구로서든 다비드와 더 깊이 관계를 맺는다는 건 말도 안 되는 일이었다. 그들이 다비드의 인생을 스토커처럼 일일이 지켜본다 해도, 다비드의 인생은 그들과 관계 없는 것으로 남아야 했다.

열여덟 살이 되자 다비드는 중고 오토바이를 구입했다. 두 남자는 혹시 사고라도 나면 어쩌나 염려했다. 그날 밤, 그들은 오토바이가 무사히 세워져 있는 것을 확인하러 그르니에 가족이 사는 르나르 로에 들렀다. 건물 입구에서 멀지 않은 벤치 옆에 오토바이가 있었다. 파란색의 오토바이 몸체가 눈에 들어오자 그들은 안도의 숨을 내쉬었다.

그러면서도 11월의 어느 화요일에 그 일이 일어날 거라고는 생각도 하지 못했다.

그들은 신문을 보다가 '사건 사고' 소식란을 통해, 수상쩍은 동네인 미디역 근처에서 폭력 사태가 벌어져 두 명이 다치고 한 명이 사망했다는 사실을 알게 되었다. 사망한 사람은 폭력배들과는 아무런 상관이 없는, 오토바이를 타고 다니는 고등학생이었다.

장과 로랑의 얼굴이 창백해졌다. 혹시 다비드 아닐까?

기사에 사망자의 이름이 언급되지 않았기 때문에, 그들은 얼른 자동차에 올라탔다. 그리고 마롤 쪽으로 달려가면서, 오토바이를 타고 다니는 고등학생은 수십 명, 수백 명이라고 되뇌며 불안한 마음을 달랬다. 그들은 불안한 마음을 감추고 애써 태평한 척하고 있었다. 다비드에게 불행한 사고가 일어났을 것 같은 끔찍하고 가혹한 예감이 들었다.

그들의 예감이 옳았다. 그르니에 가족이 사는 건물 앞에 도착하니, 오토바이가 없을 뿐만 아니라, 이웃 사람들이 담벼락 밑에 꽃을 갖다놓고 있었다.

술 취한 싸움꾼들을 피하려다 옆으로 미끄러지는 바람에 다비드가 목숨을 잃은 것이다.

교회에서 열린 장례식에서, 사람들은 보기 드문 절절한 슬픔을 표했다. 다비드는 주변 사람들에게서 우상처럼 숭배받는 아이였다. 나이와 성별을 불문하고, 다비드를 한 번이라도 만

나쁜 사람이라면 그 마법 같은 매력에 빠져들었다. 사람들은 그가 죽었다는 사실을 받아들이지 못했다.

다비드의 형과 누나들인 조니, 미니, 클로디아도 심각한 표정이었다. 울음을 참으려고 안간힘을 썼지만 눈이 충혈되고 얼굴이 초췌했다. 아마도 막냇동생을 잃은 비탄 속으로 한없이 빠져들고 싶었으리라. 하지만 그런 비탄을 공공연히 드러내는 것은 그들의 뜻에 거슬리는 일이었다. 다행히도 이해심 많은 배우자들이 젊은 삼촌을 잃어서 마음에 상처를 입은 아이들 ― 다비드의 조카들 ― 을 돌보고 장례식에 온 손님들을 대접했다.

주느비에브는 울지 않았다. 경직되고 창백한 얼굴로, 마치 대리석상처럼 꼿꼿한 자세를 한 채 사람들의 머리 위에 눈길을 고정하고 있었다. 그녀 안의 모든 것이 쪼그라든 것 같았다. 그녀는 아무런 감정도 보이지 않았다. 자동인형처럼 자리에 앉아 사람들의 조의에 기계적으로 답하거나, 눈을 감은 채 아무도 바라보지 않았다. 하모늄 옆, 줄 맨 끝에 에디가 웅크리고 앉아 있었다. 그의 얼굴에도 표정이 드러나 있지 않았다. 그는 눈물을 흘렸을까? 아니면 자기 자식이 아닌 그 아이가 죽어서 기꺼워했을까? 생각이라는 것은 장애를 입은 그의 몸안에서 오그라들고 후퇴해버린 듯했다.

장과 로랑은 장례 의식이 진행되는 내내 품위를 지켰지만, 다비드의 시신이 담긴 관이 들어올려진 순간 두 사람은 무너져내렸다. 다비드가, 그들의 다비드가, 잘생긴 그 아이가 친구들이 교회 안으로 떠메고 온 나무상자 안에 무기력하게 누워 있다고 생각하니…… 그들은 의자를 넘어뜨리며 급히 달려나가 장례 행렬보다 앞서 층계에 다다랐다. 그리고 자동차에 올라타 집으로 도망치듯 돌아와서는 겉창을 닫고 절망감에 빠져들었다.

두 남자는 변했다.
지금까지는 운명이 슬픈 사건을 그들에게 면제해주었지만, 실제로 극심한 슬픔─다비드의 죽음─을 겪고 보니 긴장이 느슨해졌다. 그들은 주름을, 백발을, 우울한 기분을 억제하지 못했고, 급격히 늙어버렸다.
삶에 의미가 없어졌다.
예순 살이 넘자 로랑은 은퇴했다. 더이상 일에 흥미를 느끼지 못했다.
대개 그렇듯, 그 무력증에는 심각한 원인이 있었다. 처음에 로랑은 몸을 움직이기가 불편하다고 불평했고, 나중에는 통증을 호소했다. 병원에 가서 검사하니 다발경화증이라는 진단이

나왔다. 고약한 병이었다. 증상이 다양하게 나타나서 병세를 예측하기가 힘들었다. 중병을 선고받은 로랑은 앞으로 살 날이 일 년 남았는지 이십 분 남았는지 알지 못하는 형편이었다.

발병 초기만 해도 그는 가게에 가서 억지로라도 장의 일을 도우려 했다. 그러나 결국 통증 때문에 꼼짝 못하는 지경이 되었다. 처음엔 보조기구를 착용했고, 나중에는 휠체어에서 생활했다.

르푸트르 가로 휠체어가 배달되었을 때, 로랑은 짓궂은 어조로 말했다.

"맙소사, 장, 이런 시련이 생기면 어떤 반응을 보일지 늘 궁금해했잖아요. 정말로 이렇게 되었으니 시험해보면 되겠네요……"

장이 로랑에게 다가가 로랑의 입에 손가락을 댔다.

"당신에게 시련이지 나한테는 시련이 아니야. 난 억지로 당신을 돌보는 게 아니야. 내가 희생하는 건 아무것도 없다는 뜻이지. 당신을 사랑해."

하지만 로랑은 쇠약해진 자신의 모습도, 그런 모습을 다른 사람들이 보는 것도 견디지 못했다. 공격적으로 변했고, 문병 온 친구들에게 시비를 걸었다. 주변을 사막으로 만들고, 갑자기 어린애처럼 아무것도 못 하다가, 그러고 나서는 비탄에 빠지곤 했다. 물어뜯고, 상처 주고, 언어폭력을 가하는 것이 그가 마지막으로 할 수 있는 일, 최후로 보여주는 남자다움이었다. 그의 내면에서는 오직 격분만이 맹위를 떨치고 있었다.

장은 프랑스 프로방스 지방에 별장 한 채를 구입할 생각을 했다. 시골에 별장이 있으면 도시에서 벗어나 태양과 자연을 벗하며 살아갈 수 있을 테니까…… 그럼 어쩌면 평화로운 삶이 가능하지 않을까? 그는 금빛 돌로 지은 18세기 주택 한 채를 구한 다음 브뤼셀에 있는 보석상은 적당한 사람에게 맡기고, 로랑과 함께 프랑스로 이주했다.

크리스마스이브 날 로랑이 세상을 떠나자, 장은 죽고만 싶었다. 색색의 전구들이 반짝이는 전나무 밑에 결코 풀어보지 못할 선물들이 놓여 있었다. 장은 이 소식을 전해야 할 사람들과, 처리해야 할 절차들을 생각해보았다. 장례식을 계획하고, 여러 가지 문제들도 정리해야 했다. 그런 귀찮은 일을 다른 사람에게 맡기고 세상을 떠나는 것은 약해빠진 인간이나 할 짓이다! 그는 다른 사람들을 생각해, 자살할 마음을 거두었다.

로랑의 시신을 가지고 브뤼셀로 돌아가, 익셀의 묘지에 묘소 두 곳을 산 뒤 서둘러 장례식을 치렀다.

장례식이 끝난 뒤, 공증인이 그가 결코 듣고 싶지 않았던 유언장 내용을 들려주었다. 로랑이 먼저 세상을 떠난 탓에 그가 로랑의 유산을 물려받게 된 것이다. 그 기회를 틈타, 공증인은 다비드와 로랑이 모두 세상을 떠나 이전 유언장이 의미가 없어졌으니 유언장을 다시 작성하라고 장에게 권했다.

장은 생각에 잠겼다. 최근 몇 년 동안 그는 로랑이 죽어간다는 사실을 숨기고 로랑을 친구, 동료, 옛 고객, 멀리 있는 가족들로부터 떼어놓았다. 길었던 그의 시련을 동정해준 사람은 아무도 없었다. 누가 너그럽게 대해주었나? 로랑이 누구와 함께 좋은 시간을 보냈나?

여러 방안이 떠올랐다. 모두 가능한 것들이지만 마음이 끌리는 것은 하나도 없었다. 생각하다 지쳐 유산을 기부할 구호단체를 소개해달라고 공증인에게 청하기로 마음먹은 순간, 어떤 모습 하나가 그의 머릿속에 떠올랐다. 병원 출입구에서 몸이 마비된 에디의 휠체어를 밀던 주느비에브의 모습이었다. 그녀는 장이 겪은 일을 이해했을 것이다. 그 마음을 느꼈을 것이다. 그녀 역시 불구가 된 남편을 오랫동안 돌보았다. 사랑하는 사람들을 잃어보았다. 주세페는 도망치듯 이탈리아로 떠났다. 그리고 다비드는 어떻게 되었던가. 그녀의 아들 다비드는…… 그들의 다비드…… 로랑이 그 아이를 얼마나 사랑했는데……

장은 웃음을 터뜨렸다.
그가 정신적으로 불안정하다고 생각한 공증인이 걱정스럽게 물었다.
"어디 불편하십니까, 데망스 씨?"
"아니에요, 난 괜찮습니다."
살아생전 로랑이 다비드를 장의 아들처럼 여겼으니, 장도 주느비에브를 아들의 어머니로 여겨야 하지 않겠는가?
"예전에 내가 어떤 여자와 결혼한 적이 있으니, 유산은 모두 그 여자에게 상속하는 것으로 하겠습니다."
그리하여 장은 4월 13일에 생트 귀뒬 성당에서 결혼한, 처녀 적 성이 피아스트르인 주느비에브 그르니에를 상속인으로 지정하고 새 유언장을 작성했다.

그리고 그는, 세상을 등지기로 했다.
그러나 안타깝게도 좋은 건강 상태가 발목을 잡았다. 할 일이 아무것도 없었다. 슬픔, 권태, 혐오는 그의 생명을 빼앗는 것이 아니라, 부패시킬 뿐이었다. 그는 시간을 보내기 위해 고전소설을 읽으며, 슬픔 때문에 목숨을 잃었던 그 시절을 부러워했다. 클레브 공작부인은 슬픔으로 시들어갔고, 발자크 소설의 여주인공들도 그랬다. 하지만 그는 그렇지 못했다. 다 여자들이지…… 장은 그 사실에 주목했다. 그녀들이 겪은 슬픔은 더 깊었단 말인가? 그는 성별 때문에 슬픔으로 죽지 못하는 것인가?

오 년 동안 방황의 세월을 보낸 뒤, 마침내 장은 독감으로 몸져누웠다. 단호하고 용의주도하게도, 그는 늦지 않게 의사를 부르는 일이 없도록 신경썼다.

마지막 순간이 다가오고 있음을 느끼자, 그는 로랑을 생각하며 눈을 감았다. 그의 내면에는 사람의 영혼은 죽지 않는다는 어린아이 같은 가톨릭 신앙이 있었으므로, 죽으면 사랑했던 사람을 다시 만나게 된다는, 예전에 들은 이야기가 사실이길 바랐다……

그는 입가에 미소를 띤 채, 확신을 갖고 세상을 떠났다.

*

주느비에브는 자기 저택 발코니에서 분홍빛 모래가 깔린 산책로를, 나무에 매달린 밤송이들이 가로등 유리 전구의 불빛을 받아 어른거리는 예쁜 큰길 옆 잔디밭을 바라보았다. 주민들이 리넨 정장 차림으로 개를 산책시키고 있었다. 희귀종인 그 순종 개들은 경쾌하게 뛰어다녔고, 주인들만큼이나 근사했다. 주느비에브는 르푸트르 가 22번지의 이 저택으로 이사했다.

저택의 규모가 마롤에서 소형 화물차로 싣고 온 가구들이 필요로 하는 공간보다 열 배는 더 넓은데 '이사하다'라는 표현이 과연 적절할까?

그리고 얼마 전, 그녀의 자식들도 이곳에 와서 그녀와 함께 살기로 했다.

그녀는 자기 은인의 수수께끼를 아직 풀지 못했다.

장이 세상을 떠나기 전 자신의 인생에 대해 알려줄 만한 서류, 편지, 사진 들을 모두 불태워버린 것이다. 주변 사람들에게 그에 대해 물었지만, 주느비에브는 사소한 것들밖에 알아내지 못했다. 그가 소유했던 건물들에 관리인이 없었고, 다른 재산도 터키 노동자들이 세운 회사에서 십 년 전부터 안전하게 관리해왔기 때문이다. 옛 이웃들도 이사를 갔고, 새 이웃들은 장을 그저 외로운 노인으로만 기억할 뿐이었다. 어떤 사람들은 그녀가 말도 안 되는 이야기를 지어냈다고 생각했다. 생전에 장은 사람을 싫어해 사람들과 어울리지 않았으니까. 어떤 사람들은 장이 어느 유부녀와 수상쩍은 관계를 맺고 있었다고 했다. 또다른 사람들 말에 따르면—이것이 가장 터무니없는 이야기였다. 장에게는 동성 애인이 있었다고 했다. 그의 묘소 옆에 묻힌 그 남자가 장의 동성 애인이었다는 것이다. 사람들 참 못되기도 하다…… 그녀가 사진에서 본, 그렇게도 남자답게 생긴 사람이 다른 남자의 품에 안겨 있는 모습은 상상할 수 없었다.

초인종 소리가 울리고, 주느비에브의 자식들이 도착했다.

설명을 해야 했다.

미니가 제일 먼저 들어와 어머니를 끌어안았다. 그런 다음 감탄하며 이리저리 집안을 둘러보기 시작했다. 오 분 뒤에 조니와 클로디아가 나타났다. 그들은 애써 가벼운 이야깃거리를 몇 마디 늘어놓고는, 미니와 마찬가지로 집안 구경에 나섰다.

"내가 차를 준비하고 케이크도 배달시켰단다."

주느비에브가 말했다.

주느비에브는 '케이크를 배달시켰다'는 말을 통해 자신이 부자가 되었음을 암시하며 자식들에게 긴장감을 불러일으켰다.

자식들이 테이블을 둘러싸고 앉아, 똑같은 질문이 담긴 눈으로 주느비에브를 바라보았다.

"그래, 감추지 않으마, 얘들아. 내가 큰 유산을 상속받았단다."

그녀는 어리둥절해 있는 자식들 앞에서, 자신이 소유하게 된 동산, 부동산 들을 죽 열거했다. 그럼으로써 자신의 정직함을 증명하고, 자신이 아는 것들을 기탄없이 드러냈다. 사실 그녀는 다음 이야기를 하기 전에 땅을 평평하게 다지는 작업을 하고 있었다.

몹시 놀란 자식들은 호기심을 느끼며 몸을 뒤틀었다.

주느비에브는 그 구역의 명물인 산딸기 케이크를 자르고 차를 따라주었다. 몇 분 더 뜸을 들이고 싶었다. 하지만 미니가 다그쳐 물었다.

"이유가 뭔데요?"

"무엇 때문이냐고?"

주느비에브가 힘겹게 말했다.

"그분이 무엇 때문에 그 큰 재산을 엄마한테 물려줬느냐고요."

주느비에브는 세 자녀의 얼굴을 빤히 바라보았다. 아이들의 표정에서, 그들이 이미 예측하고 있는 대답을 짐작할 수 있었다. 그녀에게서 이 이야기를 들은 사람들이 모두 그랬듯이, 아이들도 그녀가 장 데망스의 내연녀였다고 생각하고 있었다. 그것이 모든 사람들이 납득할 만한 유일한 이유였다. 상식을 넘어서는 이 수수께끼를 아이들이 받아들이게 하려면, 입씨름을 벌이고 논쟁을 해야 할 것이다.

그녀는 자기 찻잔을 밀어내고, 높은 의자에 몸을 묻었다.

"그래, 얘들아, 거짓말하지 않으마."

아이들이 입을 벌리고 그녀를 응시했다. 그녀의 내면에서 무슨 일이 일어나고 있는지 알지 못한 채. 그녀는 이어서 말했다.
"장 데망스는 내 애인이었단다. 그래, 장 데망스는 내가 가장 사랑한 남자였어."
이 말에 스스로 충격을 받은 그녀는 인 페토 in petto, 마음속으로 '날 용서해요, 주세페'라고 중얼거렸다.
아이들이 다음 말을 기다리고 있어서 그녀는 계속 말을 이어갔다.
"우리는 서로 무척 사랑했단다. 이십오 년 전에 너희에게 말하려고 했지. 너희에게 그 사람을 소개하려고 했어. 너희 아버지와는 헤어질 생각이었단다. 그런데 갑자기 너희 아버지가 뇌출혈로 쓰러졌지. 그렇게 되고 보니 차마 헤어질 수 없고, 네 아버지를 돌볼 수밖에 없었단다……"
그녀의 목소리가 떨려왔다. 지어낸 이야기를 하자니 마음이 동요했다. 그녀는 이 거짓말 밑에 웅크리고 숨으려 하고 있었다. 하지만 세상엔 수많은 진실이 존재하지 않는가?
미니가 너그러운 표정으로 어머니의 손에 자기 손을 얹고, 잠잠하면서도 슬픈 목소리로 물었다.
"왜 아빠가 돌아가신 뒤에도 우리에게 말하지 않으셨어요?"
"장이 원치 않았어."

"왜요?"

"슬픔이 너무 컸거든."

"오랫동안 엄마를 그리워해서요?"

"그것만은 아니야."

주느비에브는 그렇게 위기를 모면했다. 자신이 말하려고 한 것, 믿으려고 애쓴 것이 무엇인지 그녀는 잘 알고 있었다. 그녀의 입술에서 다음과 같은 말이 중얼중얼 새어나왔다.

"너희 동생 다비드의 아버지가 바로 장이었단다. 다비드가 죽고 나서 그 사람은 몹시 괴로워했어."

이윽고 흐느낌이 새어나와 그녀의 목이 메었다. 울음을 멈출 수가 없었다. 하긴, 그래봐야 무슨 소용이겠는가?

어머니가 숨겨온 비밀을 알고 아이들은 깜짝 놀랐다. 그리고 어머니의 눈물에 당황한 나머지 황급히 다가와 그녀를 끌어안고 위로해주었다. 평소 그녀는 감정을 잘 드러내는 사람이 아니었다.

그리하여 주느비에브 그르니에는, 메마른 눈을 한 주느비에브는, 다비드의 죽음 이후 눈물을 흘린 적이 없는 주느비에브는, 오십오 년 전 4월 13일 오후 생트 귀딜 성당에서 에디 그르니에와 결혼한, 처녀 적 성이 피아스트르인 주느비에브 그르니에는 스스로의 속임수를 통해 보호받게 되었다. 그리고 마침내 자신의 망쳐버린 인생을 위해, 잃어버린 사랑을 위해, 죽음이 삼켜버린 아들을 위해 마음껏 눈물을 흘렸다.

개
— 에마뉘엘 레비나스를 기리며

사무엘 하이만은 에노의 하늘 아래에서 수십 년 동안 의사로 일했다. 그는 소박한 개업의였지만 마을 사람들로부터 존경을 받았다. 일흔 살이 되자, 그는 자기 집 대문에 붙여놓은 의사 명판을 떼어내 앞으로는 환자를 보지 않겠다는 뜻을 주민들에게 알렸다. 주민들이 만류했지만, 그는 결심을 번복하지 않았다. 그가 현역에서 은퇴했으므로, 마을 사람들은 오 킬로미터 떨어진 메테로 진료를 받으러 가야 했다. 의학 공부를 갓 마친 젊고 유능한 의사가 얼마 전 그곳에 개업을 한 것이다.

반세기 동안 그 마을에서 하이만 박사에 대해 불평한 사람은 아무도 없었다. 그러나 하이만 박사에 대해 잘 아는 사람 또한 없었다.

내가 그 마을로 막 이사 갔을 때 그에 관해 알 수 있었던 것은 아내가 세상을 떠난 뒤 그가 혼자 딸을 키웠다는 것과, 늘 똑같은 개 한 마리와 함께 살고 있다는 것이 전부였다.

"똑같은 개요?"

내가 어리둥절해서 물었다.

"네, 선생님. 똑같은 개요." 교회 맞은편에 딱 하나 있는 카페 페트렐의 사장이 대답했다. "보스롱*이죠."

카페 사장이 사람을 놀리는 게 아닌가 싶어서, 나는 신중하게 대화를 이어갔다.

"보스롱은 대개…… 수명이 십 년에서 십이 년 정도인데요."

"하이만 박사님은 아르고스라는 이름의 보스롱을 사십 년 넘게 키우고 있어요. 개 나이가 저와 같죠. 둘이 늘 붙어 다닌답니다. 제 말이 믿기지 않으면 마을 어른들에게 물어보세요……"

카페 주인은 가냘픈 몸에 헐렁한 체크무늬 셔츠를 걸친, 세월이 남긴 풍상의 흔적이 역력한 늙은이 네 명을 가리켰다. 그들은 텔레비전 옆에서 카드놀이를 하고 있었다.

---

* 프랑스 원산의 목양견. 베르제 드 보스Berger de Beauce 또는 뷰세런Beauceron이라고도 부른다. 16세기 이전부터 멧돼지 사냥이나 가축 보호용으로 사육했고, 오늘날에는 양치기 개나 경찰견으로 사용된다.

어안이 벙벙해진 내 얼굴을 보고 카페 주인이 웃음을 터뜨렸다.

"농담입니다, 손님. 제 말은, 하이만 박사님이 그 정도로 보스롱을 고집하신다는 거예요. 키우던 개가 세상을 떠날 때마다 같은 종의 새 개를 데려와 아르고스라고 불러요. 하이만 박사님은 개를 꾸짖을 때 적어도 이름을 혼동하는 일은 없을 거예요."

"게으르기도 하네요!"

내가 외쳤다. 멍청이 취급을 받은 것 같아서 화가 났다.

"게으르다고요? 그런 표현은 하이만 박사님하고는 어울리지 않는 걸요."

남자가 카운터를 걸레로 문지르며 투덜거렸다.

그 일이 있은 후 몇 달을 지내면서, 나는 그 수다쟁이 카페 사장의 말이 옳다는 것을 깨달았다. 하이만 박사는 한가롭게 시간을 보내는 사람이 결코 아니었다! 그는 여유롭게 쉬는 것에 마음을 뺏기는 법이 없었다. 여든의 나이에도 하루에 몇 시간씩 개를 산책시켰고, 장작을 팼고, 여러 단체를 이끌었고, 담쟁이덩굴로 뒤덮이고 청석으로 된 자신의 작은 성 주위를 둘러싸고 있는 넓은 정원을 관리했다. 부르주아 스타일의 그 화려한 건물 뒤에는 다른 집들이 없고 들판과 초원, 작은 숲뿐이었다. 멀리 보이는 투르니뷔스 숲까지 이어진 어두운 초록색 선이 지평선을 이루었다. 사무엘 하이만은 마을과 숲의 경계에 있는 그 부지를 좋아했다. 그는 두 세계에, 인간의 세계와 동물의 세계에 살고 있었다. 이웃들과 수다를 떨고, 개와 함께 나란히 달리면서.

길이 꺾이는 지점에서 그들의 모습을 보면, 그 우스운 모양새가 참으로 인상적이었다. 투박하면서도 우아한 시골 신사 두 명이 걸어가는 듯했다. 한쪽은 다리가 둘이고 다른 한쪽은 다리가 넷이었지만, 몸집과 걸음걸이가 비슷했다. 그들은 자랑스럽게, 짜임새 있게, 자신 있고 힘있고 균형감 있게 바닥을 디디며 나아갔다. 그들은 하이킹하는 사람들에게 음울하고, 엄격하고, 거의 냉혹하기까지 한 눈길을 던졌다. 그러나 그 사람들과의 거리가 좁혀지기 무섭게 그 눈길은 다시 너그러워졌다. 마을 사람들은 하이만 박사와 개 사이의 차이점을 찾아보려 했지만, 오히려 전에는 몰랐던 공통점만 더 발견할 뿐이었다. 하이만 박사는 벨벳 또는 트위드로 된 옷을 입고 다녔고, 그의 개는 머리 쪽 털이 빽빽하니 면도한 것처럼 짧고 몸에도 짧은 털이 나 있었다. 그리고 둘 다 장갑을 끼고 있었다. 하이만 박사가 낀 것은 진짜 장갑이고, 개는 태어날 때부터 벙어리장갑을 낀 것처럼 발 부분만 황갈색이었다. 사무엘 하이만은 창백한 얼굴에 눈썹이 마치 숯검정처럼 검었고, 그의 개 아르고스는 검은 털에 눈 위쪽만 베이지색이었다. 그 대비가 그들에게 풍부한 개성을 부여해주었다. 그 오만한 한 쌍은 연한 빛깔의 상반신을 똑같이 내밀어 보란 듯이 과시했다. 주인은 목에 스카프를 둘렀고, 네발짐승은 가슴팍에 호박색 얼룩이 펼쳐져 있었다.

나는 그들을 잘 알지 못했지만, 그들과 함께 산책을 많이 했다. 내가 개 세 마리를 데리고 들판에서 하이킹을 하는 데 맛을 들여서, 토요일이나 일요일에 그들과 마주치는 일이 잦았다.

처음에 사무엘 하이만은 몸을 굽혀 형식적인 인사만 건넬 뿐이었다. 그의 개는 내 사냥개들보다 더 사랑스러워 보였다. 이미 대여섯 번 마주친 터라 내가 이야기 좀 나누자고 청하자, 그는 신중한 태도로 낯선 사람과 대화를 나누는 데 동의했다. 물론 조금이라도 허물없게 느껴질 만한 태도는 보이지 않았다. 하지만 그의 개 아르고스가 내 사냥개들을 열렬히 반긴 덕분에 그의 태도는 한결 따뜻해졌고, 나는 게임에서 이겼다고 생각했다. 그런데 내 래브라도들 없이 마을에서 그에게 인사를 건네자, 그는 나를 기억하지 못했다. 그는 먼저 짐승에게, 그 다음으로 인간에게 관심을 기울이며 세상을 이해하는 사람이었다. 그가 기억하는 대상, 함께 어울리면서 기쁨을 느끼는 대상은 내가 아니라 내 개들이었다. 그런 탓에 그에게 나는 세 개의 개줄 위에 떠다니던 흐릿한 얼굴로만 남아 있었다. 어느 날 내가 간단한 수리를 하다가 부상을 입어서 카페 주인이 나를 급히 하이만 박사에게 데려갔는데, 그날 그것을 확인할 수 있었다. 하이만 박사가 상처 부위를 살펴보기 위해 몸을 숙일 때, 나는 그가 나보다는 내 상처에 말을 건넨다는 인상, 내가 처한 상황 속에서 내 존재감이 사라지고 있다는 인상, 그가 연민보다는 도덕적 필요 때문에 내 상처를 돌봐준다는 인상을 받았다. 그의 세심하고 결연한 박애정신은 자발적인 태도라기보다는 의무나 의지의 표현으로 느껴졌다. 나는 그 사실에 위압감을 느꼈다.

하지만 여러 달이 지나면서, 몇 번 더 못 알아보긴 했지만, 마침내 그가 내 개들과 상관없이 나를 알아보기에 이르렀다. 그리고 내가 작가라는 사실을 알고는 내게 자기 집 문을 열어 주었다.

우리의 관계는 존경심이 깃든 모습으로 시작되었다. 그는 내 책들을 높이 평가했고, 나는 그의 수줍어하는 태도가 무척 마음에 들었다.

내가 그를 집으로 초대했고, 그 역시 나를 자기 집에 맞아들였다. 공통의 관심사를 발견한 뒤로는 위스키 한 병이 우리를 이어주는 좋은 핑곗거리가 되었다. 우리는 벽난로 앞에 앉아 고급 위스키에 좋은 맛을 내주는 몰트의 비율에 관해, 토탄土炭 불에 건조하는 과정에 관해, 술통을 만드는 데 쓰는 나무의 종류에 관해 얘기를 나누었다. 사무엘은 위스키는 해초 향, 요오드 향 그리고 짭짤한 풍미가 배어들어야 제대로 숙성된다고 주장하면서 바닷가의 공장에서 증류된 위스키를 최고로 쳤다. 위스키에 대한 우리의 열정은 역설적으로 물에 대한 지식까지 발전시켰다. 알코올 도수가 55도에서 60도쯤 되는 '통에 담긴 싱글 위스키'를 시음하려면 잔 두 개 — 하나는 위스키를 담을 잔, 또하나는 물을 담을 잔 — 가 필요했기 때문이다. 우리는 최상의 시음을 하게 해줄 샘물을 찾아다녔다.

사무엘 하이만이 개와 함께 있는 방안에 들어갈 때면, 왠지 늘 방해하는 느낌이 들었다. 그 남자와 그 짐승은 고요한 분위기에 젖어, 커튼 너머에서 새어들어온 하얀 빛으로 결합되어, 아름답고 고귀한 모습으로 꼼짝 않고 있었다. 내가 어떤 시간에 찾아가도, 그들은 같은 자세로 뭔가에 몰입해 있거나, 몽상에 잠겨 있거나, 장난을 치거나, 지쳐 있었다…… 내가 문지방을 넘어서면 그 예기치 않은 출현에 그들의 자세가 흐트러졌고, 그 그림이 어쩔 수 없이 살아 움직였다. 개는 놀라서 주둥이를 쳐들고는, 납작한 머리통을 왼쪽으로 기울이고 두 귀를 앞으로 접었다. 그러고는 개암색 눈으로 나를 훑어보았다. '이 무슨 조심스럽지 못한 행동인가요! 이런 행동을 할 만한 합당한 이유라도 있나요……' 반면 개보다 민첩하지 못한 주인은 한숨을 억누른 뒤 미소를 짓고는, '세상에, 또 왔습니까!'라는 짜증스러운 마음을 솜씨 있게 감추지도 못한 채 예의 차린 인사말을 횡설수설 중얼거렸다. 오랫동안 밤낮으로 함께 시간을 보내고 끊임없이 비밀 모임을 가지면서도, 그들은 서로에게 충분히 만족하지 못하는 듯했다. 둘이 나란히 앉아 숨 쉬는 것보다 더 완벽한 것은 이 세상에 없다는 듯, 함께하는 매 순간을 즐기는 것 같았다. 그러니 누구든 그들 앞에 불쑥 나타난 사람은 그 충만하고 강렬하고 풍부하고 흥미진진한 순간을 중단시켜버리는 셈이었다.

책과 위스키라는 화제를 벗어나면 우리의 토론은 빠르게 시들해졌다. 사무엘은 일상적인 화제를 별로 좋아하지 않을 뿐 아니라, 개인적인 이야기도 전혀 하지 않았다. 어린 시절, 청년 시절 혹은 연애 시절과 관련된 그 어떤 일화도 들려주지 않았다. 나이가 팔십이나 된 노인인데, 어제 태어난 것처럼 생각될 정도였다. 큰마음 먹고 내 속내를 털어놓으면 들어주긴 했지만, 그 답례로 자기 이야기를 하는 법은 없었다. 딸에 대한 이야기가 가끔씩 그의 가면을 벗겨주었는데, 그는 딸을 사랑했고, 딸─그녀는 나뮈르에서 변호사 사무실을 운영하고 있었다─의 성공을 자랑스러워했으며, 그런 마음을 굳이 감추지 않았다. 그렇기는 했지만, 그리고 그가 진실한 사람이긴 했지만, 그는 관습적인 것들만 이야기할 뿐이었다. 그래서 나는 그가 무엇에 흥분해본 적이 한 번도 없는 사람이라고 생각하게 되었고, 자기 개와 함께 있을 때만 완벽한 친밀감을 느낀다고 결론 내리게 되었다.

지난여름, 나는 외국 몇 개국을 순회할 일이 생겨 몇 달 동안 그 고장을 떠나 있게 되었다. 출발하기 전날, 그는 짐짓 놀리는 표정으로 '글을 쓰기보다 이야기를 더 많이 하게 된 작가 선생이 즐거운 여행을 하기를' 빌어주었다. 그리고 나는 좋은 책 몇 권과 우리의 겨울을 채워줄 귀한 위스키 몇 병을 선물로 갖다주겠다고 약속했다.

순회 여행을 마치고 돌아온 나는 놀라운 소식을 접하고는 얼이 빠졌다.

일주일 전, 사무엘의 개 아르고스가 차에 치여 죽었다는 것이었다.

그 일이 일어나고 닷새가 지나, 사무엘도 세상을 떠났다고 했다.

마을 사람들은 충격에 몸을 떨고 있었다. 내가 집에 도착하기도 전에, 길에서 만난 식료품점 주인이 회한에 젖은 목소리로 그 소식을 알려주었다. 박사의 집 가정부가 부엌 바닥에 쓰러져 있는 그를 발견했는데, 머리가 터져 벽의 타일에까지 피가 튀어 있었다고 했다. 경찰에 따르면, 그가 자기 입안에 총한 발을 쏘았다는 것이다.
'엄청난 일이군……'
나는 생각했다. 내가 보인 반응은 죽음이라는 사건에 흔히 기대되는 반응은 아니었다. 나는 슬픔을 느끼는 대신 경탄에 사로잡혔다.

화려하고 장엄하고 논리적인 그 결말을 숭배하고 싶은 마음마저 들었다. 사무엘과 그의 개의 사랑은 마지막 순간까지 계속되었던 것이다. 그 둘의 죽음에는 과도한 로맨티시즘이 개입되어 있었다. 한쪽의 죽음이 다른 한쪽의 죽음을 불러온 데는 의심의 여지가 없었다. 그들은 평소 습관대로 서로 영향을 주고받으면서, 거의 동시에 삶을 버리고 극단적인 죽음을 선택한 것이다.

잠시 후, 나는 냉정을 되찾고 내가 한 생각을 꾸짖었다.
'그런 괴상한 생각은 그만해. 키우던 개가 차에 치여 죽었다는 이유로 자살하는 사람은 없어. 아마도 사무엘은 오래전부터 자살을 준비하고 있었을 거야. 하지만 개를 돌봐야 하기 때문에 실행에 옮기지 못했겠지. 그런데 사고로 개가 죽어버리자, 그 계획을 실행에 옮긴 거야. 아니면 사무엘은 아르고스가 사고로 죽은 직후에 자신이 고통스러운 불치병에 걸린 사실을 알았을지도 몰라. 그래서 고통을 피하려고 그런 짓을 했는지도 모르지…… 그래, 그래, 이런 사건은 대개 그런 식으로 일어나지. 우연의 연속으로! 그는 슬픔 때문에 자살한 게 아니야. 키우던 개가 차에 치였다는 이유로 자살하는 사람은 아무도 없어.'

그런데 부정하면 할수록 그 가설은 더욱 신빙성 있게 느껴졌다.

나는 짜증스럽고 머리가 무거워져서 집으로 가기를 포기하고, 친구 사무엘에 대한 기억을 기리고 그에게 경의를 표하기 위해 마을 사람들과 함께 페트렐 쪽으로 향했다.

안타깝게도 소문은 내가 상상했던 것보다 더 넓게 퍼져가고 있었다. 추위에도 불구하고 맥주를 마시러 나온 단골들이 널찍한 보도 한쪽에 놓인 술집 테이블에 둘러앉아 하이만 박사가 자기 개가 사고로 죽은 뒤 자살했다고 쑥덕거렸다.

"갈가리 찢긴 개의 시신을 수습하던 그분의 모습을 봤어야 합니다. 정말 끔찍했어요."

"그래요? 그분이 많이 슬퍼하시던가요?"

"아니요, 오히려 증오심이 가득했어요. 충혈된 눈으로 하늘을 향해 '안 돼'라고 여러 번 울부짖더군요. 그러더니 우리 쪽으로 몸을 돌렸어요. 우리가 그곳을 향해 다가가고 있었거든요. 그때 저는 그분이 우리를 죽이려는 줄 알았어요. 우리는 별다른 이유 없이 거기에 있었던 건데 말이에요. 그때 그분의 눈빛은 정말…… 눈에 띄는 곳에 단검이라도 있었다면 그분은 우리의 목숨마저 끝장내버렸을 거예요."

"거기가 어디인데요?"

"트롱숑 농장 뒤에 있는 빌리에 길요."

"사고는 누가 낸 겁니까?"

"모르겠습니다. 운전자가 달아나버렸어요."

"그 개는 영리해서 자동차들을 잘 피했어요. 주인과 떨어지는 법도 없었는데."

"그건 제가 설명해드리죠. 그분의 가정부 마리즈가 저한테 말해줬거든요. 그 의사 선생님은 개와 단둘이 도랑 가장자리에서 버섯을 살펴보던 중이었답니다. 그때 마침 대형 트럭 한 대가 무척 빠른 속도로 지나갔대요. 박사님은 트럭에 아슬아슬하게 몸을 스쳤고, 아르고스는 골반을 정면으로 부딪쳤다더군요. 개는 그 자리에서 탈구되었습니다. 화물트럭 운전자는 그들을 보고도 자기가 갈 길에서 단 일 센티미터도 비키지 않았던 거예요. 정말 나쁜 놈이죠!"

"어처구니없는 일이군요!"

"그 개가 가여워요."

"개도 가엽고 박사님도 가엽죠."

"개와 부딪친 충격 때문에 차체가 위로 붕 떠오를 정도였다는데!"

"슬픔이라는 건 말로 표현할 수 있는 것이 아니지요."

"그래도요!"

"제기랄, 그 의사 선생님은 사람들이 죽는 모습을 많이 봤을 텐데. 그래도 자살하지는 않았잖아요."

"그러게요, 어쩌면 사람보다 자기 개를 더 사랑했던 걸까요?"

"당신 말이 맞을까봐 두렵네요."

"그만들 해요! 그분은 평생 살아오면서 개를 여러 마리 잃었어요······ 그때마다 다시 개를 샀고요. 하긴, 이번 사고는 전혀 예측하지 못했던 일이라 큰 충격을 받았는지도 모르죠."

"이번에 죽은 아르고스를 다른 개들보다 더 좋아했는지 생각해볼 필요도 있어요."

"아니면 박사님이 지쳐버렸거나."

"잠깐만! 예전 개들은 수명을 다 누리고 자연사했잖아요. 엉터리 운전자 때문에 몸이 조각조각 찢겨서 죽지는 않았어요!"

"어쨌거나 개를 그렇게까지 사랑하는 건 석연치 않은 일이라는 생각이 드네요."

"개를 그렇게까지 사랑하는 것, 아니면 사람을 그렇게까지 사랑하지 않는 것?"

누군가 이렇게 묻자, 침묵이 온통 홀 안을 뒤덮어버렸다. 커피메이커가 쉭쉭 소리를 냈다. 텔레비전에서는 3연승식 경마 결과가 흘러나왔고, 벽에 달라붙어 있던 파리는 주위가 갑자기 조용해지자 사람들 눈에 띨까봐 겁을 냈다. 각자 스스로에게 질문했다. 사랑하기 좋은 대상은 누구인가? 인간인가 아니면 개인가? 그리고 둘 중 누가 그 사랑을 더 잘 돌려주는가?

불편한 질문이었다.

나는 생각에 잠긴 채 기계적인 발걸음으로 집에 돌아왔다. 그리고 나를 보자 몸이 자꾸만 한쪽으로 쏠릴 정도로 열심히 꼬리를 흔들면서 장난치는 래브라도들을 쓰다듬어주었다. 잠시 후, 나는 그 개들에게 그런 사랑을 주지 않았음을, 사무엘 하이만이 아르고스에게 준 사랑이 훨씬 더 컸음을 깨달았다. 순수한 사랑, 위대한 사랑······

나는 가장 값비싼 위스키 병을 땄다. 아일레이 섬의 몰트로 만든 것으로, 사무엘에게 선물하려고 한 위스키였다. 그날 저녁, 나는 두 사람 몫의 술을 마셨다.

다음 날, 사무엘의 딸 미란다가 내 집에 찾아왔다.
두세 번 마주친 것이 전부였기 때문에 잘 아는 사이라고 할 수는 없었다. 하지만 나는 첫눈에 그녀에게 강한 호감을 느꼈다. 생기 넘치고, 소탈하고, 독립적이고, 의사 표현이 분명하고, 거의 쌀쌀맞기까지 한 여자였다. 그녀는 상냥하게 구는 방법이 아니라 거절을 통해 남자를 유혹하는 현대적인 여성의 전형이었다. 그녀는 어느 남자에게나 그랬을 것처럼 모호하지 않은 방식으로 말을 걸어와 나를 편안하게 해주었다. 너무나 편안한 나머지, 잠시 뒤 그녀의 섬세한 이목구비와 여성스러운 다리에 눈이 갔을 때는 경탄 어린 놀라움마저 느꼈다.
적갈색 머리의 미란다는 안개 낀 아침을 배경으로 얼굴에 미소를 띤 채 나를 방해하는 것은 아닌지 확인한 뒤, 방금 산 크루아상 봉지를 흔들어 보였다. 그러고는 커피나 한잔하자고 청했다. 그녀의 태도는 권위가 있으면서도 자연스러웠다.
나는 주방으로 가면서 그녀에게 조의를 표했고, 그녀는 이마를 숙이고 수수께끼 같은 태도로 내 조의를 받아들였다. 그런 다음 내 앞에 앉아서 말했다.

"아버지는 당신과 토론하는 걸 좋아하셨어요. 그러니 저에게 말씀하시지 않은…… 것들을 당신에게는 말씀하셨을 거예요."

"글쎄요, 우리는 문학과 위스키에 대해 이야기를 나눴어요. 주로 문학과 위스키에 대해서요."

"때때로 일반적인 주제를 이야기하면서 특별한 추억을 결부시키기도 하잖아요."

나는 자리에 앉은 뒤, 유도해보기도 했지만 고인은 절대 개인적인 이야기를 화제에 올린 적이 없었다고 털어놓았다.

"그분은 자신을 많이 보호하셨습니다."

내가 결론지었다.

"무엇으로부터요?" 미란다는 화가 난 것 같았다. 그녀가 말을 이었다. "아니면 누구로부터요? 나는 그분의 외동딸이에요. 그분을 사랑하고요. 하지만 난 그분에 대해 아무것도 몰라요. 아버지는 타의 모범이 되는 인물이었지만, 나에겐 미지의 인물로 남아 있죠. 내가 아버지에게 하는 단 하나의 원망이 바로 이거예요. 아버지는 나를 위해 무엇이든 해주었지만 자신이 어떤 사람인지는 절대 말해주지 않았다는 사실요."

그녀는 옆에 내려놓은 바구니 안에서 거추장스러울 정도로

부피가 큰 앨범 한 권을 끄집어냈다.

"보세요."

실크로 된 보호지 아래 각각의 페이지들에 사진이 한 장씩 담겨 있고 설명글이 붙어 있었다. 나는 침울한 기분으로 앨범을 넘겼다. 앨범은 사무엘과 에디트의 결혼식에서 시작했다. 에디트는 적갈색 머리에 입매가 시원스러운 예쁜 아가씨였다. 그들의 발치에 보스롱 한 마리가 앉아 있었다. 자기가 그들 부부의 아이라도 되는 양 자랑스러워하는 모습이었다. 이윽고 아기 하나가 춤추는 듯한 이미지들 속으로 등장했는데, 그 아기 역시 개에게 감시를 받고 있었다. 상투적인 단체 사진들 위에서 넷으로 이루어진 한 가족이, 부부와 개로 이루어진 트리오가 미소짓고 있었다. 이들 트리오에 젖먹이 아기가 추가된 것이다. 그리고 미란다가 다섯 살 때, 에디트가 세상을 떠났다.

"어머니에게 무슨 일이 생긴 겁니까?"

"뇌종양이었어요. 급성이었죠."

그때부터 앨범에는 재구성된 가족사진들이 등장했다. 개가 사무엘 옆, 아내의 자리를 차지했고, 미란다는 그들 앞에 서 있었다.

"뭔가 눈에 띄는 점이 있나요?"

미란다가 불쑥 물었다.

"음, 당신 아버지의 어린 시절이나 사춘기 시절 사진이 없네요."

"제 조부모님이 전쟁 때 돌아가셨대요. 아버지는 그 일에 대해 이야기하지 않으려 하셨어요. 가족이 학살당한 유대인들이 대개 그러는 것처럼요…… 그래서 저는 제 조부모님, 삼촌이나 고모 들에 대해 아무것도 몰라요. 아버지 혼자 살아남으셨죠."

"어떻게요?"

"전쟁 동안 가톨릭계 기숙학교에 숨어 계셨대요. 나뮈르에 있는. 어느 사제분이 숨겨주셨다더군요. 그분은…… 앙드레 신부님이에요. 그것 말고 또 눈에 띄는 점은 없나요?"

나는 그녀가 무슨 이야기를 하려고 하는지 알아차렸다. 나처럼, 마을 사람들처럼, 그녀 역시 개의 중요성에 관해 자문하고 있었던 것이다. 그녀는 자기 아버지가 정말 개에게 일어난 사고 때문에 절망적인 선택을 했는지 궁금해하고 있었다. 하지만 그런 의혹은 고인의 딸에게 큰 고통이 될 거라는 생각에 나는 감히 그 주제를 꺼내지 못했다.

그녀가 간절하고, 고집스럽고, 자신감에 찬 표정으로 나를 응시했다. 결국 나는 불분명한 소리로 중얼거렸다.

"미란다, 당신은 아버지의 개들과 관계가 어땠나요?"

내가 핵심을 찾아냈다는 사실에 안도했는지, 그녀가 한숨을 내쉬었다. 그녀는 잔에 남은 커피를 마저 마시고는, 의자 깊숙이 등을 기대고 나를 바라보았다.

"아빠는 개를 한 번에 한 마리씩만 키우셨어요. 아르고스라고 부른 보스롱들이었죠. 지금 제 나이가 쉰인데, 제가 본 개는 모두 합쳐 네 마리예요."

"왜 보스롱만 키우셨죠?"

"그건 전혀 모르겠어요."

"왜 모두에게 아르고스라는 이름을 붙였고요?"

"그것도 몰라요."

"당신은요? 당신은 그것에 대해 어떻게 생각했나요?"

미란다는 주저했다. 그런 감정을 말로 표현하는 데 별로 익숙지 않은 듯했다. 그러나 표현하고 싶어했다.

"저는 그 개들을 모두 사랑했어요. 열렬히 사랑했죠. 개들은 착했고, 우리에게 활기를 불어넣어주었고, 다정하고 헌신적이었어요. 내 형제이고 자매였죠……"

그녀는 말을 하다 말고 생각에 잠겼다. 그리고 덧붙였다.

"그들은 내 어머니였어요…… 조금은 아버지이기도 했고요."

그녀의 눈이 촉촉해졌다. 자신이 한 말에 스스로 놀란 것 같았다. 그녀를 도와주고 싶었다.

"미란다, 당신 아버지께서 키우신 개니까 형제나 자매라는 건 상상할 수 있습니다. 친구로 여긴다는 것도요. 하지만 어머니라뇨?"

그녀의 눈길이 잠시 갈 곳을 잃었다. 눈동자가 바닥에 고정되었다. 그 불투명한 눈동자의 부동성에서 그녀가 추억을 떠올리고 있음을 짐작할 수 있었다.

"아르고스는 아빠보다도 저를 잘 이해해줬어요. 제가 슬퍼하거나, 당황하거나, 창피해하면 단번에 알아차렸죠. 아르고스는 제 마음 상태를 직감으로 눈치챘어요. 마치 어머니처럼요…… 그런 다음 그걸 아버지에게 알려줬죠. 오, 그래요. 아르고스가 개입해서 저에게 주의를 기울여야 한다고, 제 말에 귀기울여야 한다고, 제 속내를 끌어내야 한다고 아빠에게 일깨워준 적이 얼마나 많았는지 몰라요. 아빠가 아르고스의 뜻에 따르면, 아르고스는 우리 사이에 똑바로 앉아 우리 두 사람을 감시했죠. 아르고스는 자기가 즉각적으로 파악한 그것을 제가 복잡한 인간의 언어로 아버지에게 잘 설명하는지 확인했어요."

그녀의 목소리가 더 부드러워지고 날카로워졌다. 가만히 머리칼을 매만지는 그녀의 손이 떨렸다. 스스로도 깨닫지 못하는 사이에, 미란다는 자신이 이야기한 어린 여자아이가 되어 있었다. 그녀가 계속 말했다.

"게다가 아르고스는 저에게 입맞춰주고 저를 어루만져주었어요. 마치 어머니처럼요. 아빠는 저에게 신중한 행동만 가르치셨어요. 제가 아르고스와 양탄자에 나란히 누워 몽상에 잠기거나 이야기를 나눈 적이 얼마나 많은지 아세요? 아르고스는 제가 만지는 유일한 육체였고 저를 만져주는 유일한 육체였어요. 어머니처럼요. 안 그래요?"

그녀는 자신이 그리워하는 것을 정확하게 표현했는지 확인받고 싶어하는 어린 여자아이처럼 나에게 물었다.

나는 그녀가 한 말을 되풀이하며 맞장구쳤다.

"어머니처럼요."

그녀가 마음을 놓고 빙긋이 웃었다.

"제 몸에서 아르고스의 냄새가 날 때가 많았어요. 아르고스가 저에게 뛰어올랐으니까요. 아르고스가 저를 핥았으니까요. 아르고스가 제 다리에 찰싹 달라붙어 있었으니까요. 아르고스는 자기의 애정을 저에게 보여줘야 했거든요. 제가 어렸을 때, 아르고스에게는 고유한 냄새가 있었어요. 하지만 아빠에겐 냄새가 없었죠. 아빠는 멀리 계셨고, 아무 냄새도 나지 않았어요. 아니면 청결의 냄새, 다시 말해 문명화된 냄새가 났는지도 모르겠어요. 오드콜로뉴나 소독약에서 나는 냄새요. 남자 또는 의사 냄새요. 오직 아르고스만 고유의 냄새를 갖고 있었죠. 그리고 저는 아르고스의 냄새를 간직했고요."

그녀가 눈을 들어 나를 보았고, 나는 그녀 대신 말했다.

"어머니처럼요……"

긴 침묵이 이어졌다. 나는 미란다가 행복했던 과거를 떠올리며 해변을 거닐고 있음을 짐작하면서 감히 그 침묵을 깨뜨리지 못했다. 이윽고 그녀의 애도가 시작되었다. 누구에 대한 애도일까? 아버지 사무엘에 대한? 아니면 아르고스에 대한?

그녀가 내 머릿속의 생각을 읽은 듯했다. 그녀는 명확한 목소리로 나에게 말했다.

"아르고스를 생각하지 않고는 아빠를 생각할 수 없어요. 한쪽 없이는 다른 쪽이 따라오지 않죠. 아빠는 자신의 한계를 알고 계셨기 때문에, 자기 능력에서 벗어나는 것들을 붙잡기 위해 개에게 의지하셨던 거예요. 아빠가 아르고스에게 뭔가를 상의한다는 인상을 받은 적이 무척 많아요. 아르고스에게 믿고 맡기기까지 하신걸요. 아르고스는 아빠의 일부였던 거예요. 육체의 일부, 공감의 일부, 지각 능력의 일부요. 아르고스는 조금은 제 아버지였고, 제 아버지는 조금은 아르고스였어요. 제가 하는 말이 미친 소리처럼 들리나요?"

"아뇨, 전혀 그렇지 않습니다."

나는 커피를 다시 만들었다. 우리는 이야기를 더 나눌 필요가 없었다. 진실에 대한 설명이 아니라 신비로의 접근이 베풀어주는 평온한 상태에 다다랐으니까.

커피를 더 마시면서, 내가 덧붙여 물었다.

"마지막 아르고스에게 예전 아르고스들보다 나은 뭔가가 있었나요?"

그러자 그녀는 마침내 우리가 오늘의 주제에 도달했음을 깨닫고 몸을 떨었다.

"마지막 아르고스는 뛰어나고 독특했어요. 자기 선배들처럼요."

"당신 아버지는 그 아르고스를 더 많이 사랑하셨나요?"

"아버지는 최근에 더 많이 칩거하셨죠."

우리는 입을 벌리고 그대로 있었다. 둘 다 뭔가 이야기를 하고 싶었지만 감히 하지 못했다.

마침내 그녀가 외쳤다.

"이곳 사람들은 전부 아버지가 개 때문에 자살하셨다고 생각하고 있어요." 그녀가 내 얼굴을 뚫어져라 바라보며 물었다. "아닌가요?"

나는 횡설수설 대꾸했다.

"터무니없는 얘기죠. 하지만…… 그래요. 정보가 부족한 데다 우리가 당신 아버지에 대해 아는 것이 너무 없어서 두 사건을 연결지을 수밖에 없어요."

"사람들이 그렇게 생각하는 걸 알면 질색하실 거예요."

나는 '사람들이 그렇게 생각하는 걸 알고 당신이 질색하고 있겠죠'라고 고쳐 말해줄 뻔했다. 하지만 천만다행으로, 조금 남아 있는 눈치가 나를 만류했다.

그녀가 앞쪽으로 몸을 숙이고 말했다.

"저를 좀 도와주세요."

"뭐라고 하셨습니까?"

"도대체 어떻게 된 일인지 파악하도록 저를 좀 도와주세요."

"제가 왜 도와드려야 하죠?"

"아빠가 당신을 높이 평가하셨거든요. 그리고 당신은 소설가니까요."

"소설가이지 탐정은 아니에요."

"소설가는 다른 사람들에게 관심이 많죠."

"저는 당신 아버지에 관해 전혀 모릅니다."

"당신의 상상력이 무지를 메워줄 거예요. 제가 당신 책을 읽었다는 걸, 그리고 아무것도 알지 못할 때 당신의 환상이 펼쳐진다는 사실에 주목했다는 걸 알아두세요. 저는 가설을 세우는 당신의 재능이 필요해요."

"잠깐만요! 저는 제 이야기의 결론이 맞아떨어지지 않으면 제 마음에 드는 결론을 이끌어냅니다. 진실이 아니라 즐거움을 추구하거든요."

"하지만 왜 진실은 침묵보다 추할까요? 저를 도와줘요. 동정심이라도 좋으니 저를 도와주세요."

분노로 빛나는, 불타오르는 듯한 붉은 머리카락에 감싸인 그녀의 커다란 초록색 눈이 나에게 애원했다.

나는 미란다가 무척 마음에 들어서, 더 생각하지 않고 그러마 했다.

그날 오후, 나는 그녀 아버지의 성에서 그녀를 다시 만나, 뭔가 찾아내길 바라며 고인의 서류를 정리하는 일에 착수했다.

두세 시간 정도 서류를 뒤적거린 뒤, 내가 외쳤다.

"미란다, 당신 아버지가 키운 개들은 출신지가 모두 같아요. 아르덴에 있는 개 사육장요."

"그래서요?"

"그리고 오십 년 전부터 같은 사람이 계약서에 서명을 했어요. 그 사람이 이름이……"

그 순간, 밖에서 누가 초인종을 눌렀다.

미란다가 문을 열어주었다. 시르 백작이었다. 그는 승마화를 신고 시대에 뒤떨어진 우아한 차림새를 한 노신사였다. 그가 타고 온 말이 뒤쪽 현관 기둥에 매인 채 우리를 보며 울음소리를 냈다.

시르 가문은 옛날에 농장 여럿과 성 세 채를 소유했고, 이곳에서 십여 킬로미터 떨어진 영지에서 줄곧 살아왔다.

그 귀족은 양쪽 다리에 번갈아가며 체중을 싣고 껑충껑충 뛰면서 몹시 붉고 난처해하는 얼굴로 조의를 표하려 했다.

미란다는 그에게 들어오라고 한 뒤, 거실 벽난로 주위에 반원 모양을 이루고 있는 높다란 안락의자들 중 하나를 가리켰다. 그 늙은 댄디는 겸손한 자세로 다가오더니, 방안을 찬찬히 살펴보았다. 그러고는 미란다가 지성소至聖所에 들어오도록 허락해주기라도 한 것처럼 나직한 목소리로 감사를 표했다.

"당신 아버지는…… 남다른 분이셨소. 내 평생 그렇게 인간적이고, 선하고, 사람들의 비참함을 그토록 깊이 이해하는 분은 만나보지 못했소. 그분은 설명 없이도 모든 것을 파악하는 분이셨소. 정말이지 넓은 마음을 지닌 분이셨소."

미란다와 나는 놀란 눈길을 주고받았다. 죽은 사무엘 하이만의 장점들을 찬양하고 싶다 해도, 굳이 그가 갖고 있지 않았던 그런 자질들을 언급하는 건 좀 이상했기 때문이다.

"생전에 그분이 나에 대해 이야기하시던가요?"

시르 백작이 미란다에게 물었다.

미란다는 얼굴을 찌푸린 채 기억을 더듬었다.

"아니요."

백작은 미소지으며 얼굴을 붉혔다. 그 사실이 그에게 고인의 미덕을 더욱 증명해주는 것 같았다.

"두 분이 친구 사이셨나요?"

미란다가 물었다.

"그렇게 말할 수는 없지요. 오히려 나는 그분의 적이 될 만한 일을 했다고 말해야 할 겁니다. 그분의 넓은 아량 덕분에 그렇게 되지는 않았지만요."

"이해가 안 되네요."

"우리는 비밀을 공유했습니다. 그분은 그 비밀을 가지고 저세상으로 갔지요. 나도 곧 똑같이 할 겁니다."

미란다는 짜증이 나는지 손바닥으로 안락의자를 두드렸다.

"바로 그게 제 아버지예요. 비밀들의 집합소! 정말 지긋지긋해요."

미란다의 감정이 폭발하자, 백작의 아랫입술이 밑으로 처졌다. 그는 입을 벌린 채 눈을 깜박거렸다. 다음 순간, 그는 미란다에게 위로가 되길 바라면서도 어떻게 해야 할지 알지 못해, 불분명한 말 몇 마디를 중얼거렸다.
미란다가 덤벼들듯 그에게 물었다.
"혹시 그게 제 어머니와 관련 있나요?"
"뭐라고요?"
"제 아버지와 어르신이 다툰 일 말이에요! 제 아버지가 용서하셨다는 그 일요! 그게 제 어머니와 관련이 있느냐고요."
"아니, 전혀 관련 없소."
백작의 목소리가 날카로웠다. 그는 미란다가 그런 생각을 했다는 사실에 기분이 상한 것 같았다. 그가 보기에 미란다는 상스러움의 경계선을 이미 넘어가 있었다.
"저에게 더 하실 말씀은 없으세요?"
미란다가 끈질기게 물었다.
시르 백작은 무릎 위에 올려놓은 장갑을 만지작거리고는 두세 번 기침을 했다.
"있지요!"
"뭔데요?"
"당신 아버지에게 경의를 표하고 싶습니다. 그러니 그분의 장례식을 내가 주재하도록 허락해주겠소?"
"뭐라고요?"
"그분의 위신에 걸맞은, 고귀하고 품위 있고 멋진 장례식을 치러드리고 싶소. 내가 돈을 낼 테니, 예식을 준비하고, 교회를 꽃으로 장식하고, 가수와 오케스트라를 데려오고, 호화로운 영구차를 빌려 내 말들이 끌게 해주시오."

 백작은 자신이 상상하는 장면들을 눈앞에 그리느라 벌써부터 황홀한 표정이었다.

 미란다가 '이 노인이 침울해서 제정신이 아닌 것 같아요'라는 의미의 눈길을 내게 던지고는, 어깨를 으쓱하며 말했다.

 "상식대로라면 저는 어르신께 '왜요?'라고 물어야 할 거예요. 하지만 '왜 안 되겠어요!'라고 대답할게요. 그렇게 하세요. 원하는 대로 준비하세요, 어르신. 저는 시신을 제공할게요."

 백작은 미란다의 무례한 어투에 충격을 받아 눈살을 찌푸렸다. 하지만 그런 내색은 하지 않고, 출입구로 향하며 그녀에게 몇 번이고 진심으로 감사의 마음을 표했다.

 그가 떠나자, 미란다는 놀라움을 마음껏 표했다.

 "시르 백작! 아빠는 저분에 대해 한 번도 이야기하신 적이 없는데, 저분은 여길 찾아와서 자기가 아빠의 가장 친한 친구라도 되는 것처럼 구네요! 그리고 비밀이라니…… 비밀이 참 많기도 하군요."

 나는 손에 들고 있던 서류들을 다시 살펴보며 재차 말했다.

"미란다, 나라면 당신 아버지가 오십 년 전부터 개를 데려온 사육장에 가보겠습니다."

"왜요?"

"아버지께서 당신에게 감추었던 말을 개 사육사에게는 하셨을 수도 있다는 생각이 들어요."

"좋아요. 언제 출발할까요?"

자동차로 세 시간쯤 달린 뒤, 우리는 바람에 흔들리는 숲을 관통하는 아르덴의 구불구불한 길에서 방향을 틀었다. 집들이 드문드문해졌다. 외따로 떨어진, 초목만 사는 세상 속으로 들어가는 기분이었다. 극성스러운 지의류에 줄기가 좀먹은 독일 가문비나무들은 키가 크지도 빽빽하지도 않았지만, 서로의 뒤에 무수히 줄지어 뚫고 들어갈 수 없는 덩어리를 이룬 채, 공격 준비를 마친 군대처럼 그곳을 지배하고 있었다. 굵은 빗방울을 머금어 무거워진 나뭇가지들이 우리가 탄 자동차 쪽으로 기울어졌다. 적대적인 분위기의 그곳에서 자동차가 고장나기라도 할까봐 겁이 났다.

마침내 '바스티앵 에 피스' 개 사육장에 도착했다. 여러 건물에서 개 짖는 소리가 요란하게 들려왔다. 청년 한 명이 우리 자동차로 다가왔고, 우리는 개를 사려는 것도 개를 맡기려는 것도 아니고, 오십 년 전부터 미란다의 아버지에게 보스롱을 판 프랑수아 바스티앵 씨를 만나러 온 거라고 청년을 겨우 납득시켰다.

"할아버지께 안내해드리지요."

젊은이가 수상쩍다는 표정으로 말했다.

우리는 천장이 낮은 방으로 들어갔다. 벽에 구리냄비들이 걸려 있고, 탁자에는 자수를 놓은 냅킨과 주석 조각 들이 널려 있었다. 고물상에게는 보물창고, 미란다와 나에게는 잡동사니 창고였다.

개 사육사 프랑수아 바스티앵이 우리 쪽으로 다가왔다. 사정을 전해들은 그는 미란다에게 조의를 표했고, 우리에게 앉으라고 권했다.

미란다는 자신의 별난 행동을 이렇게 설명했다. 아버지를 무척이나 사랑했지만 아버지에 관해 아는 것이 너무 없어서라고. 그가 그녀를 도와줄 수 있을까?

"내가 당신 아버지를 처음 만난 건 전쟁 직후였소. 키우던 개를 막 잃은 참이었지. 그분은 그 개와 닮은 보스롱을 찾아달라며 나에게 그 개의 사진을 보여줬소. 힘든 일은 아니었소."

"그분이 그전에도 줄곧 개를 키웠을까요? 그분 가족들도 그 개들을 사랑했고?"

나는 상황을 제대로 파악하지도 못한 채, 사무엘의 행동에 논리를 부여하는 가설들을 늘어놓았다. 보스롱은 고아가 된 그를 과거와 연결해주는, 잃어버린 가족들을 상징하는 요소였을 것이다. 그래서 그런 불합리한 애착이 생겨난 것이다.

프랑수아 바스티앵은 즉시 내 가설을 무너뜨렸다.

"아니오. 그때 그분이 잃은 개는 그분의 첫번째 개였소. 확실해요. 당시 하이만 씨는 나만큼이나 개에 대해 잘 알고 있었소. 나는 그분에게 조언을 해드렸소."

나는 내 가설을 수정했다.

"혹시 그 개가 그분이 숨어지낼 때 키운 개입니까?"

"숨어지내요?"

"네, 제 아버지는 전쟁 동안 가톨릭계 기숙학교에 숨어지내셨어요."

미란다가 확인해주었다.

바스티앵 씨가 턱을 긁적였다. 강판을 긁는 듯한 메마른 소리가 났다.

"숨어지냈다고요? 이상하군요. 나는 그분이 포로였다고 알고 있는데."

"뭐라고요?"

"포로요."

"아버지가 그렇게 말씀하셨나요?"

"그건 아니오. 그런데 내가 왜 그렇게 확신하고 있지?"

프랑수아 바스티앵은 난처한 표정으로 기억을 헤집었다.

"아, 그래요! 바로 그 사진 때문이오. 그분과 개가 함께 찍은 사진 말이오. 사진에서 그분은 제복 같은 것을 입고 있었소. 멀지 않은 곳에 가시철조망도 있었고. 그거요, 가시철조망."

바스티앵 씨가 한숨을 쉬었다.

"나를 찾아왔을 때, 당신 아버지는 의학 공부를 막 시작한 참이었소. 돈이 한 푼도 없었지. 그 시절 시골에서 가족도 없이 혼자 먹고산다는 건 힘든 일이었고, 그분은 학비를 내기 위해 야간 방범대원 일까지 하고 있었소. 처음에 나는 그분에게 개를 팔지 않으려고 했어요. 돈을 여러 달에 걸쳐 할부로 지불하려고 했거든! 그래서 그분에게 말했지. '개를 키우지 마십시오. 지금 혼자서도 먹고살기 힘들잖소. 게다가 보스롱은 많이 먹습니다. 개를 새로 사서 키우는 것보다는 전에 키우던 개의 사진을 주머니 속에 넣고 다니면서 보는 게 나을 거요.' 그랬더니 그분이 이렇게 대답하더군. '개를 새로 데려오지 않으면 전 죽을 겁니다.'"

미란다가 전율했다. 그녀로서는 듣고 싶지 않은 말이었다.

그러나 바스티앵 노인은 기억 속을 헤집으며 자기만족에 빠져 계속 말했다.

"그래요. '개를 새로 데려오지 않으면 전 죽을 겁니다'라고 말하고는, 이어서 '개와 함께 지내지 않으면 저는 결코 버티지 못할 거예요'라고 말했소. 그 말을 할 때, 그 말은 그분의 입이 아니라 가슴에서 나오는 것 같았어요. 귀여운 애완동물 없이는 살지 못하는 나이든 부인 같았지. 아니, 그분은 누가 자기 간이라도 빼간 것처럼 화가 나고 격분해 있었소. 그분의 모습에 나는 연민을 느꼈소. 그래서 할부 지불 조건을 받아들였고, 강아지 한 마리를 넘겨주었어요. 그분은 그 강아지를 아르고스라고 불렀소. 어떤 면에서는 잘한 일이지. 당신 아버지는 의사가 되었고, 돈을 잘 벌었고, 내 충실한 단골손님이 되었으니까. 나는 기꺼이 결단을 했고, 그건 좋은 투자였소."

"왜 아르고스라고 이름을 지었죠?"

"전에 키우던 개 이름이 아르고스였소."

"그렇게 하는 것이, 자기가 키우는 개들에게 연이어 똑같은 이름을 붙여주는 것이 일반적인 일인가요?"

"그렇지 않소. 하이만 박사님 말고는 개들에게 똑같은 이름을 붙여주는 사람을 나는 한 번도 본 적이 없소."

"그 이유가 뭐라고 생각하십니까?"

"글쎄! 언뜻 생각해보면 첫번째 개가 그분에게 무척 큰 의미가 있었던 게 아닐까."

"그리고 마지막 개도요." 내가 분명하게 말했다. "하이만 박사님은 그 개가 트럭에 치여 죽고 닷새 뒤에 자살하셨습니다."

바스티앵 씨는 깜짝 놀라 입이 벌어지고 눈이 휘둥그레진 채 가만히 있었다. 그런 무지막지한 짓을 한 사람을 욕하고 싶은 마음과 미란다를 배려하는 마음 사이에서 망설이는 듯했다.

이십 분 동안 더 대화를 나누었지만, 프랑수아 바스티앵은 라이터 돌만큼이나 닳아빠진 빈약하고 흐릿한 일화 말고는 다른 기억을 찾아내지 못했다. 우리는 그에게 고마움을 표한 뒤 다시 길을 나섰다.

돌아가는 길은 길고 조용했다. 우리는 바스티앵 씨가 말해준 것을 고려해야 할지 말지 분별하지 못한 채 깊은 생각에 잠겨 있었다. 사무엘 하이만이 전쟁 포로였다고? 그가 만약 스무 살에 개를 잃었어도 여든 살에 잃은 것과 똑같이 삶을 포기했을까? 우리는 이 의문에 대답할 수 없었다. 이 의문은 오히려 한 번도 떠올려보지 않은 질문과 어지러움을 유발하는 의혹을 불러왔다. 사무엘 하이만 사건의 내막은 밝혀지지 않았다. 오히려 더 미궁 속으로 빠져들고 있었다.

미란다와 나는 상냥한 말 몇 마디를 나눈 뒤, 각자 느낀 실망감을 속으로 곱씹어보리라 생각하면서 헤어졌다.

다음 날, 기름지게 구운 크루아상을 한가롭게 커피에 담그고 있는데, 초인종이 울렸다.

미란다일 거라고 생각했지만, 우편배달부가 등기우편 한 통을 건네주었다. 뭔가 겁이 나는 편지였다. 나는 얼굴을 찌푸리며 서명을 하고 우편배달부에게 인사한 뒤, 편지를 살펴보았다. 발신인의 이름을 본 순간, 나는 몸을 떨었다. 발신인은 사무엘 하이만 박사였다.

보낸 날짜는 3일, 그가 자살한 날이었다.

나는 문을 닫고 문짝에 몸을 기댄 뒤, 발각될까 염려하는 스파이처럼 경계하는 태도로 몸을 웅크렸다. 나는 죽은 사람으로부터 편지를 받은 것이다! 손가락이 너무 떨려서, 봉투를 열다가 안에 든 편지지를 찢을까봐 겁이 날 정도였다.

봉투 안에는 세 가지 자료가 들어 있었다.

짧은 편지 한 장.

사진 한 장.

클립으로 묶은 종이뭉치.

편지부터 읽어보았다.

글을 쓰기보다 이야기를 더 많이 하는 작가 선생에게, 나에게는 중대한 결함이 두 가지 있어서 선생에게 도움을 청하는 바요. 나는 글 쓰는 요령도 재능도 없다오. 육십 년 동안의 침묵에서 벗어나려면 그런 자질들이 필요한데 말이오.

내 딸아이에게 보내는 편지를 동봉하니, 선생이 그 편지를 내 딸아이에게 전해줬으면 하오. 이상한 부분을 고쳐서 그 아이에게 직접 읽어주면 좋겠소. 오직 선생만이 그 글에 우아함을 부여할 수 있으니 말이오. 나는 침묵에서 음악으로 넘어가는 방법을 모른다오. 부탁이니 그렇게 해주시오. 나를 위해 그리고 내 딸아이를 위해. 내가 미란다에게 침묵한 것은, 사실 그 아이를 보호하기 위해서였소. 내 생전에 침묵을 깨뜨렸다면 그 아이를 불안하게 만들었을 거요. 하지만 이제 내가 떠나니, 그 갑옷이 미란다에겐 무거운 짐이 될 거요. 자발적이지 않다면 아버지의 사랑은 힘든 것이라고 그 아이에게 말해주시오. 어떤 사랑이든 더 속 깊은 모습을 보여줘야 하지. 나는 아버지 역할을 하려고 노력했다오. 온힘을 다해, 내 머리를 총동원해서. 이제 이 땅을 떠나려 하니 생각나는 사람이 미란다라오. 내가 이 땅에 남기는 유일한 아이기도 하지. 이 땅에 그런 놀라운 선물을 하게 되어 행복하오. 그 아이의 아름다움, 섬세함, 너무도 빛나고 너무도 단단한 그 아이의 인격…… 귀여운 딸아, 나는 네가 무척 자랑스럽단다.

글은 거기서 끝났다. 마지막 몇 줄은 비틀거렸고, 서툴렀고, 오른쪽으로 기울어져 있었다. 감정이 복받쳐 제대로 쓸 수가 없었으리라.
 몇 분 뒤에 총으로 생을 마감할 사람이 쓰던 글을 제대로 끝맺을 수 있을까?
 내 생각에, 편지지 아래쪽에서 사무엘 하이만은 글 쓰는 것도, 감정을 느끼는 것도 자발적으로 멈춘 것 같았다. 마음을 더 털어놓았다면 그가 계획을 포기하고 우리 곁에 남을 수도 있었으리라…… 용기와 비겁함은 종이 한 장 차이다. 똑같은 감정의 두 국면이다.
 나는 침실로 올라가 침대에 누워, 사무엘 하이만의 굵고 가는 필체로 뒤덮인 또다른 편지를 읽기 시작했다.

  나에게는 어린 시절이 없다는 느낌이 든 적이 많았단다. 나에게 남아 있는 어린 시절의 추억은 제삼자의 것이야. 다정하고, 자신감 넘치고, 마음이 열려 있고, 자신이 동물들보다, 다른 사람들보다, 구름보다, 태양보다, 바다나 초원보다 더 오래 살아남을 거라는 확신에 차 세상의 장엄함 앞에 몸을 떨던 그 남자아이는 내가 아니었다. 아침에 일어나 침대에서 빠져나오면, 그 아이는 뜰로 뛰어나가 하늘을 향해 고개를 들고 이렇게 외쳤단다. "지난밤에도 잘 잤네. 세상에, 좋아라. 나는 잠에서 깨어났고 모든 것이 흥미로워." 기댈 어깨가 늘 있고, 어머니의 품에 안겨 잠들던 남자아이는, 나중에 음악, 문학, 춤, 그림, 의학, 건축을 배우고 성에서 살리라 꿈꾸던 그 불굴의 남자아이는 내가 아니었단다. 자신만만하고, 낙관적이고, 급하면서도 쾌활한 기질을 타고난 아이, 가족의 애정 덕분에 한껏 고무되어 있던 아이, 자기가 사랑받고 있다는 것 그리고 자기가 사랑스럽다는 것을 추호도 의심하지 않던 그 왕자는 다른 아이였어. 내가 아니었지.

나는 나중에야 존재하기 시작했으니까. 나는 이별을 통해 세상에 첫발을 내디뎠지……

어느 날, 우리를 체포하려고 집에 사람들이 들이닥쳤단다. 우리 가족은 모두 여섯 명이었지. 할아버지 할머니, 부모님, 누나와 나.

우리를 위협하던 위험을 더 심각하게 인식할 수도 있었을 거야. 그러나 나치와 반유대주의가 기승을 부리는 것을 보면서도, 우리 하이만 가족은 '이번이 마지막일 거야' '이번 일만 지나가면 더 심해지지는 않을 거야'라고 추측하면서, 각각의 사건들이 암시하는 공포를 과소평가하면서 가만히 있었지. 하지만 안타깝게도 현실은 우리에게 폭력만 가해올 뿐이었어.

그리하여 1942년에 경찰들이 우리를 데리러 왔단다. 누나와 내가 방에서 책을 읽고 있는데 초인종이 울렸어. 낯선 남자들이 부모님을 을러대는 소리를 듣고, 리타 누나가 나를 장난감 상자 안에 숨긴 뒤 그 위를 자기 인형들로 덮었지. "거기 꼼짝 말고 있어!" 잠시 뒤 경찰들이 우리 방으로 들어왔고, 누나는 내가 밖으로 도망치기라도 한 것처럼 창가로 가서 울부짖었어. "달려, 사무엘, 달리라고! 집으로 돌아오지 마! 이 사람들이 우리를 붙잡아가려고 해." 경찰들은 누나가 입을 다물도록 따귀를 때렸지만, 누나가 놓은 덫에 보기 좋게 걸려들었지. 방안을 제대로 확인하지 않고 나를 남겨둔 채 떠났거든.

한 시간 뒤, 나는 상자 밖으로 나갔단다. 텅 빈 집안을 돌아다니며 리타 누나를 원망했지. 그랬어. 나는 자유였어…… 하지만 그 자유로 무엇을 할 수 있었겠니? 나는 가족 곁에 있는 것이 백 번 더 좋았어. 심술궂은 누나가 부모님과, 할아버지 할머니를 내게서 빼앗아가 버렸지. 그 이기주의자가 자기만 가족과 함께 있고, 나는 외롭게 혼자 내버려두었어. 나는 그런 불행에 익숙하지 않았기 때문에, 슬픔은 곧 분노로 변해버렸단다. 불끈 쥔 주먹으로 가구들을 마구 쳤고, 그 자리에 없는 누나에게 욕설을 퍼부었어. 너무 화가 난 나머지 가해자가 누구인지조차 잊어버렸단다.

그렇게 소동을 부린 탓에, 하이만 가족 집에 경찰이 일제단속을 나왔는데 누군가 남아 있다는 사실을 위층에 사는 아주머니가 알아챘지. 파스키에 부인은 아래층으로 내려와 눈물범벅이 된 나를 발견했고, 상황을 간파했어. 그리고 그날 밤, 나를 시골에 있는 자기 사촌 집으로 데려갔단다.

그뒤, 미란다, 너에게는 간단히, 지나치게 간단히 말했지만 나는 숨겨진 아이가 되었단다. 처음엔 여기저기의 곳간에 숨었고, 나중엔 레지스탕스의 도움을 받아 기독교도 고아 소년인 것처럼 해서 가명으로 나뮈르의 가톨릭계 기숙학교로 가게 되었어. 거기서 몇 달 동안 노여움을 가라앉혔단다. 누나가 비극적 운명에서 나를 구해준 거라는 사실을 깨닫는 데까지는 나를 받아들여준 앙드레 신부님의 너그러움과 동정심, 열성적인 지성이 도움이 되었단다. 마침내 그 사실을 인정했을 때 나는 감기에 걸렸고, 이 주 동안 사십 도의 고열에 시달리며 양호실 침대에 누워 있었어.

그리고 이건 너에게 감춰온 사실이지만, 전쟁이 끝날 때까지 그런 상황이 계속된 건 아니란다.

1944년에 나는 고발을 당했어. 나치가 나를 체포했지. 상황은 이상하게 전개되었단다. 우리의 보호자였던 앙드레 신부님은 연합국의 상륙 이후 신경이 날카로워진 독일군이 조사를 나올까봐 무척 두려워하셨어. 그래서 비밀리에 우리의 탈주를 준비하셨지. 학교에서는 우리가 1944년 6월의 어느 날 밤 사라져버렸다고 믿었지만, 사실 우리는 직원용 매점 창고로 피난을 간 거였어. 소리 없이 거기에 들어가 작은 소리로 이야기를 나누고, 절대 천창 밖으로 고개를 내밀지 않고, 연기를 피우지도 않았지. 하루에 두 번 앙드레 신부님이 오셔서 먹을 것을 건네주고, 오물을 가지고 다시 돌아가셨어. 창고 입구를 벽장으로 가려놓고, 신부님이 들어오실 때만 널을 떼어냈어. 그런데 어느 목요일 정오 무렵, 자동차들이 뜰의 자갈 위를 요란하게 지나가는 소리가 나더니, 나치들이 창고 쪽으로 걸어와 문을 부수고 우리를 체포했어.

우리가 어디에 숨어 있는지 이미 아는 것처럼, 그들은 거침이 없었단다.

그후에 일어난 일을 이야기해주마. 평생 동안 나는 그 일을 겪지 않았다고 스스로를 설득하려 했고, 그 몇 달을 내 인생에서 지워버리려고 애썼단다.

우리는 트럭을 타고 한참을 달려 말린에, 유대인을 위한 통합 수용소인 도생 병영에 도착했단다. 그곳에는 극심한 굶주림, 불면, 얼마 되지 않는 소지품의 압수, 막힌 화장실, 여자들의 탄식 소리, 어린아이들의 울음소리가 난무하고 있었어. 특히 기다림, 터무니없는 기다림이…… 우리는 매순간 두려워하며 호출을 기다렸단다. 우리는 사는 것이 아니라, 최악의 일을 예측하면서 사는 것을 삼가고 있었어. 네 엄마가 우리 곁을 떠날 때 나는 그것을 다시 겪었단다. 그녀에게 남은 삶이 몇 시간뿐이라고 의사들이 나에게 말해주었고, 나는 밤새워 그녀를 간호하기로 결심했지. 그녀는 의식이 없는 채로 시끄럽게 숨을 쉬고 있었어. 내 말이 믿어지니? 새벽 세시쯤 나는 지쳐서 선잠이 들었고, 갑자기 아무 소리도 나지 않고 조용해서 소스라쳐 깨어났단다! 그래, 시끄러운 소리가 나지 않고 조용했어. 그건 에디트의 숨이 끊어진다는 의미였지. 그녀의 호흡이 지연될 때마다, 나는 몇 번이고 공포에 사로잡혀 간이침대 위로 몸을 곧추세우곤 했어.

그렇게 우리는 그 중간 수용소 한가운데에서 어리석고도 고집스럽게 참고 기다렸단다. 내 친구들과 나는 영국 라디오 방송을 통해 폴란드로 간 유대인들이 어떻게 되는지 알고 있었어. 하지만 다른 사람들은 모르고 있었단다. 아니, 차라리 부인했다고 봐야겠지. 그들 앞에서 나는 입을 다물고 가만히 있었어. 이미 두려움을 느끼고 있는데 거기에 극심한 공포를 덧붙일 필요가 있겠니?

내가 탈 기차가 올 시간이 되었단다.

그래, '내가 탈 기차.' 나는 그걸 기다리고 있었으니까. 나는 준비가 되어 있었으니까. 마침내 내 운명이 완수되고 있었으니까. 플랑드르인 SS 대원들에게 가혹한 취급을 받으며 열차의 가축칸에 오르는 동안, 나는 이 기차를 타면 할머니를, 할아버지를, 엄마 아빠를, 리타 누나를 만날 수 있을지만이 궁금했어.

두렵지는 않았어. 아니면 두려움에 마비되어 있었는지도 모르지. 사실 더이상 아무것도 느끼지 못했단다. 내 의식보다 깊은 지성이 나를 무심하게 만들어 고통에서 보호해주었어.

기차들이 연이어 지나갔단다.

때로는 멈추기도 했지.

우리는 더위와 갈증 때문에, 그리고 서로 몸을 바짝 붙이고 있는 바람에 죽을 지경이었어. 우리에게 속한 것은 아무것도 없었단다. 시간도 장소도 모두.

마침내 SS대원들이 우리를 밖으로 내보냈어.

왜 다른 곳이 아니고 여기지?

플랫폼에서 나는 부모님이 겪은 일을 똑같이 경험했단다. 분류, 선별, 친구들과의 이별. 몇 분 만에 나는 친구들과 헤어졌어.

내가 속한 무리는 어둠 속을 걸어서 어느 정자까지 갔단다. SS대원들이 거기에 우리를 몰아넣었지. 매트 대부분의 공간이 배설물과 바퀴벌레들로 오염되어 있어서, 나는 벽에 등을 대고 웅크렸단다. 허기를 달래기 위해 나무의 가시를 빨고, 선잠에 빠져들었어.

그때 내 나이 열다섯 살이었단다.

나는 읽기를 중단하고 창문을 열었다. 불탄 나무 냄새와 부패해가는 나뭇잎의 톡 쏘는 악취가 섞인 들판의 공기를 들이마셨다.

사무엘 하이만은 내가 원하지 않는 곳으로 나를 데려가고 있었다. 아무도 가고 싶어하지 않는 곳으로……

내가 다음 이야기를 견뎌낼 수 있을까?

마음이 동요된 나는 기분전환거리를 생각해냈다. 책들을 정리하고, 셔츠 세 벌을 개고, 차 한잔이 필요하다고 스스로를 설득했다. 부엌으로 도망가, 가볍게 흔들리다가 마침내 끓어오르는 물을 보며 명상에 잠겨들었다. 이윽고 찻주전자에 물을 따르고, 찻잎이 담긴 티백이 찻주전자 안에서 갈색 촉수를 펼치며 번져가는 모습을 주의 깊게 관찰했다. 물에 베르가못 향기가 배어들자, 마치 처음인 것처럼 차를 맛보았다.

그 의식 덕분에 한결 마음이 안정되었고, 사무엘 하이만이 남긴 글을 다시 손에 들었다.

아침에, 나는 달라진 상태로 깨어났단다. 몸이 불편했어. 며칠 동안 그런 불편함이 끈질기게 계속되더구나.

내가 바라던 바였어.

내가 인내심 있게 견딜 수 있었던 이유가 밝혀졌어……

내가 가혹 행위를 견뎌낸 건 가족을 다시 만날지 모른다는 희망 때문이었어. 옷을 벗기고, 빨래를 시키고, 이발기로 이를 잡게 하고, 팔뚝에 죄수번호를 문신으로 새기고, 오염된 음식을 먹게 하고, 지치도록 행군한 뒤 공장에서 작업을 하게 하는 등 그곳 사람들이 나에게 시키는 일은 중요하지 않았단다. 나는 흔들리지 않았어. 가족을 다시 만날 거라는 확신에 가득 차, 멀리 있는 병영에 이르기까지 주변을 유심히 살펴보았어.

그리고 가능한 한 많은 포로들에게 수소문을 했단다. 내가 접근하면 그들은 내가 어리다는 것, 힘이 세다는 것에 곧장 주목하고, 나에게 무슨 일이 일어났는지, 내가 자기들에게 무엇을 물을지 곧바로 알아차렸어. 어떤 포로들은 내가 부모님의 이름을 말하기도 전에 고개를 저었단다. 운이 좋아 독가스에 질식하지 않은 사람들은 짐 나르는 가축이 되었지만 그나마 6개월 이상을 버티지 못했지. 엄마, 아빠, 할머니, 할아버지, 리타 누나가 살아 있을 가능성은 거의 없었단다.

내가 새롭게 얻은 통찰에는 예기치 못했던 효과가 있었어. 나는 다시 고개를 들었고, 무슨 일이 일어나든 저항하기로 작정했지. 그래, 가족이 모두 죽었어도, 그들이 어떤 고통을 당했어도, 나는 살아남을 작정이었어. 그것은 일종의 의무였지. 나는 그들에게 목숨을 빚졌어. 리타 누나가 나에게 그 운명을 안겨주었지. 끈질기게 살아남으라는.

누나가 나를 지목했고, 나는 그렇게 되도록 선택받았어. 그러니 결코 희생양이 되지는 않을 작정이었지. 리타 누나는 나를 위해 위험을 무릅썼어. 아마도 누나는 희생되었을 거야…… 그런데 내가 죽는다면 누나를 두 번 죽게 하는 셈이었지.

나는 그 결심을 실행하려고 노력했어.

하지만 안타깝게도 나는 그 결심이 자리를 찾을 수 없는 세상에 살고 있었단다. 수용소 조직은 우리를 짐승으로 변모시키고 개인의 의지를 모조리 깨뜨려버렸어. 아우슈비츠는 우리가 가지고 있던 인간다운 모습을 앗아가버렸어. 그곳에 도착할 때 우리는 집을, 사회적 지위를, 돈을 잃은 상태였지. 그리고 그곳에 머무르면서 이름, 옷가지, 머리카락, 인간으로서의 위엄마저 잃게 되었어. 벌거벗은 채—죄수복이 있는데도 벌거벗었지. 두 번째 형태의 벌거벗음이었어—걷고, 죄수번호를 문신으로 새기고, 도구처럼 착취당하고, 몸은 의학 실험용으로 제공되었지. 우월한 인종의 손아귀에서 나는 가축처럼, 물건처럼 되어갔어. 나치에겐 나를 마음대로 다룰 권리가 있었지.

처음에는 어리석게도 내가 모험을 하고 있다고 생각했단다. 아이러니한 신중함에 빠져 있었던 것이 기억나는구나. 나는 내가 파괴되어가는 과정을 관찰했지. 존재를 믿는 양심이, 끔찍한 시련을 겪으면서도 살려고 결심한, 길들여지지 않은 청소년의 양심이 끈질기게 저항했어.

그러나 나는 극심한 피로, 부당함, 가혹한 형벌 때문에 점점 작아지고 있었어. 고통이 너무나 심했지.

어떻게 해야 모욕과 그로 인한 고통을 멈출 수 있을까? 다른 운명 말고 사람들이 내게 부여하는 운명이 나에게 어울린다고 생각하면 되었어. 사람들이 만들어내려는 그 모습을 받아들이면, 자신을 돼지 또는 배설물과 다름없는 존재로 평가하면, 다시 말해 내면성을 포기하면 되었어. 그렇게 다섯 달이 지나자, 더이상 생각 속으로 도피하지 않게 되었단다. 나는 추위하는 피부였고, 균열에 상처입은 발이었고, 굶주림에 오그라드는 배였고, 끊임없이 설사를 쏟아내는 항문이었어. 기진맥진해서 근육이 더는 반응을 보이지 않았단다. 때때로 내 몸조차 나를 떠나갔어. 나는 추위였고, 굶주림이었고, 고통이었지.

살아남겠다는 결심이 사라져버렸어. 의지와도 상관없고 정신과도 상관없는 원시적이고 동물적인 본능이 나를 삶에 붙들어맬 뿐이었지. 나는 비굴하게 굽실거렸단다. 빵덩어리 하나 때문에 싸웠고, 얻어맞지 않기 위해, 포로들을 감시하는 동료 포로에게 복종했지. 누가 죽어나가도 더이상 영향을 받지 않았단다. 그저 그 사람의 몸을 뒤지며 먹을 것이나 맞바꿀 만한 물건이 없는지 확인할 뿐이었어. 행진해서 공장에 가고 올 때면, 아무런 동정심도 느끼지 않고 시체들을 넘어다녔단다. 내 눈은 죽은 사람의 눈처럼 메마르고 공허했어. 울 시간조차 없었거든. 어느 시체의 얼굴을 보고 아는 사람인 걸 알았다면 오히려 그 사람을 부러워했을 거야. 이 사람은 시체가 되었으니 더이상 추위하지 않겠구나 하고.

어둡고 바람이 많이 부는 폴란드의 가을은 마치 겨울

처럼 춥고 매서웠거든. 어느 날 아침인가 몹시도 추운 날이었는데, 연기를 뿜어내는 굴뚝이 멀리에 보이더구나. 굴뚝에서 왜 연기가 나는지 궁금했어. 나는 연료가 가득 차고 활활 타오르는 화덕 한가운데에 있다고 상상했어. 오, 그래. 화덕 속에서 불에 타기를 꿈꾼 나머지 몸이 부르르 떨리더구나. 그 불길이 내 몸 위에 있기를. 나를 어루만져주기를. 기쁨의 불길이. 그러자 더이상 이가 맞부딪치지 않았지. 온기란 얼마나 좋은 것인지……

나는 사무엘 하이만의 글을 다시 밀어놓았다. 죄책감 때문에 구역질이 났다. 그 내밀한 글을 미란다보다 먼저 읽는다는 죄책감. 그런 고통을 겪은 사실을 모른 채 사무엘 하이만에게 가볍게 말을 건넸다는 죄책감. 그런 내가 그에게는 얼마나 어리석고 경박해 보였을까……

나는 읽기를 잠시 멈추고, 편지 뒤쪽에 끼워져 있는 오래된 은판 인쇄물을 들여다보았다. 그리고 그것이 무엇인지 알아차렸다. 개 사육장을 방문했을 때 프랑수아 바스티앵이 말한 네거티브 사진이었다. 사진 속 가시철조망 울타리 옆에 피골이 상접한 소년 한 명이 있었다. 소년은 이상한 제복 차림의 소년은 갈비뼈의 수를 헤아릴 수 있을 정도로 앙상하게 야윈 개 한 마리와 함께였다. 소년의 얼굴이 사무엘 하이만을 닮아 있었다. 어쨌든 사춘기 시절의 굶주린 사무엘이라고 추정할 수 있는 모습이었다. 보스롱 종의 그 개로 말하면, 내가 아는 아르고스를 정확히 빼닮은 모습이었다. 개와 주인이 완벽한 조화를 이룬 모습이 이미 보였다. 둘 다 거북해하면서도 카메라 렌즈를 보며 웃고 있었다. 누가 누구를 따라 한 걸까? 개가 주인을? 주인이 개를? 언제, 어디서 찍은 사진일까?
아무튼 글을 끝까지 읽고 해독할 필요가 있었다.

미란다, 이제 핵심적인 순간에 도달했구나. 그 순간이 네 아버지가 어떤 사람인지 이해하는 데 도움이 될 거다.
1945년 1월이었단다. 우리는 교전 상황에 대한 정보가 전혀 없었지. 상륙작전 이후 미군이 진군해오고 있는지, 러시아군이 우리 쪽으로 오고 있는지 아니면 후퇴하고 있는지 알지 못했어. 간단히 말해, 우리는 영원히 계속될 것처럼 보이는 겨울을 겪어내며 눈 속에서 혹독한 시간을 보내고 있었단다.
내가 많이 쇠약해진 걸 확인할 수 있었어. 나와 함께 아우슈비츠에 온 플랑드르 소년 피터에게서도 그것을 감지할 수 있었지. 키가 크고 힘이 세고 치아가 눈부셨던 그 아이가, 팔다리가 가느다랗고, 안색이 잿빛이고, 이목구비가 굳고, 눈가에 거무스름하게 그늘이 진 비쩍 마른 아이가 되어 있었거든. 그 아이를 보면 마치 거울을 보는 것 같았어. 그애의 볼이 움푹 패었는데도 입안의 큼직한 이들만은 건강하고 빛나는 그대로 남아 있다는 사실이 놀랍기만 했지. 나는 남몰래 그 이들을 자주 바라보았어. 물에 빠진 사람이 구명대에 매달리듯, 법랑질의 그 치아에 매달렸어. 그 이들이 내려앉으면 우리도 모두 죽을 것만 같았어.

추위, 바람, 눈이 우리 안 가장 깊은 곳에 새겨졌단다. 공장에서는 여전히 우리를 동원했지만, 예전에 비해 일을 덜 시킨다는, 일의 진행 속도를 늦춘다는 느낌을 받았어. 하지만 우리는 희망에 중독될까 두려운 마음에 독일 공장의 일거리가 줄어든 거라는 사실을 섣불리 받아들이지 못했단다. 거기서 행운의 가능성을 본 나는 속마음을 애써 감춘 채 내가 아직 쓸모 있다는 것, 일할 수 있고 건강 상태가 좋다는 것을 보여주려고 노력했지.

어느 날 아침, 우리는 수용소 안에 머물러 있으라는 통지를 받았어.

우리에게 남아 있던 지성이 경계 태세를 취했지. 결국 우리를 처형하려는 걸까?

두려움에 떨면서 한나절을 보낸 뒤 다음 날 새벽이 밝아오자, 전날과 같은 소식이 우리에게 전해졌어. 오늘은 공장 일을 하지 않는다는. 우리는 수용소 지휘부의 인원이 줄어들었음을 눈치챘지. 공장도 휴업이었어.

추위에도 불구하고, 우리 중 몇 사람이 바깥으로 나갔어.

나는 막사 옆에 바싹 붙어 살펴보았지.

병사 세 명이 개에게 말을 건네고 있었단다. 개는 밖에서 가시철조망 울타리를 따라 깡충깡충 뛰고, 병사들은 개에게 눈덩이를 던졌어. 눈덩이가 날아올 때마다, 개는 그 눈덩이가 자기 주둥이에 잡힐 만큼 충분히 단단하다고 생각하는지—아니면 그렇게 생각하는 척하는 건지—눈덩이를 붙잡으려고 쫓아갔지. 하지만 매번 눈덩이는 개의 턱 밑에서 잘게 부서졌고, 그때마다 개는 병사들이 자기에게 못된 장난이라도 친 것처럼 놀라서 짖어댔어. 그 모습을 보고 세 독일인은 즐거워서 웃음을 터뜨렸지. 나 역시 뒤에 숨어서 개의 고집스러운 모습을, 흥분한 모습을, 개가 느끼는 태평한 기쁨을 재미있게 구경했어. 매번 눈덩이를 붙잡는 데 실패하는데도, 개는 계속 눈덩이를 뒤쫓았지.

종이 울리자, 병사 세 명은 해야 할 일을 떠올리고 자리를 떴단다. 그들이 시야에서 사라지자, 개는 울타리에 바싹 붙은 채 한쪽으로 고개를 기울이더니, 실망한 듯 칭얼거리는 소리를 내고는 당황한 표정으로 그 자리에 앉았어.

나는 앞으로 나아갔단다. 왜 그랬느냐고? 나도 잘 모르겠구나…… 수용소의 경계선에 다가가는 것은 포로에게는 무척이나 경솔한 행동인데 말이야. 하지만 상관없었단다. 나는 앞으로 나아갔다.

나를 보자, 개는 입을 한껏 벌리고 꼬리를 흔들어 반겨주더구나. 내가 가까이 갈수록, 개가 느끼는 행복감은 더욱 커지는 것 같았어. 개는 아예 그 자리에서 발을 구르고 있었어.

나는 생각할 것도 없이 바닥의 눈을 뭉쳐 철조망 너머로 던졌단다. 그러자 개는 신이 나서 튀어오르고, 눈덩이가 날아가는 길 위에서 깡충깡충 뛰고, 눈덩이를 잡아채고, 잇새로 바스러뜨리고, 컹컹 짖고, 그런 다음에는 기분이 좋아져서 한껏 즐거워하는 눈길로 내 쪽을 바라보며 껑껑댔어. 나는 계속 눈덩이를 던졌고, 개는 보이지 않지만 억누를 수 없는, 내가 알지 못하는 어떤 힘에 한껏 도취되어 엉덩이를 흔들며 이리저리 뛰어다녔어. 돌고 넘어지고 움직이는 재미에 한껏 몸을 맡긴 채, 눈덩이에 달려들었지.

나는 눈 위에 무릎을 꿇고 주저앉았어. 흘러내리는 눈물 때문에 뺨이 찢어지는 것 같았단다. 뺨이 불타는 것 같았어. 기분이 얼마나 좋던지…… 결국 나는 엉엉 울고 말았어. 그렇게 울어본 게 얼마 만인지. 그런 기분을 느껴본 게, 그런 인간다운 반응을 한 것이 얼마 만인지.

다시 고개를 들어보니, 개는 따뜻한 곳에 앉아 뭔가 묻는 듯한 표정으로 염려스럽게 나를 응시하고 있었어.

나는 미소를 지었지. 그러자 개는 확인을 하듯 귀를 쫑긋 세웠어. 그 몸짓은 '왜 그러는 거예요? 걱정되네요'라는 의미 같았어.

나는 더욱 격렬하게 울면서, 계속 미소를 지었어. 그건 그 개에게는 명확한 대답이 아니었지.

개가 내 쪽으로 다가왔고, 나도 다가가서 그 개를 맞이했어. 개는 만족스러운 신음소리를 냈지.

우리 사이의 거리가 일 미터쯤 되었을 때, 개는 날카

롭게 짖으며 철조망 한가운데로 주둥이를 내밀려고 하더구나. 나는 몸을 숙이고 개의 포근한 숨결을, 축축하고 부드러운 코를 손바닥으로 느꼈지. 마침내 개가 나에게 입을 맞추었고, 나도 개에게 말을 건넸어. 수용소에 있는 그 누구에게도 한 번도 말을 건네지 않았는데 그 개에게 말을 건넸어.

뭐라고 말했느냐고? 고맙다고 했지. 네가 나를 웃게 해주었다고, 지난 일 년 동안 한 번도 웃은 적이 없다고 말이야. 또 네가 나를 울게 해주었다고 했지. 그런데 그 눈물은 슬픔의 눈물이 아니라 환희의 눈물이라고. 그 개는 군인들이 간 뒤 나를 반갑게 맞아주어 내 마음을 뒤흔들었어. 그 개가 나를 즐겁게 해줄 거라고는 생각도 못했어. 오히려 나를 쳐다보지도 않을 거라 생각했지. 평소에 나는 투명인간 같은 존재였고 사람들은 나를 거들떠보지도 않았으니까. 나치의 주장에 따르면 나는 열등한 인종이고, 죽거나 죽도록 일해야 마땅했어. 그 군인들이 동물을 좋아한다면 나는 그 동물보다 못한 인종이었던 거야. 그런데 그 개가 나를 보고 기뻐했을 때, 나는 다시 인간이 되었어. 그래, 그 개가 독일 군인들을 대할 때와 똑같은 관심과 기대를 가지고 나를 바라보았을 때, 그 개는 나에게 인간성을 돌려준 거야. 그 개의 눈에 나는 나치들과 똑같이 가치 있는 인간이었어. 내가 울었던 건 바로 그런 이유 때문이었던 거지⋯⋯ 그동안 나는 내가 인간이라는 사실을 잊고 있었고, 더이상 그렇게 대접받기를 기대하지도 않고 있었어. 그런데 그 개가 내 존엄성을 회복시켜준 거야.

개는 내 목소리를 듣자 기분이 좋은지, 칭찬 혹은 꾸지람의 의미로 얼굴을 찌푸리며 마호가니색 눈으로 내 눈을 들여다보았지. 그 개가 내 말을 알아듣는다는 확신이 들더구나.

마음이 안정되자, 그 개의 야윈 모습이 눈에 들어왔어. 가죽 위로 갈비뼈가 드러나고, 몸 곳곳에 뼈가 튀어나와 있었지. 개도 먹을 것이 부족했던 거야. 그런데도 그 개에게는 즐거워할 마음의 여유가 있었던 거지.

"너 배고프지, 응? 너를 정말 도와주고 싶은데 아무것도 해줄 수가 없구나."

그러자 개는 뒷다리 사이로 꼬리를 말아넣더구나. 개는 실망했지만 나를 원망하진 않았어. 신뢰하는 표정으로 계속 나를 쳐다보았단다. 나에게 기적을 행할 능력이 있다고 생각하는 듯 뭔가 근사한 것을 기대하고 있었어.

나를 믿고 있었어.

상상이 되니, 미란다? 그날 오후 나는 눅눅해진 빵 한 조각이라도 손에 넣으려고 온힘을 쏟았고, 먹을 것 부스러기라도 찾아내려고 시체들을 뒤졌고, 점심식사 때는 말린 강낭콩을 천에 조금 싸서 개에게 갖다주었단다.

나를 보자 개는 꼬리를 마구 흔들고 허리를 빠르게 움직였어. 몇 시간 동안 의심 없이 나를 기다린 거야. 내가 개를 실망시키지 않은 만큼, 개가 보여주는 기쁨은 더욱 감동적이었단다. 나는 말린 강낭콩을 철조망 너머로 건네주었어. 그러자 개는 펄쩍 달려들어 몇 초 만에 그것을 먹어치웠지. 개가 고개를 들어 다시 나를 쳐다보았어. '더 달라고?' 나는 더 가진 것이 없다고 개에게 말했지. 개는 혀로 입술을 몇 번 핥았고, 내 말을 납득하는 것 같았어.

나는 그곳에서 재빨리 도망쳤단다. 개가 신음하는 소리를 들으며 걸음을 재촉했어. 두근거리는 가슴으로 숙소에 들어가면서, 지나친 위험에 스스로를 노출시킨 것에 대해, 내 하루 치 식량을 포기한 것에 대해, 철조망 울타리로 다가간 것에 대해 나 자신을 나무랐지. 하지만 나도 모르게 콧노래가 흘러나왔어. 다른 포로들이 깜짝 놀라서 묻더구나.

"무슨 일이야?"

나는 그냥 웃기만 했고, 포로들은 내가 미쳤다고 생각했는지 고개를 돌리고는 하던 일을 계속 하더구나. 사실 콧노래는 내 부르튼 입술에서 새어나오는 게 아니라, 내 머릿속에서 흘러나오고 있었어. 그 개가 나에게 행복을 가져다준 거지.

나는 공장이 휴업중인 것을 이용해 매일 개에게 몰래 먹이를 가져다주었단다.

그리고 일주일 뒤, 러시아군에 의해 수용소가 해방되었어.

고백하는데, 우리 중 그 상황을 정말로 믿은 사람은 아무도 없었단다! 러시아군이 오기 전에 확실히 징후들이 있긴 했어. 군인들이 수용소를 떠났고, 우리를 감독하는 포로들 사이에 작은 갈등들이 불거졌고, 밤이면 소란스럽게 이동하는 소리와 자동차 소리가 들렸지. 하지만 붉은 별을 단 그 해방자들 앞에서도 우리는 망설였어. 혹시 이것이 덫은 아닐까? 나치가 생각해낸 사악한 함정이 아닐까? 긴 외투 차림의 러시아 보병들은 우리를 보고 놀라서 혹은 혐오스러워서 질겁을 했단다. 아마도 그때 우리의 몰골은 사람이라기보다는 유령에 가까웠겠지.

우리는 러시아 군인들에게 미소를 보내지 않았고, 고마워하지도 않았단다. 꼼짝 않고 가만히 있으면서, 아무런 의사 표현도 하지 않았지―감사는 우리가 오랫동안 잊고 있던 미덕이었어. 러시아군이 식량 창고를 열고 축연에 참석하라며 불렀을 때에야 비로소 우리는 살아 움직였단다.

이후에 벌어진 광경은 끔찍했지. 우리는 햄, 빵, 파이 조각을 마구 물어뜯었어. 나뭇조각을 공격하는 흰개미 떼처럼, 옆에는 눈길도 주지 않고 기계적인 몸짓으로 먹기만 했지. 우리의 눈에는 기쁨이 담겨 있지 않았단다. 유보된 불안감 말고는 아무것도 없었어.

우리 중 몇몇은 그렇게 실컷 먹고 난 뒤 몇 시간 후에 죽어버렸어. 오랫동안 비어 있던 뱃속에 갑자기 음식이 들어오니 약해진 몸이 견뎌내질 못했던 거지. 그러나 문제될 건 없었어! 실컷 먹고 죽었으니까.

배불리 먹고 자정이 되자, 나는 치아가 예쁜 피터에게 잘 자라고 밤 인사를 한 뒤, 개를 찾으러 울타리를 따라 걸어갔단다. 방금 전에 기적 같은 사건이 일어났고, 나는 그 사건에서 예언하는 천사를, 기쁜 소식을 전하는 사자를 보았어. 뜻하지 않은 그 개의 출현 덕분에 해방에 앞선 나날들을 견딜 수 있었지. 나는 고기파이 한 조각을 호주머니에 갖고 있었어. 개가 그것을 먹는 모습을 상상하니 몹시 기뻤지.

하지만 개가 보이지 않았어. 내 목소리를 듣고 다가오도록 콧노래를 부르고 말을 건네봤지만, 소용이 없었어. 개의 모습은 어디에도 보이지 않았어.

나는 극심한 슬픔을 느꼈고, 눈물이 터져나왔어. 생명을, 자유를 되찾은 밤에 그렇게 흐느껴 운다는 건 정말이지 말도 안 되는 일이었지. 나는 겨우 일주일 전에 알게 된 떠돌이 개를 측은히 여기고 있었어. 부모님과 헤어졌을 때도 이를 앙다물고 견디던 내가 말이야.

다음 날, 나는 무리에 섞여 수용소를 떠났어.

우리는 하얀 설원을 몇 시간이나 걸었단다. 달라진 것은 아무것도 없었어. 숱하게 해온 강제 행군을 또 하고 있었지. 전에도 그랬듯이 행군 중에 사람들이 쓰러졌어. 그리고 전에도 그랬듯이, 그 사람들이 눈보라 속에서 죽을까봐 멈춰 서는 사람은 아무도 없었단다.

열 왼쪽에서 갑자기 강아지가 깽깽대는 소리가 났어.

그 개가 우리를 향해 달려오고 있었지.

나는 무릎을 꿇고 앉아 개를 향해 두 팔을 벌렸어. 개는 미친 듯이 내 가슴으로 뛰어들어와 내 입술을 핥았지. 개의 혀가 입술에 닿자 조금 역겨운 기분도 들고 몹시 까끌거렸지만, 얼굴이 온통 개의 침으로 범벅이 될 때까지 가만히 있었어. 그 개는 나에게 사랑의 입맞춤을 퍼붓고 있었어. 그 개는 나를 기다리는 약혼녀였고, 내 유일한 가족이었고, 나를 찾아준 유일한 존재였지.

다른 포로들이 눈 속에서 우리를 추월해 걸어갔어. 하지만 우리는 다시 만난 것이 기뻐서, 기쁨에 겨워서 계속 웃고 짖어댔지.

행렬의 끄트머리가 시야에서 사라진 뒤에야 나는 고개를 들었어.

"빨리 가자, 개야. 저 사람들 꽁무니에 따라붙어야 해. 그러지 않으면 길을 잃을 거야."

납작한 머리로 그 말을 알아들었는지, 개는 주둥이를 벌리고 혀를 좌우로 흔들면서, 무리에 합류하기 위해 내 옆으로 달려왔지. 그런 힘이 어떻게 우리에게 생겨났을까?

그날 밤, 우리는 처음으로 함께 밤을 보냈어. 이후 그 어떤 사건도 우리를 떼어놓지 못했고, 그 어떤 여자도 우리를 갈라놓지 못했지—난 그 개가 내 곁을 떠난 뒤에야 네 어머니를 만났단다.

우리 무리가 임시로 잠을 자던 학교에서, 개는 내 넓적다리에 몸을 대고 웅크렸어. 덕분에 나는 동료들에 비해 추위를 덜 느꼈지. 더 좋았던 건 개의 반들반들한 머리를 쓰다듬으면서 접촉의 기쁨, 애정, 존재의 소중함을 다시금 느꼈다는 거야. 나는 무척 행복했어. 누군가의 따뜻한 몸을 마음껏 만져보는 게 얼마 만인지. 한순간 포로생활이 완전히 끝난 기분마저 들더구나. 장소가 어디든 내 개만 옆에 있으면 세상의 중심을 차지한 것 같았어.

자정이 되어 포로들이 코를 골며 자고, 김 서린 유리창 뒤에 달빛이 비칠 때, 나는 배불리 먹은 내 친구를 응시했단다. 녀석은 늘 지키던 입구의 자기 자리도 버려둔 채 두 귀를 머리에 납작하게 붙이고 엎드려 있었어. 나는 녀석에게 이름을 붙여줬지.

"이제부터 네 이름은 아르고스야. 오디세우스의 개 이름 말이야."

내 말이 이해가 안 되는지 녀석은 이마를 찌푸렸어.

"아르고스…… 너 아르고스 알아? 오디세우스가 이십 년 동안 이타카를 떠나 있다가 주름진 얼굴로 돌아왔을 때 오디세우스를 알아본 유일한 존재 말이야."

아르고스는 확신보다는 환심을 사려는 태도로 동의했어. 이후 며칠 동안 내가 제 이름을 부르면 녀석은 알아듣고 좋아했고, 나에게 복종하면서 그것이 제 이름인 것을 안다는 걸 나에게 입증해 보였지.

우리의 귀환은 느리고, 자주 중단되고, 불안정했단다. 아우슈비츠의 포로들은 황폐해지고, 식량이 바닥나고, 누구에게 복종해야 하는지 알지 못하는 비참한 주민들에 이주민까지 유입되고 있는 유럽을 비틀거리며 걸어갔어. 우리들은 마치 해골 같은 몰골로 마지막 전투들을 피해 대열에 따라, 유숙 가능성에 따라, 적십자가 만들어놓은 임시 초소에서 고정 초소로 옮겨갔지. 나뮈르로 돌아가기 위해, 나는 체코슬로바키아, 루마니아, 불가리아를 지나갔고, 그런 다음 이스탄불에서 배를 타고 시칠리아를 경유하고, 프랑스 마르세유에 상륙한 다음, 기차를 타고 브뤼셀까지 갔단다. 그러는 동안에도 아르고스는 내 곁을 떠나지 않았어. 우리와 마주친 사람들은 어깨를 으쓱하기도 하고, 아르고스의 잘 길들여진 모습에 경탄하기도 했어. 하지만 나는 아르고스를 길들이지 않았고, 뭔가를 억지로 시킨 적도 없었지. 개에 대해 아무것도 몰랐거든. 우리는 애정으로 결속되어 있었고, 함께 있는 것이 무척 기뻤을 뿐이야. 아르고스가 왼쪽으로 비스듬히 돌게 만들려면 도는 걸 생각하는 것만으로 충분했어. 임시 수용소에서 어느 미군 병사가 찍어준 우리의 사진을 보면, 궁핍하고 불편하고 불안한 생활에도 불구하고, 우리가 함께 있는 데서 에너지를 얻은 것을 확인할 수 있단다. 둘 다 삶에서 바라는 것이라고는 함께 있는 것뿐이었지.

굶주림에 시달리는데도, 내가 빵을 씹을 때면 녀석은 잠자코 기다렸단다. 만약 사람이었다면 나를 덮쳐 빵을 빼앗았을 거야. 하지만 녀석은 내가 한 조각 줄 거라는 확신을 갖고 얌전히 기다렸지. 나 역시 사람에게 내 몫을 양보하진 않았을 거야! 녀석의 존경심이 나를 선하게 만들었지. 인간에게 신을 믿는 순진함이 있다면, 개에겐 인간을 믿는 순진함이 있어. 아르고스의 눈길을 받으며 나는 인간다워졌단다.

길고 험난했던 그 여정 동안, 나는 부모님 생각은 거의 하지 않았어. 주위의 많은 생존자들이 자기들이 곤경에서 벗어났으니 아버지와 어머니도 그렇게 되지 않을 이유가 있겠느냐며 가족을 다시 만나기를 꿈꾸었지만, 나는 그런 열망을 포기한 상태였어. 우리 가족 중 이 세상에 살아 있는 사람은 아무도 없다는 어렴풋하고 본능적인 확신이 들었거든.

나뮈르에 도착한 나는 우리 아파트로 올라가 문을 두드렸어.

그림이 벗겨진 명판 앞에서 제자리걸음을 하는 삼 초 동안, 왁스칠한 층계참, 소리의 반향 그리고 우리 가족의 냄새를 다시 발견하고, 내 심장은 부서질 듯 고동쳤단다. 기적이 일어날 수도 있다는 생각이 들었지. 익히 알고 있던 뻑뻑한 자물쇠 소리에 마음이 울컥했어.

얇은 잠옷 차림의 여자가 고개를 내밀고 물었어.

"무슨 일이에요?"

"아, 저는……"

"네?"

나는 그 낯선 여자 뒤쪽을 건너다보았어. 바뀐 것은 거의 없었어. 벽지도, 커튼도, 가구도 별로 변하지 않았더구나. 사람들만 바뀌었지. 여자의 남편인 듯한 하얀

러닝셔츠 차림의 남자가 술병 하나를 앞에 두고 앉아 있고, 어린 여자아이 두 명이 마룻바닥 위에서 종이상자를 밀고 있더구나.

당연히 그 아파트에는 다른 사람들이 들어와 살고 있었지. 그 순간 나는 나에겐 아무것도 없다는 것, 세상에 나 혼자뿐이라는 걸 확실하게 깨달았어.

"실례했습니다. 제가 층을 헷갈렸나봐요."

예전에 거기 살던 사람이라고는 감히 말하지 못했단다. 게슈타포가 또 들이닥치지 않을까 두려웠어.

여자는 의심스러워하는 표정으로 얼굴을 찌푸렸어.

나는 층을 헷갈린 걸 증명해 보이듯 발끝으로 걸어 위층으로 올라갔지.

내 어머니가 있던 자리를 차지한 그 심술궂은 여자는 불평의 말을 중얼거리며 문을 닫더구나.

"수상한 사람 같지는 않은데."

나는 위층의 초인종을 눌렀어. 문을 열어준 여자는 감정이 복받치는 듯, 예쁜 얼굴이 긴장으로 팽팽해졌지. 그러면서도 자신의 직감을 믿지 못하더구나.

"혹시…… 너니? 정말 너 맞아?"

"네, 파스키에 부인. 저예요, 사무엘 하이만."

그녀가 팔을 벌렸고, 나는 그녀의 품안으로 뛰어들었단다. 우리는 눈물을 흘렸어. 그 포옹의 시간은 참으로 이상하더구나. 잘 알지도 못하는 아주머니가 내 어머니, 아버지, 할아버지 할머니, 누나가 된 것 같았어. 내가 그리워하던 사람들, 만약 살아 있다면 내가 돌아온 것을 알고 너무나 기뻐할 바로 그 사람들이 된 것 같았어.

그 착하고 공정한 부인은 이후 몇 주 동안 마을 사람들을 규합해 내가 다시 살아갈 수 있도록 도와주었단다. 건물 꼭대기에 있는 작은 다락방을 빌려주고, 곧바로 고등학교에 등록시켜주고, 단정하게 입고 먹을 수 있도록 여러모로 돌봐주었어. 그리고 무척이나 놀랍게도, 어느 일요일 점심에 나를 데리고 내 은인이신 앙드레 신부님 댁에 가서 함께 식사를 해주었단다. 신부님은 나를 숨이 막히도록 끌어안아주었지.

앙드레 신부님과 파스키에 부인이 내 후원자가 되었어. 아르고스가 우리의 유일한 쟁점이었단다. 파스키에 부인과 앙드레 신부님은 사람도 겨우 먹고사는 판에 개를 먹이는 건 양식에서 벗어난 일이라고 생각했어. 하지만 나는 고개를 숙인 채 그건 중요한 문제가 아니라고, 내가 먹을 음식의 절반을 아르고스에게 주면 된다고 대답했지. 먹을 것이 정 부족하면 내가 죽으면 된다고. 그 말을 들은 파스키에 부인의 얼굴이 붉어지더구나. 그 너그러운 부인이 볼 때 세상에는 질서라는 것이 있었으니까. 인간이 개보다 우선이라는. 하지만 나는 생명체들 사이에 계급이 존재한다는 생각을 받아들이고 싶지 않았단다. 나는 수용소에서 그런 위계질서 때문에 고통받았어. 초인超人 나라의 열등한 인간으로서, 나와 같은 부류의 사람들이 죽어가는 모습을 지켜보았지. 나 역시 그런 처사에 동의할 수밖에 없었고 말이야! 이제 나를 두고 열등한 인간이라고 혹은 우월한 인간이라고 지목하는 사람은 없었어. 아무도! 파스키에 부인은 내 말에 가시가 있다는 걸 눈치챘지만, 자신의 원칙을 고수했지. 그런데 실생활에서 우리가 함께 지내는 모습을 보자마자, 아르고스가 나에게 평범한 동물 이상이라는 것을 알아챘어. 부인은 더이상 자기 생각을 고집하지 않았단다.

정상적인 생활로 돌아오자, 정상적인 생각을 하게 되었어. 나는 복수심에 불탔고, 대체 누가 우리를, 앙드레 신부님이 숨겨준 유대인 아이 열 명을 나치에 고발했는지 궁금했어. 그래서 공부하는 틈틈이 조사를 했지.

나는 깊이 생각했단다. 과거를 돌이켜보고 기억 속

을 집요하게 헤집어, 내가 아는 몇몇 사람들이 드러냈던 생각과 태도를 분석했지. 미란다, 그 비뚤어진 추적 과정을 일일이 설명할 시간은 없단다. 간단히 말해, 나는 복잡한 추론과정을 통해 한 소년을 범인으로 굳히게 되었어. 막심 드 시르라는 소년이 게슈타포에게 우리의 은신처를 알려줬다는 결론을 내릴 수밖에 없었지.

막심 드 시르는 내 기숙학교 동기로, 나처럼 열다섯 살이고 부모님이 부자였지. 투철한 사상과 집요한 도전 정신을 가진 아이였어. 그런데 1943년 9월 새 학기가 시작되자 이유는 알 수 없지만 그 아이가 나를 자기 라이벌로 점찍고, 그 학기 동안 나와 경쟁을 하기로 작정을 한 거야. 사실 그건 엉뚱한 생각이었어. 그 아이는 재능이 있었지만 성적은 평범했거든. 과학, 문학, 라틴어, 그리스어, 체육까지, 대부분의 과목에서 그랬지. 그 아이는 나에게 몸을 숙이고 이렇게 속삭였어. '두고 봐, 하이만. 내가 너를 이길 테니까.' 나는 그냥 어깨만 으쓱하고 말았단다. 그런 반응이 그 아이를 더 약오르게 만들었지. 그러던 어느 날, 어떻게 그렇게 됐는지는 모르지만, 내가 유대인 혈통인 것을 그 아이가 눈치챘단다. 그때부터 상황이 변했지. 그 아이의 경쟁심은 증오로 변했어. 내가 녀석보다 성적이 더 좋았지만, 녀석의 눈에 나는 주변을 더럽히고, 오염시키고, 타락시키고, 파괴하는 역할만 하는, 저주받은 조상의 수치스러운 후손일 뿐이었어. 그 녀석이 속한 계층에 범람하던 반유대주의가 그 녀석을 그렇게 만들었지. 아니, 녀석에게 자신은 나보다 열등하지 않았고, 나는 가증스러운 계보에 속하는, 끈질기게 살아남는 괴물이었지. 녀석은 교리 교육 시간에 '유대 인종'에 대한 혐오를 드러내는 연설을 여러 번 했어. 앙드레 신부님이 그 녀석이 제기한 의문에 조목조목 답변해주고 예수의 이름으로 꾸짖기도 했지만 소용없었지. 앞가르마를 타서 머리를 흠잡을 데 없이 빗어넘기고 반짝거리는 새 가죽 반장화를 신은 막심 드 시르는 스스로에 대해 무척이나 만족해하면서 친구들에게 눈을 찡긋거린 뒤, 다시 자기 자리에 가서 앉았어. 그러고는 앙드레 신부님에게 자기는 신부님을 존경하지만, 샤를 모라스*, 악시옹 프랑세즈Action française의 지식인들, 레옹 드그렐** 또는 프랑스를 이끄는 페탱 원

---

* Charles Maurras, 1868~1952, 프랑스의 시인·비평가·사상가. 군주제의 부활을 표방하는 우익 사상 단체 '악시옹 프랑세즈'를 결성하고 왕정주의와 국가주의를 주장했다.

** Léon Degrelle, 1906~1994, 벨기에의 정치가. 벨기에의 파쇼 단체인 렉스 크리스티 군단에 가입했고 렉스당 당수로 활동했다.

수 같은 다양한 지성인들도 마찬가지로 존경한다고 대꾸했지.

앙드레 신부님이 우리를 창고에 숨기신 것도 그 녀석의 행동 때문이었던 것 같아. 전쟁이 끝나고 내가 그 문제에 대해 질문했을 때, 신부님은 대답하지 않으셨어. 하지만 그 시절 어느 날 아침, 나는 숨어 있던 창고의 채광창을 통해, 막심 드 시르가 팔짱을 낀 채 안개 서린 잔디밭에 두 다리로 버티고 서서 적의에 찬 눈길로 건물 꼭대기 층을 쳐다보는 것을 똑똑히 목격했단다. 그쪽에서도 나를 보았느냐고? 내가 그늘 속으로 얼른 숨었기 때문에 그건 확신할 수가 없구나. 이어진 며칠 동안—이 기억에 떠오르기까지는 시간이 좀 걸렸어, 우리 중 한 아이가 은신처 문짝 뒤에서 인기척이 나는 걸 들었다고 했어. 그때마다 그 아이는 앙드레 신부님이 우리를 보러 온 거라고 생각했지만 실은 막심 드 시르가 거기에 우리가 숨어 있는 걸 확인하러 온 거였던 거지. 그런 다음 당국에 그 사실을 밀고한 것이 틀림없었어.

미란다, 이 이야기를 듣고 너는 증거가 불충분하다고 말할지도 모르겠구나. 하지만 나에겐 그것으로 충분했어. 나는 막심 드 시르가 우리를 고발한 것이 틀림없다고 확신했단다. 오늘날엔 더욱더 확신해. 너도 곧 그 이유를 알게 될 게다.

나는 막심 드 시르의 행방을 수소문했고, 그가 얼마 전 공부를 그만두고 농장 여러 개와 마구간, 송어 양식장을 운영하는 부모님을 도우러 갔다는 사실을 알게 됐단다.

어느 일요일, 나는 그가 있다는 에노 지역을 찾아갔어. 아우슈비츠에서 돌아올 때 유럽 전역을 많이 걸었기 때문에 집안에만 틀어박혀 지내는 생활에 답답함을 느끼던 아르고스는 들판을 산책하는 즐거움을 다시 맛보았지. 아르고스는 습관과 즐거움, 의무감을 동시에 느끼며 동반자 역할을 즐겁게 수행했어. 이따금씩 나는 지팡이를 마치 장난감처럼 아르고스 앞쪽 풀밭으로 최대한 멀리 던졌지. 그때마다 아르고스는 그것이 무슨 트로피라도 되는 양, 변함없이 활기차고 자부심 넘치고 의기양양한 태도로 나에게 물어다주곤 했어.

내가 시르 가문의 성에 도착해 갈매나무 산울타리를 따라 걸을 때, 운명은 나로 하여금 오른쪽 멀지 않은 곳에 있는 말 한 마리를 보게 했단다. 말은 익숙한 모습의 누군가를 태우고 급히 멀어져가고 있었지. 막심이었어.

막심이 숲속을 향해 전속력으로 달려가고 있었어.

나는 걸음을 재촉해 그를 따라갔지. 붙잡을 생각은 없었지만, 쫓아갈 필요가 있다고 생각했던 거야.

숲으로 이어지는 여러 개의 오솔길 앞에서 나는 주저했어. 아르고스에게 말 탄 사람이 어느 길로 갔을 것 같으냐고 물었지. 아르고스는 증거라도 찾는 듯 열정적으로 바람 냄새를 맡더니, 남쪽으로 발을 내밀었어. 우리는 그쪽으로 방향을 잡았단다.

한 시간 뒤에도 우리는 여전히 길을 가고 있었어⋯⋯ 결국 먹잇감을 놓쳤다는 걸 인정했단다. 바로 그때, 높이 자란 나무숲이 걷혀 연초록색이 시야에서 사라지고, 좀개구리밥이 떠 있는 연못이 나타났단다. 아르덴 산 말이 보리수에 비끄러매여 있고, 백 미터 아래쪽에 웅크린 사람의 형상이 하나 보였어. 막심 드 시르가 이끼 낀 돌 사이에서 버섯을 따고 있었지.

나는 손에 지팡이를 든 채 그를 향해 똑바로 걸어갔어.

그는 내가 다가오는 것을 보지 못했지. 그때 작은 나뭇가지 하나가 부스럭 소리를 냈고, 그는 나를 보고 흠칫 놀랐단다. 두려움으로 눈이 휘둥그레졌어. 나를 알아본 거지.

그에게 급히 다가가면서, 나는 분노를 숨기지 않았단다. 그의 입이 벌어졌고, 애처로운 비명 소리가 흘러나왔어.

나는 걸음을 더욱 재촉했지. 그를 어떻게 할지는 나 자신도 알지 못했어. 그저 내 근육의 움직임 하나하나에서 내 의지보다 강한, 막연한 필연성을 느끼고 있었지. 그를 치려 했느냐고? 그랬던 것 같지는 않아. 어떤 결과를 불러올지 알 수 없었지만, 나는 그를 그가 저지른 죄와 대면시키고 싶었어.

나와의 거리가 삼 미터쯤 되었을 때, 그가 벌떡 일어서더니 공포에 사로잡혀 도망치기 시작했단다. 그래서 그가 내 난데없는 출현을 공격으로 받아들이고 있음을, 내 지팡이를 자신을 칠 무기로 여기고 있음을 깨달았지.

그런 반응을 대하니 속이 뒤집혔어. 역겹기 짝이 없군! 나는 속으로 중얼거렸어. 반박하고 싶었지.

"기다려…… 기다리라고……"

하지만 그는 비열한 탄식을 내지르며 도망쳤어.

더는 참을 수 없었지.

나는 그를 따라 달리기 시작했어.

그는 두 팔을 들어올린 채 우둔하게, 약간 정신 나간 사람처럼 양 무릎을 엉거주춤 구부린 자세로 "아니야,

아니라고!" 외치며 달려갔어.

침울한 기분에도 불구하고, 강제수용소에서 보낸 세월에도 불구하고, 내가 녀석보다 더 빨랐지. 몸이 가벼웠으니까.

그 얼간이는 나무뿌리에 걸려 넘어졌어. 하지만 일어나지 않고, 목 졸린 돼지 새끼마냥 울부짖음을 토해내고 있었지.

나는 쉿 하는 소리를 낸 뒤 이렇게 말했어.

"닥쳐, 바보야."

그는 숨을 헐떡였고, 침과 진땀을 흘렸어. 눈 흰자위가 드러났지. 나약하고, 졸렬하고, 무기력하고, 비열하고, 희생자라도 된 듯 무척이나 의기소침한 모습이었어.

나는 그를 때려주기로 마음먹었어. 그가 그것이 내 목적이라고 생각하는데, 그러지 못할 이유가 뭐겠니? 나는 숨을 들이쉬면서, 내 머릿속 깊숙한 곳에 도사리고 있던 폭력의 고삐를 풀어 그에게 달려들 준비를 했단다. 그래, 나는 그를 지팡이로 때리려 했어. 복수하려 했어. 우리 모두의 복수를 하려고 했어. 그가 피 웅덩이 속에서 죽도록 내버려둘 작정이었어. 복수니까! 그는 자신의 죗값을 치르게 될 참이었어. 더듬더듬 웅얼거리는 그

얼간이 녀석에게 내가 부모님, 조부모님, 누나의 복수를 하고, 육백만 유대인의 복수를 할 작정이었지.

나는 지팡이를 허공으로 쳐들었어……

바로 그때, 아르고스가 끼어들었지. 아르고스는 막심 드 시르에게 덤벼들어 그의 가슴에 발을 얹고 짖어댔어.

막심 드 시르는 개가 자기를 갈가리 찢어놓을 거라는 생각에 마구 울부짖었지. 하지만 아르고스는 혀로 그를 핥다가 몸을 떼고 껑껑대더니, 자기랑 놀아달라는 듯 신이 나서 그의 주위를 뛰어다녔어.

나는 당황해서 아르고스를 바라보았지. 세상에, 내 기분을 그토록 잘 헤아리는 아르고스가 내 분노를 알아차리지 못한단 말인가? 내가 이 나쁜 놈을 제거해 정의를 실현해야 한다는 것을 이해하지 못한단 말인가?

아르고스는 땅에 머리를 박고 엉덩이를 위로 쳐든 채 고집을 부렸어. 그런 몸짓으로 막심의 관심을 끌려 했지. 그리고 초조하게 짖어댔어. '자, 많이 걸어왔으니 이제 좀 놀아요!' 그런 뜻이었지.

아르고스를 물끄러미 관찰하던 막심은 개를 무서워할 필요가 없다는 걸 깨닫고는 신중한 태도로 다시 내 쪽을 살피더구나.

그러자 아르고스가 '당신 친구는 참 느리네요!'라고 말하듯 나에게 장난기 어린 눈길을 던졌어.

그 순간 나는 깨달았어. 분노가 내 혈관에서 빠져나가 버렸단다. 나는 아르고스에게 미소를 지었어. 그리고 손에 들고 있던 지팡이를 멀리, 아주 멀리 던져버렸어. 주의력이 뛰어난 아르고스는 지팡이가 땅에 닿기 전에 물어오려고 급히 달려갔지. 막심이 창백한 낯빛에 불안한 표정으로 입술을 파르르 떨면서 나를 뚫어져라 바라보더구나.

나는 가슴 위로 팔짱을 끼며 말했어.

"일어나. 저 개가 옳아."

"뭐라고?"

"저 개가 옳다고. 저 개는 네가 더러운 놈인 걸 몰라. 네가 전쟁 동안 내 친구들과 나를 고발했다는 걸 알지 못한다고. 그냥 네가 인간이라는 것 자체를 높이 평가하는 거야."

아르고스가 지팡이를 물어와 내 발치에 내려놓았어. 내가 막심을 위아래로 훑어보느라 반응을 보이지 않자, 초조해하며 내 넓적다리를 긁어댔지.

"좋아. 가서 찾아와, 아르고스!"

나는 아르고스가 제 솜씨를 더 자랑할 수 있도록 지팡이를 가시덤불 한가운데로 던졌어.

인종의 개념을 모르는 그 기품 있는 개가 일 년 전에 나를 구원했듯 막심 드 시르를 구원한 거야. 그걸 막심 드 시르에게 설명하기란 불가능했지. 그러려면 내 깊은 내면을 그 밀고자에게 상세히 이야기해야 하니까 말이야.

아르고스가 최고의 자부심을 느끼며 지팡이를 다시 가져왔어. 지팡이에는 가시덤불 부스러기가 달라붙어 있었지. 나는 그만 돌아가자고 아르고스에게 신호를 보냈어. 아르고스는 즉시 알아듣고, 지팡이를 입에 물고는 나에게 발걸음을 맞추었어. 비가 올 것 같을 때 주인의 우산을 챙기는 집사처럼 말이야.

막심 드 시르는 몸에 진흙을 묻힌 채 언짢은 듯, 신중하게 거리를 두고 우리를 따라왔지. 잠시 후 나에게 말을 걸더니, 거만했던 예전만큼이나 과장 섞인 겸허한 태도로 고맙다고 했어.

"사과는 하지 않을게, 사무엘. 내가 멍청하게 행동했어. 나도 알아. 그땐 상황이 복잡했어. 우리는 나치에 지배당했기 때문에 나치처럼 생각했던 거야. 내 실수가 부끄러워. 정말이야."
 나는 그의 말에 귀기울였지만 곧이곧대로 믿지는 않았지. 그의 뉘우침이 진짜라고 하기에는 지나치게 완벽해 보였거든. 하지만 마음 깊은 곳에서는 후련했단다. 나는 그 죄인을 찾아냈고, 그를 그의 행위와 대면시켰고, 아르고스가 두번째로 나를 구원해주었으니까. 아르고스가 없었다면 나는 야만스러운 짓을 저질렀을 거야. 오 년간의 전쟁이 끝난 뒤, 아르고스는 위대함이 무엇인지 보여주면서 그렇게 성장하도록 나를 몰아댔어. 영웅, 그것은 때로는 다른 사람과 반목하고 때로는 자기 자신과 반목하지만 평생 동안 인간이기 위해 노력하는 사람이라고 말이야.

 자, 미란다. 이제 네가 내 이야기를 알게 되었구나. 아르고스와 나의 이야기를. 너도 대를 이으며 내 존재를 지탱해준 아르고스들과 빈번히 교류해왔으니, 이것은 또한 너의 이야기이기도 하지.
 그 개가 없었다면, 나는 이 세상에 남지 못했을 거야. 다른 많은 생존자들처럼, 나 또한 낙담에 사로잡혔을 테고, '다 무슨 소용이 있어?' 되뇌었을 테고, 우울증에 빠져들었을 테고, 아무 병이나 걸려 기꺼이 이 세상에서 사라져버렸을 거야.
　아르고스는 나의 구원자였어. 아르고스는 나의 수호자였어. 아르고스는 나의 인도자였어. 나는 아르고스를 통해 인간에 대한 존경을 배우고 행복에 대한 숭배를 배웠지. 현재를 즐기는 것도 아르고스를 통해 배웠어.
　이런 말을 공개적으로 할 수는 없어. 개한테서 지혜를 배웠다고 주장하는 사람은 누가 되었든 바보 취급을 받을 테니까. 하지만 내가 바로 그런 경우란다. 아르고스가 죽은 뒤, 많은 아르고스들이 그 자리를 이어받았지. 모두 닮았고 또 모두 달랐어. 하지만 언제나 나는 그들이 나를 필요로 하는 것보다 훨씬 더 많이 그들을 필요로 했단다.
　나의 마지막 아르고스는 닷새 전에 살해당했어.
　닷새. 이 고백문을 쓰는 데 그만큼의 시간이 필요했단다.
　나는 '나의 마지막 아르고스'라고 말했어. 나는 아르덴에 가서 새 강아지를 구해볼 시간도 의욕도 없으니까. 첫째는 내가 너무 늙어서 그 녀석보다 먼저 죽을 것이기 때문이고, 둘째는 나의 마지막 아르고스가 최초의 아르고스와 놀랍도록 비슷했기 때문이란다. 나는 그 녀석을 열정적으로 사랑했단다. 못된 엉터리 운전자가 녀석을 죽였다는 사실을 견딜 수가 없어. 이 세상에 더 머무른다면 다시 인간들을 미워하게 될 거야. 하지만 그건 내가 원하지 않는 일이란다. 나와 함께한 모든 개들이, 내 평생이 그 반대의 것을 나에게 가르쳐주었으니까.

마지막으로 추억 하나를 너에게 들려주마. 십 년 전에 나는 어느 골동품 시장에 갔다가 우연히 피터를 만났단다. 내가 수용소에서 만난, 치아가 예뻤던 소년 말이야. 그는 대가족을 거느린 편안한 노인이 되었더구나. 우리는 카페로 자리를 옮겨 이야기를 나누었지. 그는 학교에서 화학을 가르쳤고, 자손을 많이 두었다고 했어. 마침 그날 손자 녀석들 중 하나로부터 랍비가 되겠다는 말을 듣고 몹시 노여워했지.

"랍비라니! 자네 상상이 되나? 랍비라니! 그토록 고통을 겪고도 우리가 아직도 신을 믿을 수 있겠나! 자네는 신을 믿어?"

"모르겠네."

"난 더이상 믿지 않는다네. 앞으로도 절대 믿지 않을 거고."

"포로생활을 할 때 처음에는 신께 기도를 드렸었네. 이를테면 기차에서 내릴 때, SS대원들이 포로들을 선별할 때."

"아, 그래? 그럼 자네는 다른 사람들, 가스실에서 죽은 남자들, 여자들, 아이들이 기도하지 않았을 거라 생각하나?"

"자네 말이 옳아."

나는 중얼거렸단다.

"그러게 말이야! 만약 신이 존재한다면, 우리가 아우슈비츠에서 고통스럽게 죽어갈 때 대체 어디에 계셨던 걸까?"

나는 탁자 밑으로 아르고스의 머리를 쓰다듬었단다. 개의 눈빛을 통해 신이 나를 다시 찾아오셨다는 말은 감히 하지 못했어.

사무엘의 고백이 내 가슴을 묵직하게 저며왔다. 나는 오랫동안 누워서, 그가 나에게 가르쳐준 것들을 깊이 생각해보았다.

밖에서는 땅딸막한 구름들이 마치 볼링공처럼 경쾌하고 빠르게 파란 하늘 위로 물러가고 있었다. 마지막 남은 나뭇잎들이 나무에서 떨어져, 반들반들한 나뭇가지들 사이에서 나부꼈다. 해가 지기 직전이었고, 이 독특한 고장에서는 언제나 그렇듯이 대기가 따뜻한 황금빛으로 빛나고 있었다. 을씨년스럽고 침울하고 창백한 몇 시간이 지난 뒤, 아쉬움 속에 날이 저물어 갔다.

그제야 내가 하루 온종일 사무엘 생각만 했음을 깨달았다. 이제 그의 딸에게 가서 그가 남긴 글을 전해주어야 했다.

샌드위치 한 개를 얼른 먹어치운 뒤, 내 개들을 보러 갔다. 집을 비운 여러 주 동안 그리고 돌아온 후에도 개들과 아주 짧은 시간밖에 함께하지 못했다. 개들은 내 손길에 마음껏 몸을 맡겼고, 내 눈길을 열렬히 받아들였다. 집 관리인 에드윈이 그들과 더 많은 시간을 보냈는데도, 개들은 유순하고 열렬히 숭배하는 태도로, 내가 자기들의 주인임을 잘 알고 있다는 걸 보여주었다. 평소에 나는 그 녀석들을 '세상에서 가장 버릇없는 녀석들'이라고 불렀지만, 배은망덕함이라고는 찾아볼 수 없는 녀석들의 태도에 당황했다. 갑자기 내가 그들의 헌신의 십 분의 일이라도 받을 자격이 있는지 의심이 들었다. 나는 나를 너무나 사랑하는 개들을 꼭 안아 위로해주었다.

그리고 미란다를 다시 만나기 위해 마을을 가로질렀다.

그 키 큰 적갈색 머리 여자는 의기소침한 상태로 아버지의 정원에 있었다. 아버지가 낡아빠진 조그만 정자를 공들여 복구하고, 땔감용 나무를 베어 차양 밑에 가지런히 정리해놓은 모습에 경탄하는 참이었다.

대문 앞에 있는 나를 보고, 그녀는 뭔가 중요한 사건이 일어났음을 직감하고 서둘러 달려왔다.

그리고 걱정스러운 표정으로 철책의 자물쇠를 열어주었다. 나는 그녀의 두 손을 붙잡고 천천히, 거의 엄숙한 태도로 그 자료들을 그녀에게 건네주었다. 그녀는 자료에서 아버지의 필체를 발견하고 소스라쳐 놀랐다.

"이게 어떻게……"

"그분은 자신의 비밀을 당신에게 설명하고 떠나길 원하셨어요. 그런데 자신이 없으셨는지 제 앞으로 보내셨더군요. 제가 그 글을 개작해주었으면 하셨어요. 잘못된 생각이었죠."

"세상에……"

"제가 큰 소리로 읽어드릴게요. 그렇게 하는 게 그분의 뜻을 받드는 것일 테니까."

우리는 벽난로 앞에 자리를 잡고, 불을 피웠다. 위스키 두 잔이 준비되자 나는 글을 읽기 시작했다.

두번째로 읽으니 더욱 감동스러웠다. 사건 자체보다 사무엘의 표현들에 더 집중하게 되어서 그런 것 같았다. 아니면 놀라는 미란다의 모습을 옆에서 보게 되어서 그런 걸까? 창백하고 갸름한 그녀의 얼굴을 따라, 눈물이 흘러내렸다. 흐느낌은 전혀 없었다.

마지막에 우리는 위스키 한 잔을 더 마셨다. 침묵 속에서 사무엘의 성찰들이 메아리쳤다. 이윽고 눈빛 한 번에 우리는 미란다의 침실로 올라갔다. 그럴 필요가 있었다. 극심한 절망을 사려 깊은 기쁨에 뒤섞는 그 죽음과 소생의 이야기를 접한 뒤, 사랑을 나눌 필요가 있었다. 우리는 관능과 슬픔을 번갈아 느끼며, 미친 듯한 웃음에서 놀라움으로 옮겨가면서, 장난스럽게 서로에게 경의를 표하면서 함께 밤을 보냈다. 때로는 야만스럽고 때로는 우아했지만, 줄곧 은밀한 공모감을 느꼈다. 매우 기묘한 밤이었지만 내가 경험한 가장 화려한 밤이기도 했다.

다음 날, 우리는 배고픈 상태로 페트렐 카페에 갔다. 햇살이 무척 강해서 주인이 카페 문에 '안뜰에 그늘진 탁자 있습니다'라고 써붙여놓았다. 우리는 서둘러 음식을 먹었다. 옷을 갈아입고 사무엘의 장례식에 갈 준비를 할 여유가 한 시간밖에 없었다.

시르 백작은 아낌없이 돈을 써 호사스러운 장례식을 준비했다. 흰 장미가 수놓인 천을 덮고 화관으로 장식한 골동품 영구차가, 금빛 마구를 달고 머리에 타조 깃털 장식을 한 푸르릉

소리를 내는 말 네 마리에 이끌려 광장 한가운데로 나왔다.

교회 안에도 꽃이 흐드러지게 장식되어 있었다. 어린이 성가대가 중앙홀로 나아왔다. 중앙홀 양쪽에는 오케스트라가 자리하고 있었다.

장례 의식이 진행되는 동안, 국립극장에서 온 배우 세 명이 시를 낭송했다.

막심 드 시르는 장례식 절차가 마음에 드는지 확인하기 위해, 수시로 미란다에게 불안하고도 은밀한 시선을 던졌다.

"저분 좀 보세요." 미란다가 내 귀에 대고 속삭였다. "여전히 부끄러워하네요."

"다행이지요. 그건 저분이 뼛속 깊이 악당은 아니라는 증거니까요. 사무엘이 말한 것처럼, 저분은 '인간이 되려고' 애쓰는 거예요."

"아버지는 저분을 용서했는데, 저분은 아직 자신을 용서하지 못했나봐요."

"저분은 절대 그러지 못할 겁니다. 진정한 용서는 죽은 자들만 할 수 있으니까요."

콘스탄체 폰 니센

그녀는 그 남자에게 특별한 관심이 없었다.

그가 특별한 관심을 끌 만큼 뛰어나지 않았기 때문이다······ 그는 빼어난 이목구비를 갖췄다기보다는 평범한 얼굴을 지닌 칙칙한 사람, 체격이 좋다기보다는 옷을 걸치고 다닐 만한 신체를 가진 밋밋한 사람, 다른 사람들 앞을 열 번을 지나가도 얼마 지나지 않아 잊히는 사람, 들어가든 나오든 아무도 주의를 기울이지 않는, 문짝보다도 존재감이 없는 사람이었다.

그래서 그에게 주목하지 않았다.

그녀가 더이상 남자들에게 눈길을 주지 않는 탓이기도 했다. 그럴 마음이 생기지 않았다. 그녀는 돈을 구하기 위해 바깥에 나다닐 뿐이었다. 그녀는 돈이 필요했다. 절박하게! 그녀 힘으로 어떻게 두 아이를 먹이고, 재우고, 돌보겠는가? 그녀의 가족은 올여름까지만 그녀와 그녀의 자식들을 도울 수 있다고 분명히 선을 그었다. 시누이가 돈이 많긴 하지만, 구두쇠라 도움을 기대하는 건 무리였다.

그랬다, 그녀가 그에게 주목하기까지는 시간이 꽤 걸렸다.

그가 먼저 접근하지 않았다면 그녀가 그라는 존재를 알아챘을까? 사람들이 넘쳐나는 살롱 한가운데에서 그가 그녀의 어깨를 밀치지 않았다면?

그는 그녀 옆에, 벽난로와 커다란 꽃장식 사이의 벽에 몸을 붙인 채 그녀의 관심을 억지로 끈 다음 대화를 시작했다. 사실 그때 그녀는 그의 말에 대꾸도 하지 않고, 그 엄청난 파티의 손님들 중 자신에게 도움이 될 만한 남자를 눈으로 찾고 있었기 때문에, 그 남자 혼자 대화를 이어갔다고 해야 맞을 것이다. 도움이 될 만한 남자, 다시 말해 그녀를 고용해 일을 시켜줄 만한 남자. 그녀는 죽도록 일해야 했다. 그뿐이었다. 남자? 그녀에겐 볼 장 다 본 일이었다! 그녀는 줄 만큼 주었다. 주의하시라, 오해는 금물. 그녀는 한 남자에게 자신을 충분히 주었다. 단 한 남자에게. 그러니까. 그녀의 남편. 그런데 남편이 얼마 전에 세상을 떠났다. 얼마나 어이없는 일인지! 서른 살에 백골이 되다니…… 아직 죽을 나이도 아닌데. 게다가 줄곧 그녀보다 더 건강했는데. 그녀가 바덴에서 요양하며 병을 다스리는 동안, 그는 쉼 없이 일하고, 움직이고, 뛰어다녔다. 그런데 이렇게 돈 한 푼 없이, 빚더미와 두 아이만 남긴 채 그녀를 두고 가버릴 줄 알았다면, 그녀가 구 년 전에 그와 결혼했을까? 그러지 않았을 것이다. 그녀의 어머니가 반대했을 것이다. 불쌍한 엄마. 하지만 스무 살에 사람이 언제 죽을지를 어떻게 알겠는가. 서른 살이나 예순 살이라면 또 모르지만. 사람이 미래를 만든다지만 미래를 미리 알 수는 없다.

그 허깨비 같은 남자가 그녀 옆에서 계속 옹알거렸다. 다행이었다. 덕분에 버려진 여자처럼 보이지 않았다. 찬란하게 빛나는 파티 석상에서 혼자인 것보다 더 모욕적인 일은 없으니까. 하긴, 지금은 혼자가 아니어도 곧 그렇게 될 것이다. 게임에 참여하지 않는 사람은 혹독한 대접을 받게 마련이다.

그가 무슨 말을 했느냐고? 그건 중요하지 않다. 그는 냉정하지도, 공격적이지도 않았다. 그랬다. 마치 미지근한 물 같았다.

맙소사! 그때 그녀가 매부리코에 검은 실크 정장을 입은 다른 남자를 붙잡았다면? 나중에 들어보니 그 남자는 음악회를 기획하고 악기 연주자들에게 비싼 사례비를 지불한다고 했다. 그랬다, 그녀는 그 남자를 붙잡아야 했다. 하지만 너무 늦었다. 그 남자는 가버렸다……

바로 그때, 그녀 옆에서 함께 지루해하던 그 평범한 남자가 그녀의 이름을 불렀다.
"세상에, 저를 아세요?"
그녀는 놀라서 물었다.
남자는 몸을 기울이고 그녀에게 조의를 표했다. 그녀가 외쳤다.
"우리가 전에 만난 적이 있나요?"
"레겐스부르크에서 당신의 언니 되시는 분, 그 훌륭한 성악가의 노래를 들을 기회가 있었습니다. 그분께서 얼마 전 당신이 겪은 비극을 저에게 말씀해주셨지요. 거듭 심심한 조의를 표하는 바입니다."
'이런 바보 같으니!' 그녀는 생각했다. '먹잇감이 바로 옆에 있는지도 모르고 다른 데서 찾고 있었어. 그런데 이 사람은 누구지? 이 악센트는 어느 지방 것이지?'
그녀는 즐겁게 대화를 이어갔고, 그가 코펜하겐에서 온 외교관이며, 빈을 무척 좋아한다는 것을 알게 되었다. 그녀가 물었다.
"음악을 좋아하세요?"
"무척 좋아합니다."
그녀는 그 말을 믿지 않았다. 그를 시험하느라 그런 질문을 한 것뿐이었고, 그녀는 곧 결론을 내렸다. 이 남자는 그런 것에 관심이 없어. 말하자면 그는 그녀의 환심을 사려고 애쓰는 것이다……

흥미가 동한 그녀는 미끼를 더 던져보기로 마음먹었다.

"저도 노래를 해요. 아, 언니보다는 못하죠. 하지만 나쁘지 않은 편이에요. 어떤 사람들은 제 노래가 더 감동적이라고 말하기도 해요."

"그렇습니까?"

"같은 선생님에게서 배웠거든요. 무척 훌륭한 분들이죠."

감탄했는지 그가 자기 입술을 만졌다. 그녀가 그의 마음을 움직인 것이다. 벌써부터 그녀는 사례금이 얼마나 될까 생각하고 있었다.

"제가 덴마크에 가서 노래를 부르면 어떨까요?"

그러자 그가 그녀의 손을 잡고 대답했다.

"덴마크에 가시는 건 잘 모르겠습니다. 하지만 저에게 오시는 건 환영입니다."

*

그녀가 여자로서 여전히 매력적일까?

그녀는 자신의 결점에 지나치게 신경쓰지 않으려고 애쓰면서 거울 속을 들여다보았다. 배에 늘어진 지방 — 임신의 흔적 — 만 빼면, 작은 가슴과 대비되는 펑퍼짐한 엉덩이를 부끄러워하지 않는다면, 눈꺼풀의 잔주름들을 무시한다면, 작고 길쭉한 얼굴에 '검은 호수' 같은 짙은 밤색 눈을 가진 그녀도 아직 남자의 마음을 끌 수 있었다.

'~라면'이라는 조건이 무척 많다. 안 그런가?

하지만 그 남자는 그녀 앞에서 넋을 잃었다. 다른 남자들과 다를 것이 전혀 없는 그가 말이다.

그녀는 거울 속에 비친 자기 모습을 다시 점검했다. 그가 그녀를 미인으로 보는 한, 그녀도 자신을 그렇게 인식하려고 애썼다.

뜻밖의 일이었다. 젊었던 그녀는 어느새 나이든 과부가 되었고, 빈털터리에 두 아이까지 딸려 있었다. 그런 여자를 좋아하는 남자는 아무도 없다. 그런데 그가 오늘 오후에 그녀에게 청혼하려고 한다. 그녀는 그렇게 확신하고 있었다.

곧 이 곤궁한 생활에서 벗어나게 될까? 그렇다. 지금 비싼 값에 세들어 사는 보잘것없는 집, 침실-대기실-거실-부엌으로 이루어진 이 음산한 집을 떠나 번듯하고 안락한 집에서 살게 될 것이다.

누가 문을 두드렸다. 그일까? 그는 참고 기다릴 줄을 모른다. 마음이 급해 마차로 그녀를 데리러 온 것이다! 다행히 오늘은 아들 녀석들은 할머니 집에서 점심을 먹고 있다.

그녀는 문을 열었다. 하지만 그녀가 뭐라고 말하기도 전에 빚쟁이가 벽과 문짝 사이 틈으로 한쪽 발을 들이밀었다.

"이봐요, 집을 잘못 찾아오셨어요!"

"난 당신 얼굴을 잘 압니다. 집을 잘못 찾아오지도 않았고. 이사 가도 소용없어요. 금세 찾아낼 테니까. 그러니 돈이나 주쇼."

"당신은 지금 아이들을 먹여 살리기도 버거운 여자를 괴롭히고 있어요!"

"나한테 빚을 졌잖소."

"제가 아니라 제 남편이 진 거예요."

"당신이 유산 상속을 수락했잖아요."

"내 아이들을 굶기고 부자들을 살찌우는 걸 수락한 적은 없어요."

"돈이나 줘요! 그런 말은 필요 없고, 돈이나 달라니까!"

빚쟁이는 자기 힘에 확신을 갖고 침착하게 압력을 가해왔다. 그녀를 강제로 끌고 가려 했다. 그녀는 손 닿는 곳에 있던 주철 옷걸이를 잡아채 남자의 가죽구두를 내리쳤다.

남자가 비명을 지르며 반사적으로 발을 뒤로 뺐고, 그녀는 그 틈을 놓치지 않고 문을 쾅 닫은 뒤 자물쇠를 걸었다.

"이런 식으로 빠져나갈 수는 없을걸!" 남자가 화난 목소리로 외쳤다. "곧 또 찾아올 거야."

그녀는 빚쟁이가 밖에서 기다리지 않고 나중에 다시 찾아오는 쪽을 택한 것에 안도하며 한숨을 내쉬었다. 안 그랬다면 어떻게 약속 장소에 가겠는가?

기분 좋은 꿈을 꾸던 중 자신의 불안정한 형편을 새삼 자각하게 되니 신경질이 났다. 그녀는 화장대 앞에 앉아, 길고 검은 머리카락을 오랫동안 빗어 윤을 냈다. 걱정되는 일이 있을 때 그녀가 마음을 가라앉히기 위해 늘 하는 행동이었다.

한 시간 뒤, 그녀는 매우 고상한 구역인 징거슈트라세에 있는 독신자 아파트에서 애인을 만났다. 테이블 위에 놓인 차와 여남은 조각의 과자가 그녀를 맞이했다.

그는 부자는 아니지만 돈이 부족하지도 않았다. 잘생기진 않았지만 불쾌감을 주는 용모도 아니었다. 세련된 외교관 같다기보다는, 나들이옷을 차려입은 거친 농부 같았다. 무엇보다 그는 빨아들일 것 같은 눈빛으로 그녀를 바라보았다.

"당신한테 할 말이 있어요."

그가 중얼거렸다.

그녀는 그가 미루지 않고 본론을 꺼내는 것이 몹시 기뻐서 얼굴이 상기되었다. 눈을 내리뜨고, 숨을 죽이고, 오른쪽 무릎 위에 두 손을 포개놓은 채, 청혼을 받아들일 준비를 했다.

"요 며칠 동안 마음이 설렜어요."

그가 진지한 목소리로 이야기를 꺼냈다.

그녀는 '저도 그랬어요'라고 대꾸할 뻔했다. 하지만 엄숙한 순간을 망치고 싶지 않아서 자제했다.

"그러니까 뭐라고 이야기를 시작해야 하나, 내가……"

"말씀하세요."

그녀가 미소로 그를 격려했고, 그는 자신이 하려는 말에 스스로 감동해 눈을 반쯤 감았다.

"그게, 그게…… 당신의 죽은 남편 이야기예요."

"네?"

그녀의 몸이 굳었다. 그가 고개를 끄덕여 자기가 한 말을 긍정했다.

"우리 그 이야기는 한 번도 하지 않았잖아요."

"그 사람에 대해서 할 이야기가 뭐가 있다고요, 세상에!"

그러나 이렇게 외친 것을 곧바로 후회했다. 그녀는 덫에 걸린 것이다. 만약 전남편을 헐뜯는다면, 존경심이나 사랑을 모르는 배은망덕한 여자로 보일 것이다. 반대로 죽은 남편을 지나치게 애정 넘치는 태도로 떠올린다면, 새로운 사랑을 시작할 자격이 없는 여자로 보일 것이다. 그러니 우아함을 유지하면서 과거를 청산할 필요가 있었다.

"저는 무척 어린 나이에 그 사람과 결혼했어요. 그 사람이 저에게 홀딱 반했죠. 재미있고, 너그럽고, 독특한 사람이었어요. 제가 그 사람을 사랑했느냐고 묻고 싶으세요?"

"그래요……"

그녀는 막판 승부를 걸고 단호하게 대답했다.

"그래요. 그 사람을 사랑했어요."

사랑에 빠진 남자의 얼굴에서 긴장감이 풀렸다. 휴우, 그녀가 제대로 된 카드를 내민 것이다. 그녀는 계속 말했다.

"저는 그 사람을 사랑했어요. 그 사람은 내 첫 남자이자 마지막 남자였어요. 유일한 남자였죠. 어쨌든 저는 그 사람을 영원히 사랑할 거예요."

남자가 얼굴을 찡그렸다. 그녀는 혼비백산했다. 자신이 정숙한 여자인 양 행동해서 그를 멀어지게 하고 있음을 깨달았다. 빨리 다시 문을 열어줘야 했다.

"그 사람을 사랑한 만큼 그의 결점들은 보지 못했죠. 그때는 그 사람이 빛나고, 재능 있고, 아름다운 미래를 약속해주는 것처럼 보였어요. 당신도 알다시피, 그 사람은 작곡가였잖아요."

그가 동의의 뜻으로 한숨을 토해냈다. 그녀는 미소지었다.

"그래요, 당신 생각이 옳아요. 작곡가는 안정적인 직업이 아니죠. 높은 위치로 올라갈 수 있는 직업도 아니고요. 세상은 예술가들을 그리 후하게 대접하지 않으니까. 특히 성공하지 못한 예술가들은."

"그건 틀린 말이에요."

그가 정정했다.

그녀는 이야기를 멈추고 잠시 가만히 있었다. '이 사람이 음악을 좋아한다는 걸 잊지 말자.' 그녀는 자신이 한 말을 바로잡았다.

"사실을 말하면, 다달이 집세를 내야 했기 때문에 주문받은 곡을 기한에 맞춰 만들어내느라, 레슨을 하느라, 정신이 없었어요. 처음엔 당분간일 거라고 생각했기 때문에 그런 정신없는 생활을 견뎌냈어요. 하지만 몇 년이 지나자······"

그녀는 '몇 년이 지나자 그 사람이 인생의 낙오자라는 것을, 우리의 삶이 진창 속으로 빠져들고 있다는 것을, 그리고 상황이 절대 나아지지 않을 거라는 것을 깨달았어요'라고 외치고 싶었다. 하지만 상대방의 취향을 고려해, 내면의 분노를 많이 누그러뜨리고 말했다.

"······그 사람이 자기 일에서 성공하기에는 지나치게 자존

심이 강하다는 것을 깨달았어요. 계산속이 없고 타협을 몰랐으니까요. 그 사람은 음악에서는 자신이 최고라고 생각했어요. 그 누구보다도 훌륭하다고. 자기 입으로 그렇게 말했어요! 그것이 자명한 이치라도 되는 것처럼. 상식적이지 못했죠. 그래서, 당연한 일이지만, 그이를 도와주려는 사람들을 낙담하게 만들었어요."

그가 자리에서 일어나더니, 안심한 표정으로 테이블 주위를 서성였다.

'바로 이거야!' 그녀는 생각했다. '걸림돌은 치워졌어. 이 남자 한결 진정됐네. 이제 자기 마음을 말할 수 있을 거야.'

"나는……"

'뭘 그렇게 수줍어해!'

"나는……"

"제가 무서우세요?"

그가 고개를 저었다. 그녀는 그의 귓가에 대고 속삭였다.

"들을 테니 말씀하세요."

"나는…… 그저께 당신이 부른 곡이 참 좋았어요."

또 음악 얘기야? 그녀는 화가 나는 걸 간신히 참고 최대한 다정한 어조로 대꾸했다.

"그 사람이 만든 곡이에요."

흥분해서 그의 얼굴이 상기되었다.

"그럴 줄 알았어요! 난 그 사람의 스타일을 구별할 수 있거든요."

그녀는 속으로 웃음을 터뜨렸다. '그 사람의 스타일? 무슨 스타일? 그 사람에게 스타일 같은 건 없어. 자기가 만난 사람들을 흉내낸 것뿐이지. 이건 압지에 스타일이 있다고 말하는 격이야!'

대화는 기대했던 방향으로 흘러가지 않고 그녀에게 중압감을 주기 시작했다. 결혼 말고 다른 생각만 머릿속에 가득한 이 남자가 청혼을 하기란 오늘도 내일도 틀린 일 같았다. 어떻게 이 남자가 청혼할 거라 상상할 만큼 어리석었단 말인가? 갱년기가 온 것이 틀림없다…… 물론 그녀는 자신이 여전히 젊고, 아름답고, 탐스럽다고 믿고 싶었다. 어떤 여자들이 서른 살이 넘어서도 바라는 그것 말이다. 바보 멍텅구리 같으니! 이런 식으로 구는 덴마크 남자가 싫증났다. 그녀가 가버린다면 어떻게 될까?

"저는 이만 가볼게요. 사실 오늘 아침부터 몸이 불편했거든요."

"오, 유감이네요. 당신을 사모하고 있으니, 함께 살자고 말하려고 했는데."

*

그랬다. 그들은 결혼은 하지 않았지만, 유덴슈트라세의 안락한 아파트에서 함께 살게 되었다 – 집세는 남자가 냈다. 그들은 함께 식사했고, 함께 자리에 누웠고, 함께 잠들었고, 두 사내아이를 돌보았다. 아이들 교육은 기숙학교에 보내는 것으로 해결했다. 그녀에겐 그것이 가장 좋은 방법으로 보였다.

그녀가 불평할 수 있었겠는가?

"당신 지금 뭐해요? 나한테 좀 와줄래요?"

그녀가 외치면.

그는 복도에서 불분명한 중얼거림으로 대답했다.

그녀는 초조한 마음으로 이런저런 생각들을 굴려보았다. 그녀는 이 덴마크 남자를 무척 사랑했다. 그랬다. 그녀가 보기에 그에게는 많은 장점이 있었다. 이 장점은 아니더라도 저 장점이 있었다. 아니, 전체적으로 보면 다 장점이었다. 장점들의 선집選集, 미덕들을 모아놓은 책. 그것이 그녀를 안심시켰다. 죽은 전남편은 장점보다 결점이 많은 사람이었다. 혹은 큰 결점과 강렬한 장점을 가진 사람이었다. 가시로 뒤덮인 장미처럼. 그럼 이 사람은 무엇 같을까? 커다란 모란꽃. 향기 없고 간소한 아름다움을 지닌.

그녀는 웃음을 터뜨렸다. 가여운 남자! 그녀는 그를 얼마나 놀렸던가. 하지만 애정에서 나온 행동이지 나쁜 마음으로 그런 것은 아니다. 그는 너무 열성적이고, 너무 진지하고, 너무 성숙하고, 너무 정중해서, 좀 놀릴 필요가 있었다. 안 그러면······

그녀는 하던 생각을 멈추었다.

안 그러면 뭐?

'너 처신 잘해.' 속으로 중얼거렸다. '네가 가진 걸 망치지 말라고.'

전남편과 함께 살 때는, 남편이 완벽하지 않았기 때문에 그녀도 완벽한 모습을 보일 필요가 없었다. 그런데 이 남자와 살게 되니, 스스로를 감독하고 자제해야 했다. 자신이 못되고 심술맞게, 다시 말해 추잡하게 행동할 수도 있다는 것을 그에게 감춰야 했다. 그는 그런 행동을 이해하지도, 그런 상황을 재미있게 여기지도 않을 것이다. 그래서 그녀는 이 덴마크 남자 앞에서 자기 성격의 주된 부분에 베일을 드리웠다. 과부의 베일?

그녀는 킥킥거리며 웃었다.

그가 다가와 그녀의 손에 입을 맞췄다.

"당신 왜 웃어?"

"모르겠어요. 아마 행복해서 그런 것 같아요."

"난 당신의 이런 장난스러운 기질이 참 좋아."

그가 한숨을 쉬었다.

"그런데 당신 무슨 일에 그렇게 몰두해 있는 거예요? 외교적으로 긴급한 공문이라도 있어요?"

외교적으로 긴급한 공문이 무엇을 뜻하는지 전혀 알지 못했지만, 그녀는 그런 표현을 미치도록 좋아했다.

"아니, 악보들을 분류하고 있었어."

"뭐라고요?"

"당신 남편이 남긴 악보들의 목록을 작성하고, 날짜를 써넣고 있었어."

그녀는 얼굴을 찌푸렸다. 세상에! 아직도 그는 함께 사는 동안 그녀를 그토록 힘들게 했던 남자에게 많은 시간을 바치고 있었다.

"여보, 당신 기분이 상한 것처럼 보이는데?"

그녀는 뾰로통한 얼굴을 했다.

"난 우리의 행복을 위해 과거를 잊었어요. 그런데 당신은 끊임없이 나에게 전남편을 상기시키네요."

"난 당신의 전남편에게 관심 있는 게 아니라, 음악가에게 관심이 있는 거야. 그 사람은 천재였어."

'가관이군! 이 남자 이젠 미쳐가고 있어! 첫번째 남자는 자

만심에 가득 차서 스스로를 떠받들더니, 이번 남자는…… 도대체 왜 이러는 거지?'

"질투가 나네요."

"뭐라고?"

"그래요, 난 질투가 나요. 당신이 일에 너무 빠져 있으니까. 당신은 그 사람한테 너무 많은 시간을 할애하고 있어요."

"설마 당신, 나하고 알지도 못했고 지금은 이 세상 사람도 아닌 당신의 첫 남편과 나 사이를 질투하는 건 아니지?"

"왜 '첫' 남편이라고 말해요? 나한테 '두번째' 남편이라도 있어요?"

그녀는 반항적인 표정으로 그를 뚫어지라 응시하며 대답을 기다렸다. 그러나 그는 딱한 표정으로 고개를 숙일 뿐이었다.

말 한마디 없었다.

그녀는 눈물을 흘리며 달려가 침실에 틀어박혔다.

*

"너 안정돼 보인다."

그녀의 언니가 말했다.

"그래, 언니. 그 사람을 만나기 전에 내가 구걸하며 산 거

잘 알지? 내 음악가 남편이 나한테 빚만 남겨줬잖아. 그 사람은 내가 미망인 연금을 받을 수 있을 만큼 한자리에 오래 붙어 있지 못했어. 상상할 수 없는 일이야. 안 그래? 정말 동전 한 푼 없었다니까."

"그 사람 성격으로는 그럴 수밖에 없었을 거야."

"지금은 그 덴마크 남자 덕분에 이렇게 저렇게 돈을 모으고 있어. 필요할 때 마음대로 쓰기도 하고. 그 사람은 그런 것에 신경 안 써."

그녀의 덴마크 남자는, 그녀가 말한 것처럼 돈을 벌 방법을 찾아주었다. 악보들을 전부 모아 목록을 작성한 뒤 팔려고 했다. 믿을 수 없는 일이었다! 그 옛날에도 악보들은 여기저기 사방에, 피아노 밑에, 침대 위에, 부엌에, 안락의자의 쿠션 뒤에 널려 있었는데…… 그는 그 악보들이 가치가 있다고 확신했고, 출판업자들과 집요하게 협상을 했다. 그리고 놀랍게도, 이따금씩 악보를 출판하는 데 성공했다! 심지어 지금도 악보 출판을 놓고 출판사 두 곳이 경쟁 중이었다. 아, 그 덴마크 공사관 대리공사는 실력이 무척 뛰어난 협상가였다. 법률용어에 빠삭했고, 논의의 여지가 없는 계약을 체결해냈다. 작곡가의 미망인에게서 권리를 위임받아 협상을 제대로 이끌었다. 그녀가 그에게 기꺼이 인감을 내주었던 것이다. 때때로 그녀는 그가 작성하는 편지를 어깨너머로 보면서, '지금은 고인이 된 남편'이라는 구절을 읽고 자지러지게 웃었다.

그녀의 언니가 경탄하며 고개를 끄덕이고는 덧붙여 물었다.

"다른 부분에선 어때?"

"무척 상냥하고, 신중하고, 배려심이 깊어."

확실히 그것은 전남편에게는 없던 특성이었다. 그녀는 욕하지 않고, 침 뱉지 않고, 트림하지 않고, 방귀 뀌지 않는 '남자'와 살고 있었다. 그는 4개 언어를 할 줄 알았고, 상스러운 표현은 절대 쓰지 않았으며, 섹스를 하고 싶을 때도 공손하게 부탁했다. 그녀가 그의 벌거벗은 모습을 보았을까? 한 번도 본 적이 없었다. 그녀는 그런 행동이 '사람을 편안하게 해주'고 '나이에 비해' 성숙하다고 생각했다. 하지만 전남편이 했던 터무니없는 이야기들을, 그의 외설적인 나체를, 고삐 풀린 성性을, 다양한 쾌락들을 향수에 젖어 생각할 때가 있었다. 거기에는 차마 말하기 힘든 것들, 그가 그녀에게 처음 가르쳐준 것들도 포함되어 있었다……

"너 그 사람을 정말 사랑하니?"

그녀의 언니가 애처로운 어조로 물었다.

"물론이지!" 그녀가 격분해서 대답했다. "언니는 나를 어떤 여자로 생각하는 거야?"

"그런데 왜 그 사람은 너와 결혼하지 않는 거지?"

그녀 자신도 끊임없이 하는 질문이었다. 언니가 그 질문으로 자기를 고역스럽게 하는 데 신경질이 나서, 그녀는 태평한 척 대답했다.

"아, 그건 간단해. 외무부에 소속돼 일하는 사람들은 독신을 유지하는 게 더 나아. 식구가 많으면 전근이 힘든 사람으로 간주되고, 더 좋은 곳으로 부임할 기회도 없어지거든."

"아, 그래?"

"그렇지!"

"하지만 오스트리아에서는."

"그 사람은 덴마크 사람이야."

"물론이지……"

그녀가 이미 간파했지만 언니에게 말하지 않은 것이 있었다. 외교관은 사회적 지위로 자신을 빛내줄 여자하고만 결혼한다는 사실 말이다. 그런데 그녀는 존경받는 가문 출신이 아니었고, 귀족 작위도 없었다. 빚쟁이들을 피해다니는 가난한 무명 음악가의 미망인일 뿐이었다.

그녀의 언니가 비단처럼 부드러운 입술을 검지로 문지르며 초췌한 안색으로 중얼거렸다.

"덴마크 남자들이 훌륭한 연인이라고 말한 사람이 누구지?"

'그래, 누가 그랬어?' 그녀도 속으로 생각했다.

*

이제 세상 최고의 독설가도 그녀가 인생에서 성공했다고 인정할 수밖에 없었다.

햇빛이 그녀의 다이아몬드 반지를 비추었다. 빛이 폭발하고, 웃음이 폭발했다. 그들이 결혼한 것이다! 십이 년이 걸리긴 했지만 마침내 그들이 결혼했다!

멀리서, 공원에서, 오리들이 마치 영주처럼 거드름을 피우며 연못의 수양버들 사이를 돌아다니고 있었다.

그녀는 테라스에서 자신의 행복을 음미했다 — 손님들에게는 나중에 가볼 작정이었다.

남작 부인! 그녀가 남작 부인이 될 줄 누가 알았겠는가? 마흔일곱 살에! 고생스러운 여러 해를 보낸 뒤, 마침내 행운을 거머쥔 것이다. 처음에는 나이, 한 번 결혼한 것, 두 아들, 허약한 건강, 형편없는 재정 상태, 한 가정을 관리할 능력이 없는 경솔한 여자라는 부당한 평판 등, 모든 것이 그녀에게 불리했다. 그런데 지금은 비굴한 사람들이 그녀 앞에 머리를 조아린다! 게다가, 둘의 종교가 같진 않았지만 — 그는 개신교도이고 그녀는 가톨릭 신자였다. 프레스부르크 성당에서 멋진 결혼 예식을 치렀다. 자매들이 기뻐할 줄은 진즉 알고 있었지만, 그녀의 인생이 끝났다고 믿었던 심술궂은 여자들을 생각하니 기분이 더없이 좋았다…… 오, 그 새침하고 교만한 여자들은 그녀의 결혼 소식을 듣고 얼굴이 붉으락푸르락했다!

그리고 그녀가 받은 귀족 칭호! 그녀는 결혼반지만 받은 것이 아니었다. 귀족을 뜻하는 소사小辭도 받았다. 그녀가 자기 자신을 남작 부인이라 부르고 그들의 이름 앞에 '폰von'을 붙이자, 그녀의 덴마크 남자는 자신이 나라에서 받은 기사 작위는 명예로운 훈장이지 가문을 귀족으로 서임하는 의미는 아니라고 말하며 그녀를 놀렸다.

"말도 안 돼요! 당신이 기사 작위를 받았으니 나는 기사 부인이잖아요. 그러니 내 이름에 소사를 붙이는 걸 아무도 막지 못할 거예요."

그녀가 대꾸했다.

때때로 그녀는 자신의 성공을 자랑하고 싶은 마음에 새로운 사람들을 만나고 싶었다. 평민들…… 이곳에서 아쉬운 것이 바로 그것이었다. 그녀는 빨간 집들이 있는 예쁜 코펜하겐 시가 무척 마음에 들었다. 하지만 이곳은 빈이 아니었다! 미소 띤 침착한 남자들이 맥주를 들이켜거나 생치즈를 먹으며 느릿

하게 살고 있었다.

"제발 투덜대지 말고 갓 끓인 수프 그릇에 침 뱉지 마."

그녀는 스스로에게 명령했다.

권태를 느끼는 것은 아니었다. 그보다는 리듬이 붙지 않는 가벼운 무력감을 느꼈다. 카페에서 마약을 하는, 예전 생활에서 마지막으로 남아 있던 나쁜 습관을 버렸기 때문일까? 경박하고 건방진 젊은이였던 전남편과 살 때는 모든 일이 가능했다. 최악의 혹은 최선의 일들이. 언제나 무슨 일이 일어났다. 그런데 여기서는 똑같은 나날들의 반복이었다. 안락한 삶이지만 늘 똑같았다. 산책, 독서, 타로. 전체적으로 보면 흥분되기보다는 가라앉아 있었다. 하지만 좋았다. 그것이 부富, 귀족 신분, 안정된 생활을 얻기 위해 치러야 할 대가라면……

그녀는 한숨을 내쉰 뒤, 거실에서 잡담을 나누고 있는 손님들에게로 갔다.

"일류 음악가입니다, 초일류!"

그녀의 남편이 남자들 한가운데에서 외치고 있었다.

'또야? 지긋지긋하네. 아침에 잠을 깼을 때 그 사람 이야기를 하라고 나를 몰아댄 걸로도 모자라 오후에도 그 사람 얘기를 늘어놓고 있어. 우리는 셋이 사는 부부야. 어디를 가든 남편이 둘 있는 것 같아. 두번째 남편이 나에게 이야기하는 첫

번째 남편, 첫번째 남편에 대해 나에게 이야기하는 두번째 남편.'

외교관은 두 손을 흔들면서 계속 이야기했다.

"코펜하겐은 그 사람을 제대로 평가해야 합니다. 코펜하겐에서 그 사람의 작품을 연주해야 돼요."

'불쌍한 사람! 악보를 사라고 사람들을 설득하고 있어. 친절한 사람이고, 이 설득이 먹혀들면 나한테 돈이 되겠지. 이 사람은 자기를 위해서보다 나를 위해 고생하고 있어. 하지만 이젠 월급이 네 배나 뛰었으니 이런 일을 하지 않아도 되는데. 그러기로 약속했고 말이야.'

"그 사람의 음악을 들으면." 그는 넋을 빼놓고 듣고 있는 청중 앞에서 계속 이야기했다. "그 사람이 천사 같은 존재라는 걸 알 수 있어요."

'저 사람 무슨 소릴 하는 거야? 그 사람보다 더 상스럽고 추잡한 사람은 만나본 적이 없는걸. 그런데 천사라고? 저 사람은 그 천사의 성性에 대해 모르는 게지…… 여자와 잘 생각밖에 없었던.'

"그래요." 그가 분명하게 말했다. "그 사람은 신에게서 영감을 받았습니다. 아마도 창조주가 불어넣어준 영감을 자기 귀로 직접 받아들였을 거예요."

'저런 미련퉁이 같으니! 내 첫 남편은 일곱 개의 게이름을 사용해 예수, 죄인, 연인, 불륜녀의 모습을 구현했을 뿐이야. 기술이 얼마나 좋았던지. 음악가의 속임수지만.'
"불행하게도 저는 젊은 시절에 서투른 그림을 그리다가 포기했습니다. 하지만 천재를 알아보는 눈은 있습니다. 저를 믿으세요. 신사 숙녀 여러분, 그 사람의 음악은 숭고합니다."
'얼간이 같으니! 그 사람 이야기는 그만해. 당신만 우스워지니까. 그 사람의 작곡 솜씨가 나쁘진 않았지만, 나하고 함께 산 남자잖아!'
그녀는 딸꾹질을 하며 다시 테라스로 갔고, 그 자리에 있던 사람들은 그 딸꾹질을 죽은 남편을 떠올리고 감정이 복받친 때문으로 해석했다.

*

반시간 전부터 그녀는 다리를 벌리고 등받이에 등을 기댄 채 책상 앞 가죽의자에 앉아 있었다. 양쪽 관자놀이가 불타는 듯한 느낌을 받으며 방금 알게 된 사실을 부정하는 중이었다. 그러나 그녀의 눈앞에 있는 증거들은 명백했다.
의심의 여지가 전혀 없었다. 그녀의 두번째 남편이 첫번째 남편의 인생을 글로 쓰고 있었다.

전기…… 그가 수년 전부터 쉼 없이 해온 작업은 바로 전기를 위한 것이었다. 그것이 그가 신문, 잡지, 음악회 프로그램들을 닥치는 대로 수집해 그들의 집을 가득 채운 이유였다. 그것이 그가 그 음악가를 아는 사람들과, 심지어 그녀의 성미 고약한 시누이하고까지 - 그녀가 그렇게 말렸건만 - 편지를 주고받은 이유였다. 아마도 그것이 그가 그녀의 과거 이야기를 듣는 걸 그토록 좋아했던 이유였다. 이런 배신이 있나! 그녀는 아내의 젊은 시절에 대한 애정 어린 호기심이라고 믿었는데, 그는 정보 수집 차원에서 그녀를 이용한 것이다.

전남편, 언제나 전남편…… 그는 산 사람인 그녀보다 죽은 사람인 그녀의 전남편에게 더 많은 자리를 내주고 있었다.

기분이 몹시 상한 그녀는 그 자리에서 찢어버릴 작정으로 원고를 읽어보기로 했다. '대체 무슨 생각으로 내가 다른 남자의 품에서 살던 이야기를 책으로 쓰려는 거지?' 그녀는 한 페이지를 무작위로 골라내 읽어보았다.

'그의 결혼생활은 행복했다. 아내는 그를 이해하고 사랑해주는, 상냥하고 정 많은 여자였다. 위대한 예술가인 그에게 경탄했고, 그의 불같은 성미에 굽힐 줄도 알았다. 덕분에 그의 신뢰를 얻을 수 있었다. 그도 그녀를 무척 사랑했고, 아주 작은 실수들까지 모든 것을 숨기지 않고 털어놓았다. 변함없는 애정과 배려로 그녀에게 보상해주었다. 지금도 그녀는 그것을 인정한다. 어떻게 그의 모든 행동을 용서하지 않을 수 있겠는가? 그가 그렇게나 좋은 사람이었는데 어떻게 모든 것을 그의 덕으로 돌리지 않을 수 있겠는가?'

기분이 언짢음에도 불구하고, 그녀는 빙긋이 미소를 지었다. 이 순진한 남자는 그녀가 해준 이야기를 그대로 적고 있었다. 선의에서 나온 그녀의 거짓말을 무턱대고 믿었다. 남편과 과거 이야기를 할 때, 그녀는 진실을 말하기보다는 자신이 좋은 아내였다고 말하는 데서 기쁨을 느꼈다. 그래서 실제의 모습보다는 그래야 마땅한 모습으로 자신의 행동을 묘사했다. 여러 해 전부터, 전남편과 함께 살 때 자신이 했던 행동들을 지금의 남편이 좋아할 만한 모습으로 묘사했다. 그녀에게는 무엇보다 살아 있는 남편의 마음에 드는 것이, 자신의 장점을 정당화하는 것이, 즉 자신의 사랑에 활력을 불어넣는 것이 중요했다. 그녀는 지금의 남편을 만족시키기 위해, 지금 남편의 시각으로 자신의 첫 결혼생활을 재해석하고 있었다.

이어진 문장들을 살펴보면서, 그녀는 그가 자신의 모습을 근사하게 묘사하고 있다는 확증을 얻었다.

"적어도 그 끔찍한 시누이가 나를 중상모략했다는 걸 입증해주긴 하네!"

이 외침을 통해, 그녀는 자신이 이 엉뚱한 책의 출간을 자기도 모르게 받아들이고 있음을 깨달았다. 사실 이 전기는 그녀에게 도움이 되었다…… 이상하게도—그녀의 덴마크인 남편이 부추겼기 때문이겠지만, 최근에 사람들은 고인에 대해 더 많이 이야기했고, 그의 작품들도 더 많이 연주했다. 어떤 음악가들은 그녀가 와서 한마디 해주기를 간청했다. 그들이 그녀 아들들의 선생님이긴 했지만! 유행이란 참 별나기도 하지…… 하지만 환상을 품어서는 안 되었다. 한때의 열병 같은 현상일 것이다. 그의 음악은 이미 과거의 것이고, 사람들은 새로운 음악을 듣고 있다. 사람들을 바꾸지는 못할 것이다. 잠깐 유행하긴 했지만, 모든 것은 빠르게 망각 속으로 묻혀버리리라.

어쨌든 기적적으로 누군가가 그녀의 입장에 관심을 가진다 해도, 이 전기는 그녀의 전 시댁 식구들이 그녀에 관해 지껄였던 터무니없는 험담들을 되풀이하지는 않을 것이다.

그녀의 등뒤에서 형체 하나가 미끄러지듯 다가왔다.

"당신, 내 물건을 뒤지는 거야?"

그녀가 의자에서 일어나 그를 끌어안았다.

"여보, 여기 적혀 있는 것들 대단하네요."

"아, 그래?" 그가 반신반의하는 표정으로 물었다.

"그 사람이 살아 있다면 당신을 자랑스러워했을 거예요."

그는 그녀의 말에 대답하는 대신 얼굴을 붉혔다. 기쁨 때문에 목덜미가 부풀어올랐고, 눈빛이 흐릿해졌다.

'그 사람이 살아 있다면 당신을 자랑스러워했을 거예요.' 그녀는 남편을 유심히 관찰했고, 남편이 기사 작위를 받은 날보다 더 감동했다는 사실을 확인했다. 혹은 그들의 결혼식 날보다.

*

"엄마, 허락해주세요."

"안 돼, 그건 안 될 일이야. 너무 괴상하잖아!"

"제발요. 새아버지께서 그렇게 하도록 고모한테 말해달라고 저에게 부탁하셨어요."

"네 고모? 그 못된 여자를 아직도 만나니?"

"엄마, 고모가 저를 예뻐하는 건 다들 아는 사실이에요."

"그렇겠지. 자기 남동생의 아들이니까. 네가 내 아들이기도 하다는 사실은 잊었나보다. 그 여자는 늘 나를 못마땅하게 여겼어."

"엄마!"

"어쨌든 그건 중요하지 않아! 그건 문제 삼을 일이 못 된다고. 그러니까 네 말은."

"그래요. 새아버지가 엄마와 함께 아빠의 묘에 묻히고 싶다고 말씀하셨어요."

"그게 무슨 끔찍한 소리니!"

신경질이 나고 화가 머리끝까지 치솟았다. 지금까지 그녀는 그의 괴상한 언동을 공손한 침묵으로 받아들였지만 이제는 그 침묵을 깨뜨리기로 결심하고, 머리카락을 아무렇게나 휘날리며 남편의 서재로 급히 달려갔다. 마치 셋이서 부부로 사는 듯한 느낌을 이미 여러 번 받은 터였다. 그런 느낌이 들 만큼 그는 그녀의 첫 남편을 열렬히 좋아했다. 그것은 정도正道를 벗어난 일이었다. 그녀의 첫 남편은 추억 속의 사람이 되어 지하 묘소에 유골로 남아 있는데 그에게 다시 육체를 입혀 돌아오게 하려는 것이다. 그들 셋이 함께 있게 되다니. 그녀 그리고 그녀의 두 남편이 같은 곳에 누워 영면을 취하다니.

서재에 들어가보니, 그는 페르시아 양탄자 위에 쓰러져 숨을 헐떡이고 있었다.

"오, 여보. 당신 잘 왔어……"

그는 몸이 불편했다 — 얼마 전부터 병세가 부쩍 악화되었다. 그러니 죽음을 생각하고 묘지 문제에 신경쓰는 것이 놀랄 일도 아니었다.

그녀가 다가가자, 그의 얼굴이 환해졌다. 가여운 남자! 그가 그녀를 얼마나 사랑하는지…… 생기 없던 그의 눈이 아내를 보자 기쁨으로 빛났다.

그녀는 화났던 마음을 진정시키고, 그를 도울 생각만 했다. 머리를 받쳐주고, 부채질을 해 몸을 시원하게 해주고, 호흡을 가다듬도록 도와주었다.

묘지 이야기는 중요하지 않았다. 그 이야기는 나중에, 적절한 순간이 왔다고 판단될 때 할 것이다.

그녀는 그를 소파에 앉히고 쿠션으로 받쳐주었다. 진정이 되자, 얼굴에 혈색이 돌아왔다.

"왜 이렇게 나를 겁먹게 해요."

그녀가 다정한 어조로 그를 나무랐다.

"바보 같은 면이 끈질기게 남아 있나봐."

"사실을 말해줄 수도 있잖아요! 난 두 번이나 과부가 되고 싶지 않아요."

그들은 황혼의 구릿빛 햇살을 바라보며 오랫동안 손을 잡고 있었다. 이윽고 그가 그녀를 돌아보더니 진지한 눈빛으로 말했다.

"그동안 내가 생각한 걸 당신에게 말하고 싶어."

'아! 이 사람 그 묘지 이야기로 나를 괴롭게 하려는 거야.

일단은 반박하지 말아야지.'
 그녀는 침착한 목소리로 대꾸했다.
"뭔데요, 여보?"
"그 사람의 성姓을 써요."
"뭐요?"
"당신 전남편의 성을 다시 쓰라고."
 그녀의 눈이 눈물로 흐릿해졌다. 흐느낌이 새어나와 숨이 막혔다.
"뭐라고요? 당신 나를 아내로서 거부하는 거예요?"
"아니야, 여보. 난 그 어느 때보다 당신에게 애정을 느껴. 그저 내 사랑만큼이나 그 사람의 재능을 세상에 알리기 위해, 당신이 모차르트의 미망인 콘스탄체 폰 니센Constance von Nissen 으로 불리길 바라는 거야."

재 속의 심장

"에이, 이모, 게임 할 때마다 이렇게 져주면 안 되죠……"
 체리빛 티셔츠를 입은 소년이 에이스와 잭을 그러모으면서, 상냥한 표정으로 이모를 쳐다보았다. 그러자 그녀가 반은 너스레 떠는 것 같고 반은 진짜 같은 태도로 화를 내며 대꾸했다.
 "일부러 져주는 게 아니야. 생각해보렴. 나는 카드놀이가 서툴고, 너는 실력이 엄청나게 좋잖니."
 조나스는 별로 납득되지 않는다는 표정으로 미소를 짓고는, 다시 카드를 섞기 시작했다.
 알바는 질 좋은 양모 양탄자 위에 책상다리를 하고 앉아 있는, 상반신이 가냘프고 팔이 길고 손가락도 한없이 긴 조나스를 물끄러미 바라보았다. 정기적으로 연습하는데도, 조나스의 실력은 카드놀이를 자주 하는 사람치고는 신통치 못했다. 빠르지도 정확하지도 않았고, 여자아이들이 깜짝 놀랄 만한 멋진 기술을 과시하지도 않았다. 그저 침착하게 카드를 다루기만 할 뿐이었다.

그러나 바로 그 점 때문에 알바는 조나스를 높이 평가했다. 조나스는 다른 젊은 애들처럼 함정에 빠져 실수를 저지르는 일이 결코 없었다. 세상에 흔해빠진 유혹들을, 상대방의 눈을 속이고 싶은 저속한 욕망을 무기력한 우아함으로 피해가곤 했다. 조나스는 다른 아이들과 달랐다. 아마 최고의 사기꾼 밑에서 자랐어도, 나쁜 태도에 물들지 않았을 것이다.

알바가 웃음을 터뜨렸다.

"우리 둘 중 한 사람이라도 이 게임에 열중한 사람이 있는지 모르겠구나."

조나스는 당황한 표정으로 고개를 들었다. 금발 머리에 쓴 모자가 흔들렸다. 알바가 설명했다.

"생각해보렴. 우리 둘 중 누구도 상대방에게 불리한 카드를 내거나, 크라페트*나 거꾸로 하는 블롯**에 능하지 않잖아. 상대방을 기분 좋게 해주려고 그런 척하고 있을 뿐이지."

조나스가 웃음을 터뜨렸다. 그런 다음 한숨을 내쉬며 말했다.

---

* ** 둘 다 카드놀이의 일종이다.

"어쨌든 이모가 즐거우면 저도 즐거워요."

젊은 아이가 한 이 말이 알바의 마음을 감동시켰다. 잘생긴 아이였다. 입술의 선이 곱고, 입고 있는 셔츠만큼이나 색이 붉었다……

"나도 그래."

알바는 자신이 느끼는 감정을 억누르며 중얼거렸다.

다른 남자들은 왜 조나스 같지 않을까? 조나스는 순수하고, 소박하고, 주의 깊고, 너그럽고, 사랑하기 수월했다. 왜 그녀는 아들이나 남편보다 조카와 더 잘 통하는 걸까? 고개를 흔들어 이런 생각들을 쫓아낸 뒤, 알바가 말했다.

"너는 마법사야."

"제가요?"

"아니면 마술사든가."

"아, 그래요? 제가 어떤 마술을 할 수 있을까요?"

그녀는 몸을 앞으로 기울여 조나스의 코를 꼬집으며 대답했다.

"하트를 훔칠 수 있지."

그리고 나서 곧 적절한 태도로 말하지 못했다는 생각에 잠시 기분이 나빠졌다. 분명 그녀는 억지 미소를 짓거나 쾌활함을 과장했으리라.

재 속의 심장

조나스의 눈이 흐려지고 표정이 달라졌다. 조나스는 창문 쪽으로 눈길을 돌리고는, 입가에 씁쓸한 주름을 지으며 중얼거렸다.
"어떨 땐 정말 그러고 싶어요."
그 말에 알바는 소스라쳐 놀랐다. 이런 얼간이 같으니! 방금 자신이 한 말이 가늠할 수 없을 만큼 아둔했다는 사실을 깨달은 것이다. '심장을 훔치는 것!' 그건 조나스 앞에서 해서는 안 될 말이었다……
알바는 일어났다. 도망치고 싶은 마음에 관자놀이가 뜨끈뜨끈했다. 주의를 돌릴 만한 다른 일을 빨리 생각해내야 했다. 줄을 그어 자신이 한 실언을 지워야 했다. 아이가 자신의 불행에 대해 더 생각하지 않게 해야 했다.
그녀는 창가로 뛰어가 밖을 내다보며 말했다.
"카드놀이는 지겨워! 우리 산책 나갈까?"
아이가 놀라서 그녀의 얼굴을 뚫어져라 바라보았다.
"눈 속으로요?"
"응."
아이가 놀라는 것이 무척 기뻤다. 이 포근한 집안에 아이를 가둬둔 아이 엄마 같으면 밖으로 나가자는 말은 하지 않았으리라.

"이모, 우리 나가요……"

"나도 그러고 싶어!"

"만세! 역시 이모와 나는 잘 맞아요."

알바와 조나스는 산책을 나서는 개만큼이나 흥분해서, 적당한 옷가지를 찾아 옷방을 둘러보았다. 그런 다음 방한 재킷을 걸치고, 이중으로 된 장갑을 끼고, 안에 털을 댄 장화를 신은 뒤 밖으로 튀어나갔다.

추위가 그들을 맞이했다. 그들이 기대한 정도의, 활력을 선사하고 원기를 북돋워주는 추위였다.

그들은 서로의 팔을 잡고 오솔길을 걸어갔다.

눈부신 아침나절이었다. 투명한 하늘에서 햇빛이 쏟아져내렸다. 눈에 지워져서 주위의 바위, 연못, 길, 풀밭의 형체가 보이지 않았다. 낭떠러지에서 언덕까지 온통 하얀색이었다. 그 하얀 바탕색 속에 정자 몇 채가 박혀 있고, 키 작은 자작나무숲이 바탕색을 할퀴듯 여기저기에 솟아 있고, 개울은 검은 칼날처럼 바탕색을 가르며 흘러갔다.

아래쪽에서는 바다가 자신의 숨결을, 강렬한 소금과 해초 냄새를, 광활함을 품은 냄새를 끼쳐왔다.

조나스가 몸을 부르르 떨었다.

"이모 생각에는 지금이 초봄 같아요, 아니면 늦겨울 같아요?"

"3월 21일이면 아직 한겨울이지. 해가 좀 높아지긴 했지만, 기압은 높지 않아. 아직 서리도 남아 있고, 눈발도 날리고."
"저는 우리나라가 참 좋아요!"
조나스가 소리쳤다.
알바는 빙긋 웃었다. 저한테 비교대상이 어디 있어서? 이 섬을 한 번도 떠나본 적이 없는 아이가? 아이의 열광은 다른 것을 표현하고 있었다. 자신이 삶을 몹시 소중히 여긴다는 것, 삶을 즐기고 있다는 것을. 비록 지금은 기후 때문에 혹독한 시기를 지나고 있다 해도.
휴대폰이 울렸다. 장갑 때문에 시간이 좀 걸리긴 했지만, 조나스는 전화를 받고 친구 라냐르에게 인사했다.
친구의 이야기를 듣는 조나스의 얼굴이 창백해졌다.
알바는 걱정이 되었다.
"무슨 일이니?"
"에이야피오를 산이 깨어났대요."
"뭐라고? 화산이?"
"지난밤에요."
조나스는 라냐르와 다시 대화를 이어갔다. 라냐르가 알려주는 것들에 귀를 기울였다. 그러는 동안 알바는 옆에서 몹시 불안해했다. '바라크'! 어린 시절에 그녀와 언니가 살았던 집이

에이야피오를에 있었다. 그 집도 화산 폭발에 피해를 입었을까? 용암에? 쏟아져내리는 재에?

그녀는 조나스가 바라보는 가운데, 불안에 사로잡혀 단단한 눈바닥 위에서 발을 굴렀다. 그 화산은 두 세기 전부터 휴화산으로 잠들어 있었고, 그 오랜 기간 동안 그녀 집안의 수세대가 흙과 풀로 지붕을 인 그 작은 목조 주택에서 살았다. 그 바라크는 그녀의 어머니에게, 이어서 그녀의 언니와 그녀에게도 일 년에 한 달 정도 머물며 캠핑을 하는, 도시에서 멀리 떨어진 여름휴가 장소가 되었다. 그 나날들은 근사했지만, 이제는 그들의 과거에 새겨진 흔적, 올라프스도티르 집안의 오래된 추억일 뿐이었다.

조나스가 전화를 끊고 서둘러 이모에게 알려주었다.

"긴급사태가 선포되었대요. 핌뵈르두할스 고개에 폭발이 있어서요. 홍수가 염려되어 플뢰칠리드 마을 주민들을 대피시킨대요."

"홍수?"

"용암의 열기 때문에 만년설과 얼음덩어리들이 녹아서 물이 될 테니까요, 이모."

알바는 한결 수월하게 숨을 쉬었다. 그 바라크가 이제는 그곳에 없는 것이다!

그 사실을 생각하면서, 그녀는 자신이 농부들 생각을 한순간도 하지 않았음을 깨달았다. 자신의 집이 일 년 내내 비어 있기 때문에, 주위에 정착해 사는 다른 아이슬란드 사람들이 위태로운 상황에 처해 있음을 짐작하지 못하고, 어리석게도 자신의 경우를 일반화한 것이다.

"앞으로는 어떻게 될 것 같대?"

그녀가 물었다.

"지질학자들 말이, 한동안 그런 상황이 계속될 거라고 했대요."

"가봐야겠구나. 내일 당장 가봐야겠어."

그녀는 조나스의 팔을 힘차게 다시 붙잡았다. 마치 조나스를 그곳에 데려갈 것처럼.

몇 미터 가는 동안 조나스는 제 페이스대로 걸었고, 알바는 조나스의 호흡이 헐떡임으로 변하는 것을, 조나스가 자신보다 뒤처지는 것을 느꼈다.

뒤를 돌아보았다. 조나스는 얼굴에 핏기가 싹 가시고 입술이 오그라든 채 잿빛 입김을 내뿜고 있었다.

"몸이 안 좋니, 조나스?"

"이모가 너무 빨라요."

'전보다 훨씬 조금 걸었는데.' 그녀는 생각했다. '몸이 더

약해졌어. 애한테 밖에 나가자고 한 게 잘못이었을까? 집안에만 있게 하라는 카트린 언니 말이 옳았어. 빨리 돌아가자. 아니, 그게 아니지. 빨리 돌아갈 게 아니라, 가능한 한 조용히 돌아가야지.'

조나스가 그녀의 생각을 읽기라도 한 것 같았다. 아이는 한결 진정되어 그녀의 팔꿈치를 붙잡았다. 그들은 조심스럽게, 일정한 걸음걸이로 돌아갔다.

집에 도착하자, 알바는 핫초코를 마시자고 제안했다. 말끔히 솔질한 메탈 스타일 주방에서, 김이 피어오르는 잔을 앞에 두고 그들은 다시 수다를 떨었다.

"대놓고 할 얘기는 아니지만, 저는 자연재해에 흥미가 많아요."

조나스가 말했다.

"너 미쳤구나?"

"자연이 그렇게 강력하다는 것이, 자연이 우리에게 모욕을 주고, 그 힘을 우리에게 상기시키고, 우리를 우리가 있어야 할 곳으로 돌려보낸다는 것이 좋아요."

"잘됐네. 그렇다면 아이슬란드가 바로 네가 태어나야 할 나라니까."

"우리가 선택을 한다고 생각해요, 이모? 우리의 영혼이 저

위를 날면서 세상을 관찰하고, 그런 다음 '자, 난 저기로, 저 땅으로, 저 집안으로 내려갈 거야. 저 사람들이 나하고 잘 맞을 테니까.' 이렇게 결정한다고 생각해요?"

"어떤 사람들은 그렇게 주장하지."

"저도 그렇다고 확신해요. 저와 저의 수호천사는 엄마와 이모가 저 같은 통통한 아기를 받아줄 수 있는 유일한 사람들이라고 생각했어요."

알바의 얼굴이 붉어졌다. 방금 조카가 한 말에 좋아해야 할지 싫어해야 할지 알 수 없었다. 혼란스러웠다. 사실 조나스는 처음 이 세상에 나온 날부터, 조산원에서 그녀가 지친 카트린의 품에서 받아 안았을 때부터 그녀를 유심히 올려다보아 그녀를 당황하게 했다. 생의 첫 순간부터, 조나스는 올라프스도티르 자매를 두 엄마로 삼기로 결정한 것이다. 그리고 둘 중 아무도 그것에 반대하지 않았다. 때때로 모르는 사람들은 조카와 이모 사이가 그토록 돈독하다는 사실에 놀랐다. 하지만 당사자 셋―조나스, 카트린 그리고 알바―은 그런 애착을 당연하게 여겼다. 8개월이 지나 자기 아들 토르를 낳은 후에도 알바는 조나스의 둘째엄마 역할을 유지했다.

밖에서 누가 경적을 울렸다. 그들은 눈살을 찌푸렸다. 이렇게 이른 시각에 누구지?

빰이 붉어진 카트린이 항상 주머니 속에 가지고 다니는 열쇠 여러 개를 짤그랑거리며 급히 달려들어왔다.

"오늘 아침 모임이 취소됐어. 그다음 모임도 마찬가지고. 이렇게 된 김에 보러 온 거야. 무슨 일이 일어났는지는 당연히 알고 있겠지?"

"에이야피오를 산?"

"그 산이 백팔십칠 년 만에 깨어났어! 백팔십칠 년 동안 잠자다가 어떻게 깨어날 수가 있지?"

"아니, 백팔십칠 년 동안 어떻게 잠들어 있을 수가 있지?"

조나스가 중얼거렸다.

자매는 얼른 눈길을 주고받았다. 카트린이 묻기도 전에 알바가 대답했다.

"내가 내일 가볼 거야. 현재 상황이 어떤지, 그리고 우리 바라크가 처한 위험은 어느 정도인지 정확히 알아봐야지."

"고마워, 알바. 만약 바라크가……"

카트린이 말하다가 입을 다물었다. 알바도 언니가 하던 말을 대신 끝맺지 못했다. 만약 집이 사라지고 없다면, 그들 가족이 상징적으로 공격받은 거나 마찬가지라는 걸 둘 다 감히 입 밖에 내어 말하지 못했다. 가족은 그들 두 자매뿐이었고, 각자 아이 하나씩만 낳았고, 조나스는……

카트린이 말했다.

"내 방으로 같이 갈래? 파리에서 산 새 속옷을 보여줄게."

카트린은 국제 적십자 위원회에서 일하기 때문에 출장을 많이 다녔다. 특히 유럽으로. 출장 여행을 가게 되면 여동생과 아들을 위해 선물을 사오곤 했다.

조나스가 불평했다.

"아, 두 분이 속옷 구경을 한다고요! 레이스가 잔뜩 달려 있겠죠. 여자들의 관심사답네요."

"이 년만 더 기다려, 조나스. 그러면 여자 속옷이 남자들의 관심사이기도 하다는 걸 알게 될 테니까."

두 여자는 이층으로, 카트린 방으로 올라가 문을 닫고 침대에 앉았다. 당연히 카트린에게는 알바에게 보여줄 팬티도 브래지어도 없었다. 조나스 없이 단둘이 이야기하기 위해 습관적인 암호를 사용한 것이다.

"알바, 나 정말 걱정이 돼. 어제 조나스가 병원에서 검사를 받았거든. 그리고 오늘 아침에 군나르손 박사님에게서 결과를 들었어. 조나스의 심장기형이 악화되고 있대. 언제든 심장이 멈출 가능성이 있다는 거야."

"그렇구나. 이제 겨우 열다섯 살인데 노인들의 신체능력에도 못 미치다니!"

"군나르손 박사님 말로는, 가능한 한 빨리 이식수술을 받아야 한대. 안 그러면……"

"언니, 그건 몇 달 전부터 하던 말이잖아! 우리가 할 수 있는 일이 뭘까?"

"조나스의 이름이 대기자 명단에 올라 있어. 하지만 공여자가 없어. 우리가 사는 곳은 인구가 삼십만 명밖에 안 되는 아이슬란드잖아!"

"언니, 조나스가 이식받게 될 심장은 반드시 아이슬란드 사람 것이 아닐 수도 있어. 기억나지? 군나르손 박사님이 요즘엔 이식할 장기를 비행기로 수송한다고 설명해주셨잖아."

"이론적으로 그렇다는 거지, 실제는 달라. 좀 알아봤는데, 이식용 장기는 국가 안에서, 또는 한 국가에서 다른 국가의 국경까지만 이동한대. 한 대륙에서 다른 대륙으로는 절대 이동하지 않아. 한 대륙에서 이름 모를 바다 한가운데 있는 무인도로 이동하는 경우는 훨씬 더 드물고…… 조나스는 죽게 될 거야, 알바. 우리가 행동에 나서지 않으면 조나스는 죽을 거라고. 내가 궁금한 건……"

알바는 카트린이 예전에 한 이야기의 목적이 이것이었음을 깨달았다. 그녀는 언니 카트린을 잘 알고 있었다. 카트린은 타산적인 사람이었다. 선하고 너그럽고 선한 의도에 이끌리는

재 속의 심장 225

사람이지만, 기본적으로 타산적이었다. 책략에 능한 머리를 타고났고, 사적인 토론도 프로페셔널한 협상처럼 이끌었다.

"궁금한 건?"

알바가 물었다.

"우린 유럽으로 가야 할 거야. 조나스를 파리나 제네바에 정착시켜야 해. 거기서는 일치하는 공여자를 만날 확률이 더 높을 테니까."

그 순간 알바는 언니가 자기에게 뭔가 숨기고 있음을 직감했다.

"우리가? 좀 분명하게 말해봐. 우리라면, 조나스, 언니 그리고 나를 말하는 거야?"

"물론이지."

"그러니까 언니는 내가 언니와 조나스와 함께 유럽으로 가길 원해?"

"그래, 부탁할게. 조나스가 이식수술을 받을 때가 되었으니까. 나는 일 때문에 출장을 자주 다니잖아."

알바는 엄격한 눈으로 언니를 쏘아보았다.

"언니만 일을 하는 건 아니잖아! 물론 나는 국제적으로 중요한 책임을 맡고 있진 않아. 하지만 나도 내 생활비를 벌어야 한다고."

"알바, 넌 예술가니까 나보다 자유롭잖니. 아이들을 위한 동화책 그림은 어디서든 그릴 수 있잖아."
"그래, 언니 말이 맞아. 하지만 나한테 남편이 있다는 건 생각하고 있는 거야?"
카트린이 고개를 떨구었다. 알바는 계속했다.
"그리고 덧붙이자면, 나한테도 아들이 있어. 그 아이도 사춘기니까 조나스만큼이나 내 관심이 필요하지 않겠어?"
카트린은 고개를 숙인 채 가만히 있다가, 촉촉이 젖은 목소리로, 그녀의 진짜 목소리, 연약한 목소리로 중얼거렸다. 그것은 더이상 권위적인 여성 정치인의 목소리가 아니었다.
"이기심 때문에 이런 부탁을 하는 건 아니야, 알바. 내가 너보다 더 중요한 사람이라는 걸 과시하려는 것도 아니고. 내가 이러는 건, 혼자서 감당할 수 없기 때문이야. 조나스가 무사히 이식수술을 받게 하려고 너에게 부탁하는 거야. 너에게 해결책이 있기 때문에 그러는 거라고. 조나스를 위해서야, 알바. 조나스를 위해서지 다른 건 아무것도 없어."
알바는 조나스를 생각했다. 그러자 사랑하는 언니와 대립하게도 하고 결합하게도 했던 갈등이 순식간에 뒤로 자취를 감추었다. 그리고 긴박감이 목을 조여왔다. 조나스가 죽을지도 몰랐다.

재 속의 심장 227

"생각해볼게."

알바는 언니의 이마에 입맞춤을 한 뒤 일어섰다.

"진지하게 생각해볼게. 만약 우리 조나스에게 불행이 닥치면 나는……"

흐느낌에 숨이 막혀 알바는 말을 맺지 못했다.

그 순간 카트린은 알바가 결심했다는 걸 알았다.

"내 말, 듣고는 있니?"

알바는 방 문가에 서서 열네 살짜리 아들 토르에게 말을 하고 있었다. 토르는 생기 없는 눈으로 컴퓨터 모니터를 응시하며, 게임의 명령어에 따라 솜씨 좋은 손가락을 빠르고 가볍게 움직였다. 가상의 전투에 참여 중인 토르는 엄마가 와 있는 것에 신경조차 쓰지 않는 것 같았다.

알바는 조금 더 날카로운 어조로 계속 말했다.

"도대체 뭐가 문제니? 너 귀머거리니? 바보야? 어렸을 땐 아이슬란드어를 할 줄 알았는데 다 잊어버렸어?"

토르는 귀에 헤드폰을 끼고 모니터에 눈길을 고정한 채 여전히 반응하지 않았다. 몇 달 전부터 알바는 아들의 푸르스름한 모습밖에 보지 못했다. 방안에 처박혀 컴퓨터 모니터가 발하는 희미한 청록빛만 받고 있었기 때문이다.

"아니면 인간계를 아예 떠난 거니? 디지털 세상으로 이사 간 거야?…… 토르, 내가 이야기하고 있잖아!"

그녀가 울부짖었다.

그러나 토르는 여전히 무심한 표정으로 게임에 온통 에너지를 쏟아붓고 있었다.

알바는 아이를 질책한 것에 대해 스스로를 나무라면서, 끓어오르는 신경질을 가라앉히고 한결 평온해진 어조로 다시 말했다.

"토르, 너 이제 우리 가족도 아닌 거니? 난 마치 아들이 없는 것 같은 기분이구나."

토르가 고함을 지르며 뒤로 펄쩍 물러났다.

"씨발!"

아이는 침착함을 되찾으며 컴퓨터 모니터를 향해 다시 몸을 숙이더니, 긴장되고 불편한 표정으로 더욱 힘차게 자판을 두드리기 시작했다.

알바의 서운함이 빈정거림으로 바뀌었다.

"오, 토르, 무슨 일이야? 털북숭이 초록색 괴물에게 공격이라도 당했어? 중세 기사가? 자우누골 혹성의 병사가?"

토르가 자판의 키 하나를 누르더니, 의기양양해하며 히죽히죽 웃었다.

알바는 손뼉을 치는 척했다.

"브라보! 불멸을 기다리며 약간의 면책을 받았구나…… 하긴, 이곳보다는 존재하지도 않는 가상세계에서 성공하는 게 더 낫겠지. 엄마가 하는 본질적인 말을 귀담아듣는 것보다 허구의 적들을 납작하게 해주는 것이 더 중요할 테고."

아이가 적들에게 못된 짓을 하고 기분이 좋아져서 콧노래를 흥얼거리자, 그녀는 드디어 폭발했다.

"우리가 미국에서 살지 않은 게 후회되는구나. 거기서는 총기 소유가 허용되니 말이야. 그러면 지금 같은 때 내가 너에게 권총을 겨눌 테고, 너는 내가 총을 쏠까봐 겁을 낼 텐데. 무서워서 팬티에 오줌을 지릴 테고, 그러면 결국 이야기를 하게 될 거야! 그래, 토르, 권총의 위협 때문에 네가 어쩔 수 없이 엄마를 쳐다볼 거라고!"

다음 순간 손 하나가 알바의 허리를 붙잡고, 입술이 그녀의 목덜미로 다가왔다. 골반은 그녀의 엉덩이에 찰싹 달라붙었다. 마그누스가 그녀의 귀에 대고 중얼거렸다.

"알바, 방금 당신이 무슨 말을 했는지 알아?"

"그래! 음, 아니……"

그에게서 좋은 냄새가 났다. 남편의 다정한 포옹에 노여움이 신속히 가라앉는 가운데, 그녀는 마지막 독설을 뱉어냈다.

"내가 무슨 말을 하든, 난 저애보다는 그 뜻을 잘 알고 있어."

두 사람은 아들을 바라보았다. 아이는 가상세계에 빠져 그들에게 전혀 주의를 기울이지 않고 있었다.

"우리가 아들을 둔 게 아니라, 수족관 안에 물고기를 두었네. 그런데 난 물고기가 싫어!"

"알바, 진정해."

마그누스는 진정시켜준다는 핑계로 그녀의 가슴을 주무르기 시작했다. 굵직한데도 움직임이 섬세한 그의 손가락들이 가장 민감한 젖꼭지 위에서 미적댔다. '이기적인 남자! 나를 진정시켜줄 마음은 없고 오로지 덮칠 생각뿐이야.' 그를 밀어내려 했지만, 두 가지가 그녀를 만류했다. 손가락으로 자판을 열심히 눌러대던 토르의 사람 맥빠지게 하는 눈길. 그리고 첫날부터 그녀를 예속시킨 남편의 성적으로 탐욕스럽고 건장한 근육질의 육체. 남편의 냄새, 잘 익은 배와 후추 향기.

부모를 피해 숨는 어린아이들처럼, 그들은 침실로 몸을 감추었다. 집에 불이 났어도 토르는 알지 못했을 것이다……

애무와 짧은 샤워 뒤 알바는 일상과 대면할 에너지를 되찾았고, 쾌활한 목소리로 저녁식사를 준비하겠다고 말했다.

베샤멜소스에 조린 사과를 곁들인 훈제 양고기가 준비되자, 그녀는 토르와 마그누스를 불렀다. 마그누스는 즉시 나타났고, 토르는 나타나지 않았다.
"당신 아들이 혹시 죽지 않았는지 가서 확인 좀 해줄래?"
마그누스는 복도 끝으로 어슬렁거리며 걸어가 토르에게 저녁 먹으라고 말하고는, 다시 돌아와 식탁 앞에 앉아서 포크와 나이프를 집어들었다. 그녀는 그를 믿고 그의 맞은편에 앉아 식사를 시작하지 않고 기다렸다.
"애가 당신 말을 들었나?"
"들었을걸."
"무슨 말인지 알아들었을까?"
"모르겠어."
"당신은 아들 대신 좀비를 데리고 사는 게 끔찍하지도 않아?"
"사춘기일 뿐이야. 저 나이 땐 다 저래. 곧 나아질 거야."
"당신이 컴퓨터 게임에 대해 뭘 아는데? 우리 때는 컴퓨터를 가진 아이가 아무도 없었잖아."
"우리 때도 담배가 있었고, 마리화나가 있었고, 술이 있었지……"
"우리 아들이 컴퓨터 게임에 중독됐다고 말하는 거야?"

"어떤 의미에선 그렇지."

"그런데도 아무런 대응을 하지 않는 거고?"

마그누스는 회피하려는 듯 얼굴을 찌푸리더니 뭐라고 투덜대고는, 지친 표정으로 숟가락을 들고 식사를 시작했다.

"뭐야? 토르 안 기다려?"

"배고파."

"우리의 생활원칙마저 포기하겠다는 거야?"

"내 말 잘 들어, 알바. 나는 토르를 보면 짜증이 나. 당신도 성가시게 느껴지고."

결정적인 이 말을 내뱉은 뒤, 마그누스는 고기를 입으로 가져갔다.

그 무례한 태도 앞에서, 알바의 머릿속엔 오만 가지 생각이 충돌했다. '나하고 자고 싶을 땐 예의를 차리면서.' '아들 교육 문제는 완전히 뒷전이군.' '고약한 인간, 오로지 먹는 거하고 섹스 생각뿐이지.' '어떤 때는 정말 미워 죽겠어.' '내가 토르 방에 가면 그애를 두들겨패게 되겠지……'

알바는 의자에서 벌떡 일어나 아파트 현관 쪽으로 달려가서는, 두꺼비집이 들어 있는 벽장문을 열고 단호히 전원을 내려버렸다.

아파트가 어둠에 잠겼다. 잠시 알바는 그곳에서 빽빽하고 풍부하고 깊은 어둠을 음미했다.
 이윽고 토르가 탄식 섞인 투덜거림을 뱉어냈다.
 "아, 씨발! 도대체 무슨 일이지?"
 '목소리 한번 지독하네! 콧소리 하고는…… 저음에서 고음으로 끝도 없이 떨면서 올라가잖아. 저건 내 아들 목소리가 아니야.'
 "정전이잖아!"
 '꼼짝 않고 자기 방에 앉아 소리만 지르네. 게으름뱅이 같으니!'
 "이봐요! 정전이에요! 이봐요, 거기 누구 없어요?"
 '보통 애들 같으면 아빠나 엄마를 부를 텐데, 누구 없냐고 묻네. 마치 모르는 사람들 집에 있는 것처럼.'
 "이봐요! 누가 정전된 것 좀 고쳐봐요."
 '네가 나와서 해, 토르.'
 마침내 토르가 방에서 나와 어두운 복도를 따라 걸어왔다. 그러다 엄마를 보자 한숨을 내쉬었다.
 "별로 빠르진 않구나."
 "뭐가 안 빨라요?"
 "네가 전기 고치러 나온 게 별로 빠르진 않다고."
 "그러니까 내가 전기를 고치러 나온 거라고요?"

아이의 입이 벌어졌다. '이제 본격적으로 아둔함을 발휘하겠군.' 알바는 몹시 화가 났다.

"그래, 그래, 토르. 제대로 들었어. 그런데 너한테 나는 누구니? 네 엄마니, 전기 공급해주는 사람이니? 아니면 전기요금 내주고, 네가 게임 속으로 도망치도록 버튼 눌러주는 사람이야?"

토르는 아연실색한 표정으로 잠자코 있었다. 알바는 그 틈을 이용하기로 했다.

"식탁에 가서 앉아라. 내가 네 아빠랑 너한테 부탁할 게 좀 있어."

토르는 기분 나쁜 중얼거림을 뱉어내더니, 고집스럽게 두꺼비집 쪽으로 다가가 초록색 버튼을 누르려고 했다. 알바는 토르의 팔을 붙잡았다.

"건드리지 마. 그 자동차단기는 내 거야!"

"미쳤어요?"

"그걸 어떻게 알았어? 언제부터? 몇 달째 넌 날 보지 않고 말도 하지 않았잖아."

토르가 다시 자동차단기 쪽으로 손을 뻗었다. 이번에 알바는 토르의 손을 찰싹 때렸다. 토르는 손목을 문지르며 뒤로 펄쩍 물러섰다.

"지금…… 지금 나를 때렸어요!"

"오, 알아줘서 고맙구나."

"전에는 한 번도 때리지 않았잖아요!"

"지금 생각해보니 그게 실수였던 것 같구나. 우리 다시 시작해볼까?"

토르는 다른 쪽 손을 이마 가까이에 대고 빙글빙글 돌려 알바가 제정신이 아니라고 표현한 뒤, 온 길을 되짚어갔다.

"토르, 너 어디 가니?"

"내 방으로 물건 좀 찾으러 가는데요."

"토르, 네 아빠랑 너랑 함께 이야기할 게 있다니까."

"날 때리는 사람들의 집에선 더이상 살지 않을 거예요."

알바는 식탁으로 달려가 마그누스에게 말했다.

"당신이 어떻게 좀 해봐!"

마그누스가 뚱한 얼굴에 별로 확신이 없는 게으른 목소리로 외쳤다.

"토르, 너 어디 가니?"

"할아버지 집에요."

알바가 남편의 어깨를 붙잡았다.

"서둘러! 쟤 좀 막으라고."

마그누스가 한숨을 쉬었다.

"네 엄마랑 나는 그 생각에 별로 찬성하지 않는다."

토르는 복도를 성큼성큼 걸어가더니, 휘파람 같은 목소리로 그들에게 외쳤다.

"그래도 할 수 없죠. 잘들 계세요!"

현관문이 쾅 소리를 내며 닫혔다.

알바와 마그누스는 여전히 어둠 속에 있었다. 알바가 노발대발해서 마그누스를 붙잡고 외쳤다.

"잘한다! 아버지 꼴이 참 보기 좋네! 권위가 넘쳐!"

"나 좀 내버려둬, 알바. 혹시 당신이 더 낫다고 생각하는지 모르겠는데, 그렇지 않아. 당신은 총으로 쏘겠다며 히스테릭한 태도로 아들을 위협했어. 전기도 내려버렸고! 그런 행동을 하는 엄마는 본 적이 없다고……"

그가 벌떡 일어나는 바람에, 의자가 뒤로 넘어졌다.

"어디 가, 마그누스? 난 당신이 못 가게 막아야겠어! 어디 가냐고!"

마그누스는 음식을 입에 문 채 재킷을 걸치고는 그녀에게 말했다.

"체육관에. 거기서 샌드위치나 먹어야겠어. 그런 다음 매트 위에서 지치도록 운동을 할 거야. 집에서 일어난 지옥 같은 사건을 잊을 수 있도록."

현관문이 다시 한번 쾅 소리를 내며 닫혔다.
알바는 쓰러지듯 의자에 주저앉아 두 손에 얼굴을 묻었다.
"오, 조나스, 유럽에 가면 우리 둘 다 행복해질 거야……"

다음 날, 해안도로를 달리며 알바는 위로를 받았다. 고물 자동차로 언덕을 올라가다보니, 햇빛과 한몸이 되고 자연 속에 녹아드는 느낌이었다.
주위는 온통 파란 색조의 교향곡이었다. 바다의 군청색, 하늘의 청보라색, 빙산의 반투명한 색, 시냇물의 코발트색, 바위의 청회색, 타르의 청록색, 그리고 마지막으로, 미세하긴 하지만 풍경을 전체적으로 지배하는 설탕을 입힌 듯한 눈의 색조.
라디오가 화산 폭발 소식을 자세히 전했다. 폭발이 끈질기게 계속되고 있으며, 용암 갱도가 여러 개 늘어났다고 했다. 그래도 당장 위험이 더 커지는 건 아닌 듯했다.
그녀는 아이슬란드를 둘러싼 1번 도로를 빠져나와, 제설작업이 정기적으로 이루어지지 않는 비포장도로를 따라갔다. 여러 차례 바퀴가 빠질 뻔하면서 눈 쌓인 도로를 가능한 한 높이 나아갔다. 그런 다음, 눈 속에 갇히게 될 것 같자 엔진을 끄고 걸어가기로 결심했다.
스무 걸음쯤 걸었을 때, 주머니 안에 휴대전화가 없다는 걸 깨달았다. 길을 되짚어 자동차로 가서 찾아보고 좌석들 사이도 뒤져봤지만, 전화기는 없었다.

목구멍에서 웃음이 새어나왔다. 이런 행운이 있나! 오늘은 아무도 그녀와 연락하지 못할 것이다. 그녀는 자유다. 짐을 벗어버린 것이다! 부주의가 그녀에게 진정으로 고독한 하루를 선사해주었다. 이제부터 그녀는 그녀만의 것이다.

그녀는 가벼운 마음으로 어린 시절의 흥분을 다시 느끼며, 거대하고 초연하고 닿을 수 없고 위험한 자연 속에서 아주 작은 존재가 된 기분을 느끼며 산을 올라갔다. 기분이 좋아졌다.

심장이 기쁨으로 한층 더 빠르게 뛰었다.

눈, 돌, 이끼, 진흙, 분쇄된 용암, 걸어가는 그녀의 발밑이 친숙한 여러 가지 소리로 시끄러웠다.

한 시간 뒤, 울퉁불퉁한 바위들 사이에 둥지처럼 똬리를 튼 바라크가 그녀의 눈에 들어왔다. 바라크는 손상을 입지 않은 상태로 우뚝 서 있었다.

순간, 알바는 자신이 여기서 멀리 떨어져 있던 탓에 화산 폭발의 위험이 커진 것을 내심 좋아했다는 사실을 깨달았다. 긴급히 여기에 올 이유가 필요했던 것이다.

산들바람이 불어와 그녀의 몸을 어루만졌다. 갑작스러웠지만 그것은 공기의 호흡 같았다. 그녀는 주변 풍경을 감상하려고 걸음을 멈추었다. 가슴을 활짝 열고, 자기가 있어야 할 곳에 있다는 확신을 느꼈다. 아이슬란드는 미국인이나 유럽인들이 생각하는 것처럼 세상의 끝이 아니라, 세상이 다다르는 한 지점, 북극은 물론 아프리카, 알래스카, 그리고 러시아에서 불어오는 바람이 먹여 살리는 땅, 철새, 제비갈매기, 오리와 쇠기러기 들이 좋아하는 땅, 노르웨이에서 흘러온 유목流木들이 긴 여행 끝에 도착하는 땅이다.

집이 그녀를 기다리고 있었다. 핏빛처럼 붉은 집 외관이 주변의 밋밋하고 단순한 언덕들과 대조를 이루었다.

오백 그램은 나가는 오래된 열쇠를 자물쇠에 꽂으면서, 알바는 페인트칠이 벗겨진 것을 보았다. 여름용 별장으로는 훌륭한 곳이었다. 조나스에게 여기에 오자고 말할 것이다. 그리고 이 오래된 집을 새롭게 손질하면서 재미있는 시간을 보낼 것이다. 조나스가 이식수술을 받고 나면.

문은 애를 좀 먹이다가 열렸다. 결빙 때문에 문짝의 나무가 틀어진 모양이었다. 알바는 안으로 들어갔다. 랜턴에 사용하는 기름 냄새, 개수대 위에 걸어놓은 햄 냄새, 여름이면 밖에 꺼내놓고 극지의 햇빛을 즐기며 시간을 보내던 매트리스 속 건초 냄새가 났다.

얼어 죽을지 모른다는 두려움에, 그녀는 불을 피우고 집기들을 정돈했다. 스스로도 알아차리지 못한 채 하루종일 그 일에 매달렸다.

천장 높이 달린 등을 청소할 필요성을 느끼지 않았다면, 그녀는 몇 시간 전부터 주변 풍경이 잿빛으로 변한 것을 인식하지 못했을 것이다. 평소처럼 그녀는 그 오두막집 안에서 오후가 지나가는 줄도 모르고 있었다! 그녀가 여기서 어린 시절을, 영원의 반영과도 같은, 무한히 펼쳐진 그 명상의 기간과 다시 조우했기 때문일까?

그녀는 일상으로부터의 도피가 주는 기쁨을 누리며 거대한 어둠 한가운데에서 연약하게 빛나는 불꽃에 감싸여 꼼짝 않고 있었다.

저녁 여덟시가 되자, 그녀는 집안의 불을 전부 끄고 재에 불씨나 불똥이 남아 있지 않은지 여러 번 확인했다. 그런 다음 마지못해 문을 닫고 자동차로 돌아갔다. 길은 올 때보다 더 험했다. 주변이 칠흑처럼 어두워서 발을 어디에 디뎌야 할지 알 수 없었다.

금속판으로 된 차 안으로 들어가자마자 그녀는 히터와 라디오를 켜고 출발했다.

라디오에서 기자가 화산 폭발 뉴스를 전했다. 화산 접근 금지령은 해제되었다고 했다. 상황이 좋아지고 있다는 의미였다.

알바는 속도보다는 몽상을 즐기며 한가롭게 운전했다. 어둠이 주변 풍경을 덮어버려서, 그참에 생각들의 파노라마를 펼쳐보았다. 제네바의 - 카트린은 국제 적십자 본부에 아는 사람이 많았다 - 호수가 내려다보이는 아파트에서 이식수술을 받은 조나스를 애지중지 돌보는 상상을 했다. 사실 언니 말이 옳았다. 제네바로 이사 가도 그녀가 일하는 데는 전혀 지장이 없을 것이다. 그녀는 레이캬비크에서나 스위스에서나 똑같이 그림을 그릴 수 있을 것이다. 남편과 아들도…… 그녀가 가지 못하게 말릴 권리는 없었다. 그녀는 아들과 남편에게 게으른 토르와 비겁한 마그누스라는 별명을 붙이며 재미있어했다.

그녀는 도시로 돌아와 자신의 독립 의지를 다지기 위해 야간 술집에서 크림이 든 커피를 마시며 생각에 잠기다가 집에 가기로 결심했다. 토르와 마그누스가 그녀가 집을 비운 것을 알아차리긴 했을까? 식사 준비 때문에 마그누스는 알아챘을 것이다. 하지만 토르는……

아파트 로비의 무거운 유리문을 잡아당겼을 때, 자동차 문이 쾅 하며 닫히는 소리와 급한 발소리가 나더니, 누가 어둠 속에서 그녀의 이름을 불렀다.

"알바!"

뒤를 돌아보니, 카트린이 눈물이 범벅된 얼굴로 비틀거리며 달려오고 있었다.
 "알바…… 알바……"
 동생을 만나자, 카트린은 말 한마디 못하고 동생의 품에 쓰러졌다.
 알바는 조나스에게 무슨 일이 일어났음을 직감했다. 아이가 많이 위독한가? 아이가…… 죽었나? 맙소사, 제발 아이의 심장이 생명줄을 놓지만 않았기를.
 어느새 그녀는 언니를 품에 꼭 안고 달래며 웅얼거리고 있었다.
 "무슨 일인지 말해봐. 제발 말해줘…… 나한테 말해줘. 언니, 제발 부탁이야. 무슨 일인지 말해보라고……"
 평소 자제력이 뛰어난 카트린이었지만, 이번에는 수차례 재촉해도 쉽사리 말을 꺼내지 못했다.
 알바는 최악의 상황을 각오하고 조용히 눈물을 흘리기 시작했다. 불쌍한 조나스. 어른이 돼보지도 못하고…… 많이 힘들었지. 조나스는 알고 있었을까? 아, 조나스, 그 아이의 예쁜 입술…… 그 아이의 깊은 주의력…… 정말이지 견디기 힘든 일이었다.
 이윽고 카트린이 알바의 품에서 몸을 떼어내고 숨을 가다듬더니, 초인적인 힘을 끌어모아 여동생을 쳐다보며 중얼거렸다.

"토르가 죽었어."
"뭐라고?"
알바는 섬뜩한 오한을 느끼며 그 자리에 얼어붙었다.
카트린이 말을 이었다.
"토르가 오늘 아침에 사고를 당했어. 네 시아버지 집에서 나오다가 오토바이 바퀴가 얼음판 위에서 미끄러졌어. 오토바이에서 튕겨져나와 기둥에 부딪혀 머리가 깨졌고. 헬멧을 쓰지 않고 있었대…… 아이는…… 그 자리에서 죽었어."
알바는 무시무시한 눈길로 자기 언니를 바라보았다. 그녀의 눈은 말하고 있었다. '언니가 잘못 안 거야. 만약 누군가가 죽어야 한다면, 그건 토르가 아니라 조나스라고.'
알바는 유리문을 밀어 열고, 비틀거리며 로비로 들어갔다. 그리고 계단에 발을 내딛기도 전에 실신해버렸다.

사흘 동안 알바는 아무하고도 이야기를 하지 않았다. 마그누스에게 현관문을 잠그고, 아무도 집안에 들이지 말라고, 누가 전화해도 바꿔주지 말라고 이른 뒤, 극도로 낙심해 커튼을 내리고 자기 방 침대 위에 앉아 있었다.
마그누스가 몇 번이나 와서 말을 걸었지만, 그녀는 외면한 채 대답하지 않았다.

다섯번째로 거부를 당하자, 마그누스가 화를 내며 말했다.
"알바, 나 역시 아들을 잃었어. 우리 아들 말이야. 난 당신과 슬픔을 나누고 싶다고."
'슬픔'이라는 말에 알바가 멍한 상태에서 빠져나와 마그누스를 쳐다보았다. 그의 각진 어깨, 다부진 상반신, 굵은 혈관이 구불구불 드러난 황소 같은 목덜미를. 그녀는 자기 넓적다리 위에서 배회하는 그의 손을 반사적으로 밀어냈고, 핏빛 어린 갈색 눈이 눈물과 미학적으로 어울리지 않는다고 생각하며 남편의 충혈된 눈을 내심 나무랐다. 그런 다음 한숨을 쉬고는 유감스러운 목소리로 말했다.
"난 당신과 나눌 것이 아무것도 없어, 마그누스."
"당신 날 원망하는군……"
"뭘 원망해?"
"모르지."
"난 당신을 원망하지 않아, 마그누스. 날 좀 그냥 내버려둬."
힘겹게 이렇게 말한 뒤, 눈을 감았다.
아니, 그녀는 마그누스와 슬픔을 나누지 않을 것이다. 왜냐하면 그녀는 슬픔을 느끼지 못하니까. 그녀는 계속 쇼크 상태였다. 충격이 그녀의 감정은 물론 생각까지 방해하면서 사람을 마비시키는 독을 계속 퍼뜨리고 있었다.

그저 토르의 장례식을 기다리는 것이 전부였다.

그녀는 기다렸다.

그 자리에 참석하는 것, 마지막 거처에서 토르와 함께하는 것이 그녀의 유일한 목표이자 임무였다.

그 임무 말고는……

그 사흘 동안, 카트린이 여러 번 알바의 방 앞에 와서 문을 두드리며 들여보내달라고 애원했다.

그때마다 알바는 벌떡 일어나 침대 밖으로 나와 방문을 더 굳게 잠가버렸다. 카트린에게는 더더욱 열어줄 수 없었다! 그 이유는 알지 못했다. 어쨌든 카트린에게는 열어줄 수 없었다. 카트린이 문 뒤에서 교섭을 시도하는 한…… 게다가 스펀지 마개로 귓속을 틀어막고 있으니 아무 소리도 들리지 않았다.

비몽사몽간에 조나스의 모습이 여러 번 그녀의 머릿속을 뒤덮었다. 그녀는 그 모습을 즉시 쫓아냈다. 조나스 생각을 해선 안 되었다. 토르 생각을 해야 했다.

하지만 그럴 수가 없었다. 누가 그녀의 머릿속에서 예전의 기억들을 들어내기라도 한 것처럼. 마치 그녀에겐 아들이 있은 적이 없는 것 같았다. 이상한 일이었다.

사흘 동안 좋아진 것은 아무것도 없었다. 그녀는 여전히 토르 생각을 하지 못했다. 조나스만 자꾸 떠올랐고, 그때마다 기분이 좋지 않았다.

 하찮은 것에도 그녀는 충격을 받았다. 그녀는 당황스럽기만 했다. 자신의 고통이 투명하고 두꺼운 유리 칸막이 뒤에 깃들어 있는 것 같았다. 어떤 때는 그 유리를 깨뜨려 고통을 단번에 끝내고 싶었지만, 또 어떤 때는 자신이 피하고 있는 그 고통을 평온하게 관찰했다.

 장례식에서 알바는 스카프로 머리를 감싸고 커다란 선글라스로 얼굴을 감춘 채 마그누스의 손에 매달려 자신의 역할을 묵묵히 수행했다. 장례회사 직원들이 관을 구덩이 근처로 가져갈 때, 그녀는 가장자리에 눈이 남아 있는 검은 흙구덩이가 혐오스럽다고 생각했고, 그 차가운 흙 속에서 토르가 추울까 봐 걱정되었다. 그녀는 고개를 들었고, 갈매기 한 마리가 날아가는 것을 보았다. 그리고 더이상 아무 생각도 하지 않았다.
 자동차로 다가가던 그녀는 장례식에 누군가가 보이지 않던 것에 생각이 미쳐 걸음을 멈추었다. 조나스가 장례식에 참석하지 않은 것이다. 어떻게 그토록 좋아하던 사촌의 장례식에 오지 않을 수가 있단 말인가?
 알바는 카트린에게 다가갔다. 카트린은 자동차에 등을 기대고 똑바로 서 있었다.

"조나스는 어디 있어?"

"알바, 너한테 설명할 것들이 무척 많아……"

"그래, 알았어. 그런데 조나스는 어디에 있냐고."

카트린은 여동생과 다시 이야기를 하게 되어 기뻐하며 여동생의 양어깨를 붙잡았다.

"드디어 네가 나에게 말을 하는구나!"

"조나스는 어디에 있냐고."

"그걸 정말 알고 싶니?"

"그래."

"조나스는 병원에 있어. 수술을 받았어. 이식수술."

그 말을 듣자 알바의 가슴속이 뜨끈해졌다. 몇 주 전에 들었다면 뛸 듯이 기뻐했을 소식이었다.

"정말 기쁜 일이야, 언니. 그래, 조나스가 구원받게 돼서 정말 기뻐."

'구원받다'라는 표현은 유익했다. 그 표현 덕분에 잃었던 감수성이 가슴속에서 솟구쳐올라왔다.

'구원받다'라는 표현이 조나스가 살 거라는 사실을 알려주었다……

'구원받다'라는 표현이 토르가 죽었다는 사실을 확인해주었다.

마치 용암이 폭발하듯 기쁨과 슬픔이 그녀의 뱃속에서 차례로 끓어올랐다가 복잡하게 뒤얽혀 번져나간 뒤, 흐느낌으로 폭발했다. 알바는 행복과 불행으로 흔들리며 떨고 있었다.

카트린이 그녀를 안아주었다. 마그누스도 그녀가 산 자들의 나라로 다시 돌아온 것을 확인하고 안심하며 그녀를 안아주었다.

그날 저녁, 알바는 카트린에게 조카를 보러 가겠다고 말했다. 두 여자가 회복 센터로 가니, 덩치가 고래처럼 크지만 치아는 무척 조그맣고 코 밑에 수염이 난 여자 간호사가 감압실 입구를 막아서고는, 의료팀이 처치를 마칠 때까지 이십 분만 기다려달라고 했다.

그들은 같은 층에 있는 카페테리아로 갔다. 유아원 아이들이 좋아할 만한, 오렌지색으로 꾸며놓은 카페테리아였다. 카트린이 조나스의 이식수술과 관련된 이야기를 동생에게 털어놓았다.

"오후 다섯시에 전화가 와서 받으니 당장 병원으로 오라더라. 조나스와 나는 무슨 일인지 생각할 겨를도 없이 겨우 시간에 맞춰 병원에 도착했지. 나는 조나스에게 말했어. 무슨 일인지 말해줄까? 네 심장을 바꾸게 될 거래. 네 가슴을 열고, 갈비뼈를 자르고, 심장을 제거한 다음, 다른 심장을 넣고 다시 꿰매줄 거래. 다시 말해 위험한 수술이야. 수술이 성공한다 해도 몇 주 뒤에 합병증이 일어날 수도 있대. 그때 너의 몸이 이식된 심장을 받아들일지 거부할지를 결정하는 거지. 그러니까 일이 이렇게 급히 진행되는 것이 나쁜 것만은 아니야…… 불안해할 시간도 그만큼 짧아지니까."

"조나스는 어떤 반응을 보였어?"

"속으로는 불안했을 테지만, 나한테 그런 모습을 보이지는 않았어. 평소같이 검사받으러 병원에 온 것처럼 보이려고 했지. 나는 조나스의 용기를 존중했고, 조나스처럼 행동했어. 끝까지 농담을 하고 웃었어."

"끝까지?"

"마취할 때까지."

카트린은 계속 이야기하지 않고 이를 악물었다. 의사들이 수술을 하는 동안, 그녀는 불안감을 다스리느라 너무 힘이 들어 복도에 여러 번 구토했고, 진정제를 투여받아야 했다.

"조나스는 지금 어때?"

"좋아. 그런 것 같아. 당분간은 몸에 관을 꽂고 여러 기계의 도움을 받아야 돼. 하지만 눈은 웃고 있고 말도 몇 마디 했어."

"뭐라고 말했는데?"

"너는 언제 오느냐고 물었어."

알바는 눈물을 닦았다. 이제 그녀에겐 조나스밖에 없었고, 조나스의 순수한 애정이 그녀를 감동으로 뒤흔들었다.
카트린이 알바의 마음을 눈치채고 손을 꼭 잡아주었다.
"커피 마셔, 알바. 어떻게 되었는지 좀 보고 올게. 그런 다음 다시 와서 너를 데려갈게."
알바는 고개를 끄덕인 뒤 천천히 말했다.
"걱정하지 마. 난 견딜 수 있을 거야. 울지 않을 거야."
"고마워, 알바."
카트린이 카페테리아를 나서면서 한마디 덧붙였다.
"그런데, 조나스는 몰랐으면 해."
"뭘?"
"……토르 일 말이야."
알바는 깜짝 놀랐다. 알바의 반응을 본 카트린은 설명을 해야겠다고 느꼈다.
"그게…… 수술을 받고 깨어났을 때 조나스에게 그 말을 할 용기가 없었어. 조나스를 보호하고 싶었어. 극도로 예민한 때인데 조나스가 어떤 반응을 보일지 모르잖아. 우리 그 일은 나중에 알려주자. 조나스가 확실하게 회복되었을 때." 카트린은 어쩔 줄 몰라하며 여동생이 동의해주길 간청했다. "응?"
알바가 불분명한 목소리로 대답했다.

"그래, 물론이지."

카트린은 초록색 네온 불빛이 비치는 복도로, 회복 센터 안으로 모습을 감추었다.

알바는 눈살을 찌푸렸다. '사람들은 내가 아들의 죽음으로 슬픈 마음을 감추고 조카를 품어줄 거라 생각하겠지? 천만에, 당장 조나스한테 말해야겠어. 안 그러면 지금 그애를 만나러 가는 사람은 내가 아니라 다른 사람일 테니까. 이런 연극 따윈 사양한다고.'

잠시 뒤, 그녀는 카트린이 돌아올 것에 대비해 자신의 논거를 정리했다.

그때 복도에서 시끄러운 소동이 일었다. 간호사 네 명이 인턴 한 명을 동반하고 급한 걸음으로 걸어왔다. 앞에 있는 두 간호사가 길을 텄고, 세번째 간호사는 금속으로 된 상자 하나를 손에 들고 있었다. 마지막 간호사가 그 뒤를 따라갔다. 옆에서는 인턴이 값을 매길 수 없는 소중한 보물이라도 되는 양 금속 상자에 눈을 고정한 채 급히 달려가고 있었다.

그들이 '수술실'이라고 적힌 모퉁이를 돌았다.

은밀히 펼쳐진 그 장면이 마음에 걸렸다. 알바는 카페테리아에서 당근주스를 마시고 있는 간호조무사에게 말을 걸었다.

"아까 그 사람들, 무슨 일이죠?"

"이식할 장기를 운반하는 거예요."

"어디서 오는 건데요?"

"아, 부인, 그건 극비사항이에요. 장기이식 시스템은 마치 올림픽 경기처럼 관리돼요. 액체질소 덕분에 몇 시간 정도는 이식할 장기를 잘 보존할 수 있어요. 그래도 서둘러야 하죠. 일 분 일 초가 급하니까요."

알바는 간호조무사에게 고맙다고 말한 뒤, 이런저런 생각에 잠겼다. 그렇다. 한 사람이 살기 위해서는 다른 사람이 죽어야 하는 것이다. 희극과 비극이 대비되는 것이다. 그녀가 겪은 것처럼. 토르는 죽었고, 조나스는 이식수술을 받았고……

순간 알바는 벌떡 일어섰다. 관자놀이가 축축해지고 등줄기에 전율이 흘렀다.

"토르! 조나스!"

섬광이 그녀를 후려쳤다. 토르의 심장을 조나스에게 이식한 것이다. 당황한 알바는 머리를 굴리고 또 굴렸다. 그런 다음 그 생각을 쫓아내려고 애썼다. '나는 소설을 쓰고 있는 거야.'

카트린이 카페테리아로 돌아왔다.

"오 분 있으면 처치가 다 끝난대. 의사 선생님하고 이야기 좀 나누고 다시 올게."

"잠깐만! 언니 조나스가 언제 이식수술을 받았는지 나한테 정확히 말하지 않았지?"

카트린은 알바의 질문에 당황해서 말을 더듬거렸다.

"아, 이식수술…… 나흘 전에 했어."

"수요일에?"

"음, 그래. 수요일에……"

"그러니까……"

"그러니까?"

"토르가 죽은 날?"

카트린은 눈꺼풀을 파르르 떨더니, "응"하고 대답한 뒤 사라졌다.

카페테리아가 색과 농도를 잃었다. 벽들이 헐렁해지고, 붉은 핏빛이 괴발개발 칠해졌다. 알바는 휴대폰을 꺼내들고 번호를 눌렀다.

"마그누스, 내가……"

"당신 병원이야? 조나스는 어때?"

"아직 만나지 못했어. 마그누스, 그것 때문에 당신한테 전화한 게 아니야. 저기 말이야……"

알바는 차마 그 말을 입에 올리지 못했다.

"왜, 알바?"

그 말을 입에 올리는 순간 세상 그 무엇도 예전 같지 않으리라는 것을, 그 세상 속에서 자신이 균형을 잃고 무너지리라는 것을 알바는 예감하고 있었다.

"알바, 듣고 있으니 말해봐."

말해야 했다. 용기를 내자.

"마그누스, 혹시 토르의 장기를 기증했어?"

토르의 가슴을 열고 내장을 마구 뒤적이는 남자의 모습이 머릿속을 후려쳤다.

침묵이 흘렀다. 침묵은 한동안 계속되었다. 이윽고 마그누스가 깊은 동굴 속에서 울려나오는 듯한 목소리로 애써 침착하게 말했다.

"가능한 일이지. 당신도 알다시피, 학교 수업 시간에 그 문제에 관해 들은 뒤 토르가 장기 기증 서약서에 서명했잖아. 병원에서 나한테 그 문제에 관해 묻길래, 토르도 그렇게 하길 원할 거라고 대답했어."

"나하고 상의하지도 않고?"

"하루종일 당신에게 연락하려고 노력했어, 알바. 아침부터 저녁까지! 하지만 당신은 휴대폰을 아파트에 놔둔 채 밖에 나가고 없었잖아."

"그래도 그렇게 중요한 결정을 어떻게……"

"당신한테 스무 번이나 전화했어, 알바!"

"그래, 하지만……"

"연락이 됐어도 뭐가 달라졌겠어? 당신도 토르의 결정을 존중했을 거잖아. 당신도 똑같이 대답했을 거야, 알바. 아마 나보다도 먼저. 난 당신을 잘 알아. 당신이 믿는 가치를 잘 안다고."

"그래서?"

"그래서 뭐?"

"그래서 토르의 장기를 적출했어?"

마그누스가 잠시 뜸들이다가 대답했다.

"장기이식에 성공할 가능성이 무척 컸어. 토르는 두개골에 외상을 입어 뇌사 상태였거든. 다른 부분엔 손상이 없고."

"그래서 토르를 이용한 거야? 그래, 토르의 어느 장기를 적출했는데?"

"나도 몰라."

"아니야, 당신은 알고 있어!"

"아니, 우린 그걸 절대 알지 못해."

"당신 말이 믿어지지 않아."

"그게 원칙이야, 알바. 의사들이 나에게 원칙에 따른 질문을 했고, 나도 원칙에 따른 대답을 했어. 이후의 일은 우리하고 상관이 없어."

"아, 그래? 그러니까 사람들이 내 아들의 몸을 조각내서 그걸로 무엇을 했는지 알 권리가 나에겐 없다는 거야? 난 지금 악몽을 꾸고 있다고!"

마그누스는 주저하다가 투덜대더니, 이윽고 평온해진 목소리로 말했다.

"여보, 당신 어디야? 내가 데리러 갈게."

마그누스와 카트린 말고는, 알바가 여러 주 동안 조카의 병문안을 가지 않은 이유를 아무도 이해하지 못했다. 그때까지 이틀이 멀다 하고 조카를 만나던 이모가 그런 끈끈한 관계를 중단한 것에 사람들은 놀랐다. 어떤 사람들은 일종의 질투라고 생각했다. 한 아이는 죽고, 다른 아이는 회복되었으니까. 하지만 그들이 그 말을 입에 올리자, 친지들은 알바 성격에 그런 치사한 생각을 하지는 않을 거라며 그녀를 변호했다.

알바는 다시 일을 시작했다. "난 동화책 그림을 그려야 해." 누가 됐든 대화를 하려고 시도해오면 그녀는 이렇게 으르렁거렸다. 안데르센 동화의 삽화를 완성해야 하는 것이 사실이기도 했고, 그 일이 머릿속에 침입하는 불청객들에 맞서 바리케이드 역할을 해주고 자신을 고립시켜주는 것이 흡족했다.

그녀는 자신이 느낀 분노를 팔레트와 붓 너머로 되새김질했다. 쉴새없이, 아침부터 저녁까지 자신의 상처를 되새겼다. 그녀에게 묻지도 않고 그녀 아들의 심장을 꺼내 조카의 몸안에 넣어주다니. 언니는 그걸 짐작했으면서도 가만히 있었고, 마그누스는 신경조차 쓰지 않았다. '원칙에 따른 질문', 이 말만 되풀이했다! 원칙에 집착하면서 솔직하게 털어놓지 않고 회피하다니, 그 사람들은 너무 비겁하다!

밤이 되면 인터넷에서 여러 가지 자료들을 찾아보았다. 법률가들의 자세한 설명을 읽어보고, 윤리위원회에 질문하고, 정신과 의사들의 조언을 분석하고, 환우 협회들을 조사했다. 이식된 장기의 행방을 뒤쫓을 방법이 과연 있을까? 법적으로는 금지되어 있지만, 부모로서 견디기 힘든 그 침묵을 깨뜨리고 장기의 행방을 알려준 판례가 존재할까?

마그누스는 그녀의 노력을 회의적인 눈으로 주시했다.

"우리 아들의 시신을 어떻게 했는지 왜 알고 싶은 거야?"

"첫째, 내 아들의 시신도 내 아들이니까. 둘째, 장기를 적출했을 때 그애는 아직 살아 있었으니까."

"당신은 심정지와 뇌사를 혼동하고 있어."

"혼동하는 거 없어. 그 아이의 심장은 아직 뛰고 있었어. 그런데 사람들이 그애한테서 심장을 빼앗아갔어."

하루가 끝나갈 때면, 추론에 추론을 거듭한 나머지 극단적인 결론에 다다랐다. 사람들이 조나스를 살리려고 토르를 살해했다는.

마그누스는 화를 내며 그녀에게 현실을 일깨웠다.

"토르는 두개골이 부서졌어. 그리고 다른 장기들은 기계적으로 작동하고 있었지만, 그마저도 빠르게 멈춰가고 있었다고."

"당신이 의사야?"

"아무것도 이해 못하는 당신보다야 낫지."

"이해 따윈 필요 없어. 난 진실을 알고 싶어!"

"그래봐야 당신 삶만 망가질 뿐이야."

"이미 망가졌어."

마그누스는 새벽까지 이어질 이 논쟁을 끝내기 위해 문을 쾅 소리나게 닫고 밖으로 나가 스포츠 클럽에 갔다.

토르의 죽음이 그들 부부의 관계를 파괴하고 있었다. 그녀는 그 파괴가 자신에게서 시작된다는 것을 의식하고 자부심을 느꼈다. '적어도 난 타협하지 않아. 나는 진실을 찾고 있다고.'

하지만 어느 밤에는 고통을 다소 진정시키기도 했다. 마그누스의 사려 깊은 손길이 그렇게 해주었다. 도취시키는 향기가 나는 그의 피부, 갈색 털, 동물적 부드러움이 그녀를 안심시켰다. 그러나 안타깝게도, 쾌락을 얻자마자 그들의 육체는 분리되었고, 그녀는 토르를 생각하고 죄책감을 느꼈다.

무슨 죄책감?

마치 아들이 죽지 않은 것처럼 몇 분을 보냈다는 죄책감이었다.

어쨌든 그녀는 자신이 유죄라고 느꼈다……

조나스는 회복 센터를 떠나 심장 병동으로 옮겨갔다. 사촌이 죽었다는 사실을 알게 된 후, 조나스는 이모에게 매일 이메일을 써서 병원에서 지내는 일상을 익살스럽게 이야기해주었다. 주변 사람들 - 환자들이나 의료진 - 의 모습을 묘사해 그녀를 즐겁게 해주려고 애썼다. 그런 다음, 조심스러운 말로 그녀의 고통을 이해하고 함께 나누려 했다. 처음 두 통의 이메일을 읽고 알바는 감동을 느꼈지만, 그뒤부터는 아예 열어보지도 않고 삭제해버렸다. 조나스의 이메일 내용 중 그녀가 기억하는 문장은 딱 하나였다. '제 가슴속에는 제 것이 아닌 다른 사람의 심장이 뛰고 있어요. 하지만 저는 전과 똑같아요.' 이 고백이 그녀의 머릿속을 떠나지 않았다. 토르의 심장이 조나스를 변화시키지 않았다고 인정하는 것은 그녀가 보기에는 토르를 두 번 죽이는 일 같았다. 고약한 녀석! 이기적이기 짝이 없어……

그렇게 몇 주 동안 틀어박혀 있다가, 안데르센 동화를 위한 삽화를 넘겼다. 출판사 편집자와 직원들이 깜짝 놀란 표정을 지었다. 결과물이 그들의 마음에 들지 않았던 것이다.

"왜요? 마음에 안 들어요?"

"좀 어두운 것 같네요. 평소의 스타일과 많이 다른데요."

"요즘 내 눈에 보이는 세상이 이래요. 예전에는 행복을 믿는 바보였어요."

"우린…… 그런 바보의 그림이 참 좋았는데."

"나도 그랬어요. 나도 바보인 게 참 좋았어요. 그런데 이제 다 끝나버렸네요."

부탁받은 그림이 거절당하고 나자, 하루종일 조사에 매달릴 수 있게 되었다. 정말로 토르의 심장이 조나스의 가슴속에 들어 있을까? 정보들을 분석하고 분석했지만, 그녀는 진실을 끌어내지 못했다. 하지만 진실에 도달하게 해주는 두 가지 길을 찾아냈다. 하나는 합법적인 길, 다른 하나는 불법적인 길이었다. 합법적인 길은 장기이식 센터에 가서 알아보는 것이었고, 불법적인 길은 과격 단체인 리베라리아Liberaria에 합류하는 것이었다. 리베라리아는 세상의 원칙들을 파괴하는 것을 모토로 삼는 단체였다.

집착으로 분별력을 잃은 상태에서, 그녀는 우선 장기이식 센터를 방문했다. 그곳의 책임자인 스툴루손 씨가 크롬으로 도금한 책상 뒤에 앉아 그녀를 맞이했다. 그의 주위에는 이식 수술로 건강을 되찾은 환우들에 대한 여남은 장의 포스터가 널려 있었다. 모든 포스터에 과도하게 채색된 장기의 사진이 담겨 있었다. 마치 여행사의 광고 전단처럼.

사흘은 기른 듯한 스툴루손 씨의 짙은 턱수염이 마그누스를 연상시켰다. 바스크 사람인 듯했다. 아이슬란드에 사는 갈색 머리 남자들은 모두 바스크 선원들의 후손이다! 마그누스가 더 마르고 못생기긴 했지만, 그녀는 두 남자가 닮았다는 사실에 경계심을 느꼈다. 그녀는 스스로에게 말했다. '자제력을 잃지 않도록 조심해. 마그누스가 나무라는 히스테릭한 모습을 보이지 말라고.'

그녀는 상황을 차분하게 설명했다. 자신은 장기 기증을 서약하고 죽은 아이의 어머니인데—자신과 남편도 동의했다고 명확하게 말했다. 일이 어떻게 된 것인지 알고 싶다고.

"훌륭한 선택을 하신 겁니다, 부인. 치하의 말씀을 드리는 바입니다. 우리 사회는 부인 같은 분을 필요로 합니다."

"그후에 일이 어떻게 되었나요?"

"부인께서 허락하신 사항을 저희가 잘 판단해 이행했다는 사실만 알아주십시오. 부인의 고결한 선택 덕분에 소중한 생명이 틀림없이 구원을 받았습니다."

"'틀림없이'…… 제가 그 말을 믿을 수 있을까요?"

"저희에겐 세부 자료에 접근할 권리가 없습니다, 부인."

"하지만 여기에 자료를 보관하고 계시잖아요."

스툴루손 씨가 자기 컴퓨터를 가리키며 대답했다.

"물론 저희는 그 정보들을 보유하고 있습니다. 의학적인 이유 때문이지요. 장기이식 이후의 상황을 추적할 수 있어야 하거든요."

"그러니까 말해주세요."

"저한테는 그럴 권리가 없습니다."

"부탁드려요."

스툴루손 씨가 고개를 저었다. 그가 입은 진회색 재킷 위에 비듬이 떨어져내렸다.

그녀는 그의 컴퓨터를 가볍게 건드리며 말했다.

"제 말씀 좀 들어보세요. 그게 여기에, 이 안에 들어 있잖아요. 자판 하나만 누르시면 저는 조용해질 거예요."

"왜 그렇게 그걸 알려고 하십니까, 부인?"

그녀는 당황해서 가만히 있었다. 왜? 그냥 알 필요가 있었다. 절대적으로. 지금 그녀의 존재는 온통 그 절박한 필요성만을 느끼고 있었다.

"선생님은 왜 이 세상에 존재하시나요?"

"무슨 말씀입니까?"

"제 말은, 우리는 중요한 질문들에는 대답하지 못한다는 거예요. 하지만 선생님은 제가 궁금해하는 걸 대답해주실 수 있어요. 그러니 말씀해주세요."

"저는 비밀을 지키기로 서약했습니다, 부인."

그녀는 미간을 찌푸리고 콧구멍을 벌름거리면서 자기 자리로 물러났다.

"월급만 바라보며 일하는 일개 공무원이 제 아이에 관한 중요한 정보를 움켜쥐고 있는 게 정상이라고 보세요? 그 아이를 낳고 키우고 사랑한, 그리고 지금은 그 아이를 잃고 눈물 흘리는 어머니는 정작 그 정보를 전혀 알지 못하는데?"

"부인, 정상이건 아니건, 법이 그렇게 되어 있습니다."

알바는 스툴루손 씨를 죽이고 싶었다.

스툴루손 씨도 그것을 간파했다.

한동안 알바의 눈이 적의 어린 불꽃으로 번득였다. 그녀에겐 모든 것이 간단해 보였다. 스툴루손 씨의 목을 조른 뒤 컴퓨터를 켜면 된다. 복잡할 것은 하나도 없다, 안 그런가?

공무원의 이마에 땀 한 방울이 맺혔다.

알바의 마음속에 살의 어린 희열이 끓어올랐다. 십 초만 더 있었어도 그 역겨운 남자의 목을 부러뜨렸을 것이다.

바로 그때, 예고도 없이 안전 요원이 들어왔다.

"부르셨습니까? 무슨 문제라도 있으세요?"

안전 요원은 키가 이 미터가 넘고, 팔뚝이 알바의 허벅지보다 굵었다. 알바는 스툴루손 씨가 비상벨을 눌렀음을 깨달았다.

"아닙니다, 질마르, 괜찮아요." 스툴루손 씨가 한숨을 내쉬었다. "이 부인을 배웅해드려요. 얼마 전에 무척 괴로운 상喪을 당해서 마음이 많이 상하셨어요. 방문해주셔서 고맙습니다, 부인. 그리고 한번 더 치하드립니다."

사무실을 떠나며, 알바는 남자의 면상에 침을 뱉어주고 싶었다. 하지만 기계의 부속품, 단순한 톱니바퀴 같은 저 공무원에게 더 신경쓰는 것은 스스로 비굴해지는 일이리라.

문밖으로 나가며 그녀가 던지듯 말했다.

"면도를 좀 하실 수도 있을 텐데요. 그러잖아도 보기 흉하지만……"

졸을 가지고 노는 것은 이제 그만둬야 했다. 체스판 위에서는 모든 것을 공격해야 하니까.

그날 오후, 그녀는 리베라리아 사이트 사람들과 접촉했다. 그 반도叛徒들의 결사는 그녀와 똑같은 목표를 추구하고 있었다. 국가를 고발하고, 과도한 원칙들을 맹렬히 비판하고, 생명을 개인이 자유로이 처분하게 하고, 모든 형태의 비밀에 맞서 투쟁하는 것.

좌장—그도 그녀처럼 세상의 원칙을 파괴하고자 했다—과 전화로 여러 차례 대화를 나눈 뒤, 그녀는 월요일 저녁마다 세이렌 카페에서 열리는 비공식 모임에 참석하기로 했다. 좌장인 '붉은 에릭'에 따르면, 그들은 모두 합쳐 스무 명가량 되는 혁명가들이었다.

기름칠한 카페 문을 밀어 열었을 때, 그녀의 눈엔 네 사람만 보였다. 키가 매우 작은 청년 한 명, 손톱을 물어뜯고 있는 적갈색 머리의 예쁜 여자 한 명, 철사보다 호리호리한 금발 청년 한 명 그리고 머리를 초록색으로 염색한 펑크족 여자 한 명이었다.

알바는 손목시계를 보고 자신이 약속 시간을 착각하지 않았음을 확인했다. 그때 경박하고 건방져 보이는 키 작은 청년이 무뚝뚝한 태도로 일어나 어린아이 같은 손으로 그녀에게 손짓을 했다.

"에르다?"

그가 물었다.

"네, 맞아요."

알바는 웹상에서 그 괴상한 닉네임을 쓰고 있었다.

"저는 '붉은 에릭'입니다."

청년이 그녀에게 앉으라고 권하며 말했다.

그녀가 의자에 앉았고, 그들은 맥주를 마시며 토의를 시작했다. 그들은 국가의 독재에 관한 일반적인 화제를 신중하게 나누며 자기들의 의견이 일치한다는 것을 확인했다. 토론이 점점 열기를 더해갔고, '붉은 에릭'은 열렬하고 시적인 태도로 그 닉네임이 자신에게 어울린다는 것을 입증했다. 카페 안에 들어오면서 그 왜소한 남자와 10세기의 영웅, 즉 그린란드의 처녀 해안을 발견했고, 노르웨이에서 그리고 아이슬란드에서 추방당한 바이킹 사이의 유사성을 보지 못했다면, 그녀는 자신의 대화 상대에게서 야망 넘치는 사람의 그림자만 감지하고 말았을 것이다.

각 사람들에겐 이 결사에 참여하게 된 사연이 있었다. '붉은 에릭'은 아버지가 불공정한 세무감사를 받은 뒤 머리에 총을 쏘아 자살했고, 펑크족 여자는 고아원과 소년원을 전전했고, 금발의 괴짜 청년은 국회의원들의 부패에 관한 정보를 캐다가 문서절도죄로 여러 번 체포되었다. 그러나 알바의 마음에 가장 와닿은 사람은 안색이 크림빛인 적갈색 머리 여자 빌마였다. 그녀는 알바와 똑같은 사연을 갖고 있었다. 연약한 빌마는 얼마 전에 딸을 잃었고, 딸아이의 장기들이 어떻게 되었는지 궁금해하고 있었다.

예기치 않은 이 공통점에 알바는 혼란스러웠다. 다른 때라면 이런 젊은 여자에게 주의를 기울이지 않았을 것이다. 사소한 것들, 이를테면 너덜너덜한 손톱, 지나치게 노란 치아 때문에 반감을 느꼈을 것이다. 하지만 지금은 빌마라는 여자에게 집중하기 위해 세상의 미적 기준조차 초월했다. 빌마도 그녀만큼 고통받고 있었다. 딸을 떠올리자, 과일처럼 상큼했던 빌마의 목소리가 떨리기 시작했다. 그녀의 목소리는 끊어질 듯 끊어질 듯 좌중을 울기 직전으로 몰아갔다. 알바는 부끄러움도 모른 채 흐느껴 울었다…… 마치 빌마가 그녀를 위해 이야기하는 것 같았다.

알바도 용기를 내어 스툴루손과 면담했던 일을 이야기했다. 그들은 동정심을 보였고, 함께 분개했고, 알바가 그 공무원을 죽여버리지 못한 것을 애석해했다. 빌마가 삼킬 듯이 그녀를 바라보았다. 마그누스 앞에서는 감히 그런 장면을 떠올리지 못했던 알바는 그들의 반응에 기분이 좋았다.

"내가 도와줄게요." 금발의 괴짜 청년 시플레가 제안했다. "그 사이트를 해킹해볼게요."

"할 줄 알아요?"

빌마와 알바는 경탄했다. 기분이 좋아진 시플레가 그렇다고 고개를 끄덕였다.

알바는 흥분해서 집으로 돌아갔다. 마침내 지지자들을 찾아냈다. 마침내 부당함에 분노하는 사람들을 만났다.
특히 빌마……
잠자리에 들기 전, 그녀는 빌마에게 메시지를 보냈다. '당신을 만나서 참 좋아요. 우리 계속 만날 수 있겠죠?' 몇 초 후, 알바의 휴대폰 화면에 메시지가 떴다. '당신의 우정이 나에겐 무척 중요해요. 내일 봐요. 안녕.'
알바는 또하나의 삶을 시작했다. 마그누스나 카트린에게는 알리지 않고 매일 빌마를 만났다. 두 여자는 서로를 이해했고, 서로의 말에 귀기울였고, 서로를 지지해주었고, 함께 눈물을 흘렸다.

한편, 병원에 있는 조나스는 건강이 회복되어갔다. 조나스의 몸이 이식된 심장을 받아들이고 있었다. 이모가 오지 않아서 당황한 조나스는 더 간절한 이메일을 써서 카트린과 마그누스에게 대신 보냈다.
"조나스가 무슨 잘못을 했다고 이렇게 모질게 굴어?"

언니와 남편이 그녀에게 물었다.

조카의 운명이 자신의 조사 결과에 달려 있다고 주장한 만큼, 조나스에 대한 거부를 정당화하기가 점점 더 힘들어졌다. 조나스가 토르의 심장을 훔친 거라면 그녀는 삶이 끝나는 날까지 조나스를 미워할 것이고, 조나스가 모르는 사람의 심장 덕분에 살아 있는 거라면 조나스를 찾아가 끌어안아줄 것이다.

온 가족이 집요하게 설득하자, 알바는 자신의 감정을 속이고 조나스에게 편지를 쓰기로 결심했다. 현재의 감정을 버리고 예전의 감정을 다시 불러왔다. 다정한 이모의 모습으로 돌아가, 사랑으로 진동하고 연민이 넘쳐나는 매우 아름다운 편지를 썼다. 그 글을 보고 조나스, 카트린, 마그누스는 어리둥절해했고 - 그녀가 복사본을 나눠주었기 때문이다. 그녀 자신도 어리둥절했다.

그렇게 해서 약간의 유예기간을 얻은 뒤, 새로운 자매가 된 빌마를 만났다. 빌마 덕분에 그녀는 큰 소리로 감정을 표출할 수 있었다.

어느 날 오후, 카페에 사람이 너무 많고 빌마가 그녀의 그림을 보고 싶어해서 알바는 빌마를 집으로 데려왔.

빌마는 입을 벌리고 눈을 크게 뜬 채, 평범한 대화는 하지 못하고 그림의 내력이나 가격을 물으며 하나하나 찬찬히 살펴보았다. 그 모습에 마음이 흐뭇해진 알바는 그녀가 마음껏 보고 경탄하도록 내버려두었다.
 알바가 토르의 방 앞에서 걸음을 멈추고 말했다.
 "아이가 떠난 후 이 방에 다시 발을 들이지 못했어요."
 마그누스가 아이 방을 정리했다는 걸 알고 있었기 때문에, 그 결과를 보는 것이 두려웠다. 그가 어떻게 했든 그녀는 고통스러울 것이다. 방을 예전 상태 그대로 보존해뒀다면 비통한 무덤 안으로 들어가는 느낌일 테고, 아이의 흔적을 지워버렸다면 그녀에게서 토르를 두 번 빼앗아가는 일일 테니까.
 "이상해요." 빌마가 말했다. "난 딸아이의 소지품을 계속 가지고 있거든요. 여기요, 보세요. 내 배낭 안에 딸아이의 수첩도 들어 있어요. 그런데 당신은 아이의 방을 굳게 닫아놓고 사네요?"
 알바는 『푸른 수염』을 생각했다. 그녀가 삽화를 그린 적이 있는 페로의 동화 말이다. 그 동화에서 젊은 아내는 남편이 들어가지 못하게 한 방에 들어가 진실을 알아내려고 하다가 가까스로 죽음을 모면한다.
 "당분간은 그렇겠죠."
 알바가 고집부리지 않을 거라는 걸 간파하고, 빌마는 복도 벽의 갈고리에 매달려 있는 옛날식 열쇠에 관심을 보였다.

"이건 뭐예요?"

알바는 다시 거실로 가면서, 남쪽, 에이야피오를 산에서 멀지 않은 곳에 있는 자신의 어린 시절 집에 대해 즐겁게 이야기했다.

그때 갑자기 소란스러운 소리가 들려와 그들은 깜짝 놀랐다. 마그누스가 예상보다 일찍 집에 돌아온 것이다. 두 여자는 범행 현장에서 붙잡히기라도 한 것처럼 상기된 얼굴로 일어났다.

"안녕, 여보."

알바가 얼어붙은 채 가만히 있자, 마그누스가 말했다.

"당신이 나를 소개해줘야 하지 않을까?"

알바는 머리를 흔들어 멍한 상태에서 빠져나왔다.

"마그누스, 이쪽은 빌마야. 새로 사귄 내 친구."

마그누스가 호리호리한 몸매의 빌마에게 당황한 듯한 눈길을 던졌다. 그 눈길에는 희미한 염려의 기색이 어려 있었다. 낯을 가리는 편이고 주로 언니와 조카와 교류하며 지내는 알바가 '새로 사귄 친구'를 집에 데려오는 것은 흔히 있는 일이 아니었기 때문이다.

빌마가 활짝 미소를 짓고는, 환심을 사려는 듯 엉덩이를 가볍게 흔들며 한 손으로 머리칼을 쓸어올렸다. 알바는 그 몸짓에 너무 놀라서 한순간 자신이 잘못 본 것이 아닌가 생각했다.

"배웅해줄게요, 빌마."

알바가 말했다.

"만나서 반가웠습니다."

마그누스가 욕실로 가면서 웅얼거렸다.

둘이서 아파트의 층 세 개를 다시 내려가는 동안, 빌마는 세이렌 카페에서 처음 만난 이후 알바가 자주 보아온 고통스러워하고, 눈물에 젖고, 절망에 빠진 어머니의 모습으로 돌아갔다. 알바는 안심했다. 어쨌든 빌마와 그녀는 공통점이 무척 많아서, 같은 유형의 남자를 좋아하는 것도 있을 법한 일로 보였다.

잿빛 눈이 쌓인 보도를 따라 멀어져가는 빌마를 보면서, 알바는 자신이 빌마에게 내면의 고통을 털어놓는다 해도 조나스에 대해서는 절대 이야기하지 못하리라는 것을, 아들의 심장을 훔쳐갔다고 조카를 의심하고 있다는 이야기도 하지 못하리라는 것을 깨달았다.

위층으로 올라간 알바는 마그누스에게 간청했다.

"부탁인데, 설명을 요구하지 말아줘."

"맙소사." 마그누스가 한숨을 쉬었다. "난 당신이 어떻게 해서 적갈색 머리의 그 젊은 여자와 친해졌는지 알고 싶은데."

그 전날 혹은 전전날이었다면 그에게 싸움을 걸었을 것이다—토르가 죽은 후 그들은 더이상 웃지 않았다. 하지만 이날 저녁 마그누스의 빈정거림은 그녀가 생각해도 당연해서 비난할 수가 없었다.

아침에 카트린이 그들 집에 왔다. 카트린은 갑작스러운 방문을 정당화하듯 테이블에 쿠키를 내려놓고 자신이 아침식사를 준비하겠다고 말한 뒤, 마그누스를 향해 난처하고 뾰로통한 표정을 해 보였다. 마그누스의 반바지 앞섶이 불룩하게 부풀어 있었던 것이다. 카트린이 알바에게 말을 건넸다.
"동생아, 너한테 부탁할 일이 하나 있어."
카트린은 마치 '동생아, 너한테 명령할 일이 하나 있어'라고 말하듯 그렇게 말했다.
"조나스가 내일 퇴원해. 나는 제네바에 가야 하고. 중요한 회의가 있거든! 국제적 전략 문제, 적십자와 적신월赤新月*의 협력 문제 등등 때문에. 내가 그 회의를 주재하지 않는다는 건 있을 수 없는 일이야. 그러니 네가 조나스를 집에 데려다주고 돌봐주었으면 해. 걱정 마. 식사 준비랑 장 보는 일은 리브가 할 거야. 리브와 너 둘이서 조나스를 돌볼 수 있을 거야. 리브는 좋다고 했어. 어떻게 생각하니?"

---

* 33개 이슬람권 국가들이 가입한 국제 단체로 적십자와 비슷한 활동을 한다. 적십자의 상징인 붉은 십자가 대신 붉은 초승달을 로고로 사용해 이런 명칭이 붙었다.

늘 그렇듯, 언니의 면전에서 알바는 얼이 빠져버렸다. 카트린은 자신을 가정에서 의무를 다하려는데 장애물을 만난, 세상에서 유일한 사람으로 여겼다. 여동생인 알바를 돈 주고 부리는 가정부 리브와 똑같이, 심지어 돈 안 주고 아무때나 부려먹을 수 있는 사람으로 취급하면서, 자신이 결정해놓은 대로 하도록 막무가내로 떠밀고 있었다.
"나한테 선택권이 있긴 해?"
알바는 차를 홀짝거리며 중얼거렸다.
그녀가 언니에게 그런 식으로 대꾸한 것은 사십 년 만에 처음이었다.

심장 병동으로 가는 동안, 알바는 조나스와의 상봉이 두려웠다. 조나스는 그동안 찾아오지 않은 이유를 설명하라고 그녀를 다그칠까? 그 질문에 대답해야 할까? 그들이 여전히 서로를 이해할 수 있을까? 그녀가 자신의 슬픔, 분노, 낙심을 감출 수 있을까? 토르가 죽은 후 그녀는 너무 많이 변했는데! 한편 조나스는 이식수술을 받은 이후 성숙해졌다…… 낯선 두 사람이 서로 충돌할 것이다. 더는 존재하지 않는 친숙함을 연기해야 했다.
그러나 병실 문을 열고 들어가자마자 기적이 일어났다. 그들을 늘 후광으로 둘러싸주던 빛나는 은총이 다시 두 사람 주변에 가득 찬 것이다. 그들은 서로를 포옹했고, 농담을 나누었고, 즐거운 도취에 감싸여 웃고 수다를 떨었다.

조나스는 지난 몇 주 동안의 이야기를 꺼내지 않았다. 그 순간은 소박하고, 따뜻하고, 이루 말할 수 없이 감미로웠다. 조나스는 이모를 다시 만난 것에 무척 기뻐하며 쉴새없이 묻고 답했다. 알바로 말하면, 예전을, 환희의 시간을 되찾은 기분이었다. 조카의 기발한 생각을 듣고 재미있어하며 일시적으로 현재의 처지를 잊기도 했다. 집에 돌아가면 무뚝뚝한 토르가 컴퓨터 앞에 앉아 있지 않을까 하는 생각마저 들었다.

의사와 간호사들이 와서 조나스의 퇴원 수속을 밟아주었다. 조나스는 평소처럼 의료진에게 살갑게 굴었다. "아프지 않더라도 우리를 보러 놀러 와." 그들이 몇 번이고 말했다. 알바는 그 모습을 보며 뿌듯했다. 그렇게나 카리스마 있는 아이의 이모라는 것이 자랑스러웠다.

알바는 아이를 조심스럽게 차에 태워 집으로 데려갔다. 집은 레이캬비크에서 반시간 걸리는 곳에 있었다. 조나스는 석방된 죄수처럼 행동했다. 바깥의 빛, 색, 자신이 입원한 이후 생긴 아주 작은 날씨 변화에도 감탄했다. 겨울이 자리를 잃어가고, 봄은 아직 오지 않고 있었다. 때때로 돌풍이 빈 공간에 불어닥쳐 눈송이들을 마구 흩뿌렸다.

그들은 무사히 집에 도착해 리브가 준비해놓은 점심 — 말린 생선과 호밀 갈레트 — 을 먹었다. 조나스는 피로와 지나친 흥분 때문에 지쳤는지, 손에 접시를 들고 소파에 누워 텔레비전을 켰다.

텔레비전에서 빙산의 폭발 장면이 나오고, 이어서 엄청난 연기가 하늘로 솟구치는 모습이 보였다. 조나스는 손바닥으로 얼굴을 받치고 홀린 듯이 텔레비전 화면을 바라보았다. 에이야피오를 화산은 소강상태를 지나 더욱 격렬하게 기승을 부리고 있었다. 첫번째 폭발은 큰 피해를 불러오지 않은 반면 — 희생자도 없고 물질적 피해도 없었다, 두번째 폭발 때는 도로와 농장 그리고 전화 케이블이 파괴되었다.

조나스와 알바는 반사적으로 바라크를 걱정했다. 그다음에는 요란하게 이어지는 오만 가지 장면이 그들을 덮쳐와, 지구를 만든 조물주의 위대한 힘에 정신이 혼미해졌다.

전날부터 자연은 할리우드의 특수효과보다 더 무시무시하고, 공포스럽고, 위풍당당한 장면을 영화로 찍고 있었다.

모든 것이 빙하의 붕괴에서 시작되었다. 화산이 폭발하면서 마그마에서 빠져나온 열기가 빙하의 깊은 층들을 녹였다. 바위에, 빙모氷帽에 막혀 물이 차올라 수압이 높아지자, 호수

를 받치고 있던 덮개가 폭발했고, 엄청난 양의 물이 쏟아져나
왔다. 그리고 그 시각 바위, 여러 입자, 가스를 함유한 용암이
하늘로 분출했다. 무거운 것들은 화산 근처를 폭격하며 빠르
게 주변으로 떨어졌고, 가벼운 것들은 먼지구름이 되어 수 킬
로미터 밖까지 뭉게뭉게 퍼져갔다. 섬광이 타닥타닥 튀는 소
리를 내고, 변화무쌍해지고, 격렬하게 요동쳤다. 소립자들이
서로 충돌해 전기가 일었다.

"이모도 알겠지만, 우리가 기억해야 할 일이 일어날 때마다,
에이야피오를 산이 모습을 드러내는 것 같아요. 우리가 헤어
질 때 용암을 토해내고, 다시 만날 때 폭발해요. 이모와 나 사
이에는 우주가 있어요."

알바는 미소로 동의를 표했다.

이윽고 통원 치료 일정이 확정되었다. 이식된 장기의 거부
반응을 막기 위해, 의료진은 조나스의 면역반응을 낮춰 병원
균과 바이러스로부터 아이를 보호했다.

알바와 조나스는 예전처럼 지냈다. 카드놀이를 하고, 함께
피아노를 치고, 나란히 앉아 책을 읽고, 영화를 보았다.

"요즘은 그림 안 그려요, 이모?"

알바는 고개를 저었다. 그림 그리는 일은 그녀 마음의 문을
열어버릴지도 몰랐다. 그러나 너무 혼란스러워서 자신의 마음

을 비밀스럽게 간직해두었다. 그녀의 내면에서 이상한 현상이 일어나고 있었기 때문이다. 그녀는 분열되었다. 표면의 알바와 심층의 알바가 동거하고 있었다. 겉으로 볼 때 그녀는 조카와 함께 즐겁게, 다정하고 활동적인 모습으로, 예전과 똑같은 기분으로 살고 있었다. 그러나 그 속에서는 화 잘 내는 여자가 의심쩍어하는 마음으로 조나스를 관찰하고, 그 아이가 하는 별것 아닌 말들을 일일이 단죄하고, 하찮은 말 속에서 배신의 증거를 찾아내고, 보복을 준비하고, 징벌의 순간을 기다렸다. 조나스가 토르의 심장을 훔쳐갔다는 확신, 사람들이 조나스를 살리기 위해 토르를 죽였다는 확신이 생기는 대로 복수할 작정이었다.

바로 이것이 천사 같은 알바가 조카와 농담을 주고받는 동안 악마에 씌인 알바가 생각하는 것들이었다. 두 명의 알바가 한 육체 안에서 협력하며 살고 있었다.

그러나 지금으로서는 그녀가 목적하는 바를 실행에 옮길 수 없었다. 시플레는 먼저 다른 일부터 마쳐야 한다고 했다. 기다리기가 힘들었다……

조나스가 카프라의 코미디를 보다가 잠든 어느 날 밤, 알바는 조나스 위로 몸을 숙였다. 조나스의 몸안에서 토르의 심장이 뛰고 있는지 보기 위한 수단이었을까? 엄마라면 분명 알아챌 수 있을 것이다. 감각을 이용할 필요는 없다…… 그녀의 본능이 말해줄 것이다. 그것으로 충분했다. 조나스의 육체 옆에 서서 영혼을 여는 것으로 충분했다.

그녀는 아이를 뚫어져라 응시했다.

강렬한 친숙함이 그녀를 덮쳐왔다. 그녀 앞에 있는 아이는 그녀의 조카 이상이었다. 조나스에게는 어딘가 다른 곳에서 오는 움직임이, 그녀의 입술 가장자리를 꿈틀거리게 하고, 속눈썹을 떨리게 하고, 그녀의 유백색 팔에 있는 섬세한 혈관들을 관통하고 그녀의 좁다란 가슴을 부풀렸다가 수축하게 하는 움직임이 있었다. 조나스에게서 그녀의 아들 토르가 느껴졌다. 이 아픈 아이 속에 존재하는 가장 좋은 것, 건강하고 본질적인 것, 그것은 바로 토르였다. 이 무익한 병자의 생명을 연장시켜주기 위해 토르가 죽은 것이다. 의심의 여지가 없었다.

알바는 이 상황을 끝내기로 결심했다! 아들을 죽인 살인자에게 미소를 지어 보인다는 것은 상상할 수 없는 일이었다. 그 살인자를 살뜰하게 돌본다는 것은 참을 수 없는 일이었다. 그런 거짓된 태도를 계속 보이는 것은 배신 행위였다.

"염려하지 마, 토르. 내가 너의 복수를 해줄 테니까."

하지만 어떻게? 방법이 없지는 않았다. 창문 틈을 꼼꼼히

메우지 않는 것, 아이에게 상한 음식을 주는 것…… 문제가 되지 않겠느냐고? 그렇다, 그건 신중하지 못한 행동이다. 조사가 시작되면 틀림없이 그녀에게 책임을 물을 것이다. 그렇다면 어떻게 해야 할까?

갑자기 좋은 생각이 떠올라 그녀는 몹시 기뻐했다. 아이들의 간식 파티! 스무 명가량의 아이들을 집으로 초대하면 살인자 한 무리를 데려오는 것과 마찬가지일 것이다. 세균전! 세균들의 향연! 아이들이 질병의 주요 매개물이 될 것이다. 조나스는 각종 병원균, 바이러스에 감염될 것이고, 쇠약해진 면역체계로는 그것들에 맞서 싸우지 못할 것이다. 야호! 비극의 기념일! 회복 기간에 친구들과 벌인 파티로 인해 상태가 악화되는 것이다! 죄인은 없거나 모두가 죄인이 되는 셈이다…… 그녀는 조나스의 친구들 그리고 그 아이들의 형제자매들과 이 집을 오염시킬 것이다.

그녀는 초대 손님 목록을 작성하려고 방에 틀어박혔다.

카트린이 돌아오기 전에 이 계획을 어떻게 실행하지? 빠르게 움직여야 했다. 4월 16일 전에 그 인간 폭탄들을 불러모으는 것이 가능할까? 카트린이 돌아온다고 한 날이 16일 맞지? 날짜가 정확하게 기억나지 않았다. 게다가 벌써 14일이었다……

그날 밤, 알바는 초대를 준비하고 아이들의 집 주소와 메일 주소를 확인한 뒤, 날이 밝아올 때쯤 기진맥진해서 잠이 들었다.

4월 15일 아침, 카트린이 자동응답기에 정신없는 목소리로 음성 메시지를 남겼다.

'조나스, 알바, 나 내일 도착하지 못하게 됐어. 스위스가 영공을 봉쇄한대. 우리 때문에, 에이야피오를 산 때문에! 재수도 더럽게 없지. 그러니 나 없이 둘이서 어떻게든 지내야겠어. 이런 상황이 얼마나 더 계속될지는 잘 모르겠어. 입맞춤을 보낼게.'

알바와 조나스는 아침에 일어나 이 메시지를 확인했다. 화산에서 나온 연기가 바람을 타고 남동쪽으로 밀려가 북유럽에 모이고 있었다. 화산에서 나온 작은 분진들이 비행기의 제트엔진을 막거나 비행기 동체 위에 있는 감지장치를 교란할 수 있다고 전문가들이 경고했고, 관련 책임자들은 그쪽 영공을 봉쇄해버렸다. 영국과 폴란드가 먼저 시작했고, 벨기에, 스위스, 노르웨이, 덴마크, 아일랜드가 뒤를 이었다.

이모와 조카는 이 소식에 서로 다른 반응을 보였다.

조나스는 민족주의적 자부심을 흠뻑 느꼈다.

"이모, 우리처럼 보잘것없는 나라가 국제 항공 시스템을 정

지시킨 거예요! 근사하지 않아요? 우리 때문에 다른 나라들이 엄청난 액수의 돈을 손해보게 된 거라고요."

반면 알바는 이 사건에서 운명의 신호를 보았다. 카트린이 제네바에 발이 묶여 있으면, 그녀는 조나스와의 일을 끝낼 자유로운 시간을 확보하게 될 것이다. 살인 계획을 끝까지 밀고 나가야 했다.

그녀는 너를 위해 깜짝 놀랄 만한 일을 준비할 거라고 조카에게 말한 뒤, 방에 틀어박혀 초대 손님들에게 전화를 돌렸다. 다음다음 날인 목요일 저녁으로 파티를 계획했다. 그날 중으로 스무 명쯤 되는 아이들에게서 파티에 참석하겠다는 답변이 왔다.

수요일에 파티 전문 케이터링 회사와 상담을 하고 있는데, 그녀의 휴대폰이 울렸다. 빌마가 전화기 너머에서 날카로운 목소리로 외쳤다.

"나 알아냈어요!"

"뭘?"

"내 딸의 시신으로 무슨 짓을 했는지 알아냈다고요."

"어떻게?"

"장기이식 센터의 스툴루손요! 나도 당신처럼 그 사람을 구슬려보려고 찾아갔어요. 하지만 만나볼 필요도 없었어요. 문

뒤에서 대화를 엿들었거든요. 그 사람이 어느 외과의사와 수술에 대해 이야기하고 있었어요. 그 수술 날짜가 바로 내 딸이 죽은 날이더라고요."

"그것만 가지고는 충분하지 않아요, 빌마."

"나도 알아요."

알바는 빌마의 대답에서 자신의 모습을 확인하고 두려움을 느꼈다.

"우리 늘 만나던 거기서 만나요."

빌마가 말했다.

알바는 당황스러워하며 조나스에게 급한 볼일이 생겼다고 웅얼거린 다음, 자동차에 뛰어올라 레이캬비크로 달려갔다.

세이렌 카페로 급히 들어가니, 빌마가 그녀의 팔을 붙잡았다. 알바는 빌마를 바라보았다. 그 모습을 누가 봤다면 마치 새가 발톱으로 나뭇가지를 꽉 움켜쥐는 것 같다고 느꼈을 것이다.

"나 좀 도와줘요."

"뭘요?"

"아이 하나를 훔쳐와야 돼요."

"어떤 아이요?"

"장기를 이식받은 아이."

알바는 공포에 휩싸여 빌마에게서 몸을 빼냈다.
"난 당신이 그냥 '알고' 싶어하는 줄 알았어요."
"아니에요! 내가 그걸 알려고 한 건 내 딸을 되찾기 위해서였어요."
"딸을 되찾는다고요? 당신 딸은 죽었잖아요, 빌마."
빌마가 신음했다.
"아뇨, 당신 생각은 틀렸어요. 내 딸의 심장이 어디선가 뛰고 있다면, 그 아이는 아직 살아 있는 거예요. 그 아이의 심장이 다른 아이의 육체에 생명을 불어넣었다면, 그 아이는 나에게 고마워할 거예요. 그 아이의 심장이 계속 뛰고 있다면, 그 아이는 나를 필요로 할 거고요. 난 그애가 보고 싶어요, 알바. 그애가 보고 싶다고요. 그애가 나를 부르고 있어요. 그애와 다시 예전처럼 함께 살아야 해요."
빌마의 눈이 눈물로 뿌옇게 흐려졌다.
"시간을 끌면, 그 아이는 내가 자기를 버렸다고 생각할 거예요."
'빌마는 미쳤어.' 알바는 극심한 고통이 빌마를 어느 지경까지 몰고 갔는지 알아차렸다.
"알바, 나 좀 도와줘요. 우리 둘이 함께 가요."
"난 찬성하지 않아요."

"도와주지 않겠다는 거예요?"

"당신을 정말 돕고 싶어요. 하지만 이렇게 아무 짓이나 하는 걸 도울 순 없어요. 당신 지금 너무 흥분해 있어요, 빌마."

"그럼 자동차 좀 빌려줘요."

"안 돼요."

"정 그렇다면 할 수 없죠! 혼자 가면 돼요."

빌마는 얼굴이 진홍색으로 붉어지고 열에 들뜬 채, 여전사처럼 결연한 태도로 자리에서 일어나 출구로 달려갔다. 알바는 만류하고 싶었다.

"그 계획은 포기해요, 빌마. 그건 미친 짓이에요! 그 아이는 당신 딸이 아니에요. 모르는 아이라고요."

"당신이 뭘 알아요?"

빌마는 알바의 만류에도 아랑곳없이 거리로 달려나갔다. 알바가 맥줏값을 치르는 사이, 그 불행한 엄마는 레이캬비크에 몰아치는 폭풍우 속으로 사라져버렸다.

알바는 어쩔 줄을 몰랐다. 뭔가 대응을 해야 했다. 그래야 했다. 하지만 어떻게? 경찰에 가서 알려야 하나? 그건 시기상조다. 빌마를 막아야 하나? 하지만 그녀는 빌마가 어디에 사는지도 알지 못했다.

알바는 아파트로 돌아가 리베라리아의 좌장인 '붉은 에릭'

에게 이메일을 썼다. 에릭이 곧바로 답장을 보내왔다. 자신도 빌마가 제정신이 아닌 것을 알고 있다고 했다. 하지만 진짜 문제는 따로 있다고 했다. 누가 그녀를 그렇게 만들었는가? 그것에 관한 네 페이지 분량의 글이 이어졌다. 아이슬란드 정부에 반대하는 가차없고 논증적인 비판이었다.

알바는 그에게서 도움을 받지 못하리라는 것을 깨달았다.

마그누스가 들어왔다. 몇 주 만에 처음으로, 남편의 모습이 그녀를 황홀하게 만들었다. 그녀는 달려가서 그의 품에 안겼다.

"날 위해 돌아온 거야?"

"당연하지."

그가 답례로 그녀에게 키스해주었다.

"사랑해, 마그누스. 당신도 알겠지만."

그녀가 예상했던 것처럼, 이 말은 장 드 마그누스에게 즉각적으로 힘을 발휘했다. 한 남자에게 그런 영향력을 행사할 수 있다는 기쁨에, 그녀는 그가 그리웠다고, 그와 멀리 떨어져 지내는 것을 더는 견딜 수 없다고 속삭였다. 그러고는 너무나 그럴듯하게 거짓말을 한 것에 스스로 놀라, 자신이 꾸며낸 그 거짓말 속에 그래도 진실 한 조각이 존재하지는 않는지 자문해보았다.

마그누스가 그녀를 품에서 들어 소파에 내려놓았다. 그런 다음 큼직하고 능숙한 손가락으로 그녀의 옷을 천천히 벗겼다.

그들은 여러 번 사랑을 나누었다. 그들에겐 시간이 있었고, 숨을 필요가 있었다. 토르는 이제 없고, 조나스는 리브가 돌보고 있다.

다시 옷을 입으면서, 알바는 마그누스와 사랑을 나눈 덕에 기분이 한결 풀렸다고 느끼며 빌마 생각을 했다. 마그누스에게 빌마 이야기를 해야 할까? 아니다, 빌마 이야기를 하려면 알바 자신의 이야기도 해야 한다……

"마그누스, 나랑 같이 카트린 언니 집에 갈래? 조나스랑 나랑 함께 있자."

"그럼 내일 어떻게 출근해?"

"내가 태워다줄게."

마그누스가 너무나 축축하고 너무나 길게 끄는 키스로 열정적인 동의를 표한 나머지, 그들은 다시 소파에 누워 서로를 희롱할 뻔했다.

집 앞에 자동차를 세우자마자, 평소와 다른 징후들이 눈에 띄었다. 바깥의 조명이 꺼져 있고ㅡ평소 조나스는 폭풍우가 일 때 집 앞을 지나가는 자동차들이 방향을 잘 잡을 수 있도록 바깥의 조명을 켜놓았다ㅡ집안도 어두워 보였다.

현관으로 이어지는 계단을 세 개쯤 올라갔을 때, 그들은 열린 현관문이 바람 때문에 쾅쾅 소리를 내며 부딪치는 것을 알아차렸다.

그들은 서둘러 안으로 들어갔다.

마그누스가 도둑과 마주치면 주먹을 날릴 준비를 하고 앞장섰다. 집안에 움직이는 것은 아무것도 없었다. 그들은 조나스를 불러보았다. 아무 대답도 없었다.

"말도 안 돼! 조나스는 여기에 있어야 하는데."

알바가 중얼거렸다.

좀더 외쳐 부르다가 포기하고, 방들을 다니며 확인해보았다. 조나스는 없었다.

주방 조리대 뒤에 리브가 쓰러져 있었다.

마그누스가 리브를 일으키려고 애쓰는 동안, 알바는 경찰과 응급구조대를 불렀다.

구조대원들이 도착하기 전에 리브가 정신을 차렸고, 무슨 일이 일어난 건지 그들에게 설명해주었다.

"웬 여자가 초인종을 눌렀어요. 폭풍우 속에서 길을 잃은 여자로 생각해 문을 열어주었죠. 그 여자는 조나스가 여기에 살고 있느냐고 물었어요. 그 말을 듣고 좀 놀랐죠. 그랬더니 그 여자가 자기는 지난 몇 주 동안 조나스를 돌본 간호사 중

한 명이라며, 자기가 무척 좋아했던 환자이니 조나스에게 인사를 하고 싶다고 말했어요. 저는 의심하지 않았어요. 적갈색 머리의 젊은 여자였고, 상냥해 보였거든요. 그래서 그 여자를 조나스에게 데려다주었는데, 대체 무슨 일인지…… 그렇게 상냥해 보이던 여자가 갑자기 조나스에게 으르렁댔어요. 제가 다가갔더니 저를 세게 한 대 후려쳤어요. 세상에! 그런데 조나스는 어떻게 됐어요? 그 여자가 조나스도 때렸나요?"
"조나스는 여기에 없어요."
마그누스가 대답했다.
"그 여자가 데려간 거예요." 알바가 말했다. "납치예요."
그녀의 확신 어린 말투에 놀라 마그누스와 리브가 그녀 쪽을 돌아보았다.

밤이 깊을 때까지, 알바는 자신이 아는 것을, 자신이 추측하고 있는 것 이상을 경찰들에게 이야기했다. 그녀가 볼 때, 집에 찾아왔다는 그 여자는 빌마가 틀림없었다.
마그누스는 그녀에게서 멀지 않은 곳에 앉아 그녀가 하는 이야기에 귀기울였다. 알바가 하는 이야기는 부분적으로는 그에게 하는 이야기이기도 했기 때문이다.
불행하게도 빌마에 관해 그녀가 아는 것은 휴대전화 번호뿐이었지만, 빌마는 전화를 받지 않았고, 위치도 파악되지 않았다. 빌마의 신원을 알아내려면, 빌마 딸의 사망 날짜를 근거로 추정해야 했다. 자기 딸이 사망한 것과 거의 동시에 조나스의 이식수술이 행해졌다고 주장했으니까.

검색 결과가 컴퓨터 모니터에 떴다. 그날 아이슬란드에는 장기를 기증한 청소년이 두 명 있었다. 한 명은 헬가 빌마도티르이고 다른 한 명은 토르 마그누손이었다.

알바는 방금 누가 그녀를 중죄재판소로 데려가려고 그녀가 저지른 죄를 낱낱이 밝히기라도 한 양 고개를 푹 숙였다. 잠시 후, 그녀가 마그누스를 바라보았다. 마그누스는 알바가 빌마와 친해진 이유를, 알바가 그토록 강박적으로 조사하다가 시들해진 이유를 방금 눈치챈 참이었다.

경찰이 놀라서 물었다.

"그러니까 여자아이의 심장을 남자아이의 몸에 넣어준 겁니까?"

"심장은 성별을 따지는 장기가 아닙니다."

마그누스가 대답했다.

"하지만 조나스가 그 아이의 심장을 받았다는 증거는 전혀 없어요."

알바가 덧붙였다.

"참 이상한 일이군요!"

경찰이 결론내렸다.

알바는 자기 구두코만 내려다보고 있었다. 빌마는 조나스를 데려가 사랑해주려 했는데, 자신은 조나스를 죽이려 했다. 어떻게 그런 생각을 할 수 있었을까?…… 육체를 자기만의 것으로 주장하는 것이 갑자기 어리석게 느껴졌고, 장기를 이식받은 환자의 권리를 인정하지 않는 것은 훨씬 더 어리석게 느껴졌다. 길었던 악몽에서 깨어나는 것만 같았다.

마침내 깨어났다…… 그리고 두번째 악몽이 시작되었다. 조나스의 실종.

경찰들이 물러갔다. 알바와 마그누스는 카트린의 집 문을 닫아걸고 레이캬비크로 조용히 돌아갔다. 정신이상자의 수중에 넘어간 연약한 조나스를 생각했다.

아파트 안에 들어가자, 마그누스가 의자 두 개를 가져오더니, 알바에게 자기 맞은편의 의자에 앉으라고 했다. 알바가 마그누스를 끌어안고 애교를 부리려 했지만, 마그누스는 그녀를 밀어냈다.

"당신은 당신 자리에 앉아서 이야기해. 나는 당신 이야기를 들을 테니까, 알바."

"하지만……"

"저리 가. 안 그러면 당신을 묶어놓을 테니까."

그녀는 남편의 말에 무척 낙담해서, 벌받는 소녀처럼 고개를 숙이고 가만히 있었다.

"내 생각을 당신한테 말할게, 알바. 그런 다음 내가 잘못 생각하는 것이 있으면 당신이 나한테 말해줘. 당신은 그날 토르를 모욕하고 위협한 뒤 토르가 집을 나간 일이 너무 부끄러웠던 거야. 지나치게 심술을 부린 탓에 그 기억에서 벗어나고 싶었던 거지. 당신은 그 죄책감에서 도망치고 싶었어. 그래서 그 회한으로부터 당신 자신을 보호하려고, 토르를 잊는 쪽을 택했어. 주변 사람들을 닥치는 대로 공격하고, 당신의 공격성을 조나스나 이 사회 쪽으로 돌리고 싶었던 거지."

알바가 울음을 터뜨렸다.

"나는 좋은 엄마가 아니었어!"

"그렇지 않아, 알바. 그날 저녁에만 그랬던 거야. 감정을 제어하지 못했으니까. 다른 날 저녁에는 그렇지 않았어. 그 숱한 저녁들 말이야. 물론 토르는 천사 같은 아이는 아니었어. 조나스처럼 사랑하기 쉬운 아이도 아니었고. 하지만 우리는 토르를 무척 사랑했고 최선을 다해 키웠어."

그가 그녀 앞에 무릎을 꿇었다.

"당신은 조나스가 살아 있는 것을 원망했어. 당신은, 뭐라고 말해야 할지 모르겠지만, 조나스를 구하기 위해 토르가 죽었다는 환상을 품었어. 간단히 말해 망상에 빠져든 거지. 그 망상이 당신의 불편한 부분과 대면하는 것을 막아주었으니까. 하지만 그만해, 알바. 더이상 그런 바보 같은 생각을 해선 안 돼."

"이제 그런 생각은 안 해."

"알아, 당신이 내 이야기를 이렇게 잘 듣고 있는 걸 보니."

마그누스는 마치 아버지처럼 그녀를 꼭 안아주며 그녀가 흐느끼도록 내버려두었다.

그녀가 좀 진정되자, 그는 일어나서 찬장을 열었다.

"검은 시체 조금 할까?"

베르가못 향이 나는 브랜디인 브레니빈의 별명이 '검은 시체'임을 잊고 있던 그녀는 소스라쳐 놀랐다.

그들은 브레니빈을 한 잔 마셨다. 마그누스는 한 잔 더 마셨다.

"이제 잘 생각해보고, 빌마가 조나스를 어디에 숨겨놨는지 알아낼 수 있도록, 빌마에 관해 아는 대로 다 이야기해줘."

알바는 새벽까지 잠을 이루지 못했다. 마그누스가 깨지 않도록 숨을 죽인 채 왼쪽으로 돌아누웠다가 오른쪽으로 돌아누웠다가 했다. 빌마 입장이 되어 생각해봐도, 짚이는 것이 아무것도 없었다.

아침 일곱시가 되자마자, 알바는 아무래도 전문가들이 자기보다는 나을 거라는 생각에, 자신에게 번호를 알려준 경찰서 수사관에게 전화를 걸었다.

수사관은 당황스러워하면서, 수사를 진행하고 있긴 하지만 빌마가 조나스를 어디에 감금해놓았는지는 아직 알아내지 못했다고 했다. 지금까지 알아낸 사실에 따르면, 빌마는 직업도 없고, 가족도 없고, 딸이 사망한 이후에는 정해진 거처도 없다는 것이었다.

알바는 몸을 떨었다. 그럼 조나스는 대체 어디에 있지? 도망가거나 전화를 걸지 못하도록 조나스를 결박하고 입에 재갈을 물려놓았을까? 이렇게 춥고 폭풍우가 몰아치는데 밖에 나가기라도 하면, 조나스가 견뎌내지 못할 텐데……

알바는 아파트 안을 서성이기 시작했다. 걷는 것이 생각을 하는 데 도움이 되었다. 여러 번 토르의 방문 앞에서 걸음을 멈추었고, 한숨을 내쉰 뒤 다시 서성였다.

갑자기 어떤 생각이 그녀의 머릿속을 비집고 들어왔다. 뭔가 허전했다. 그녀는 벽을 찬찬히 살펴보았다. 벽에 걸려 있던 바라크의 열쇠가 사라지고 없었다.

"마그누스!"

그녀는 아직 자고 있는 남편에게 달려가, 자신의 추리를 이야기했다. 빌마는 산에 있는 그들의 오두막집으로 피신한 것이 틀림없었다.

"그 여자가 어떻게 거기에 가? 그 여자한테는 자동차가 없다며……"

"한 대 훔쳤겠지. 아이도 훔치는데 자동차라고 못 훔치겠어! 마그누스, 그 여자는 아이슬란드에서 가장 위험한 곳으로 조나스를 데려간 거야."

마그누스는 화가 나서 옷장을 열고 등산복을 꺼내며 말했다.

"이걸 입고 거기로 가보자고!"

주변 풍경은 화산재 때문에 침울했다.

조직적이고 거대한 화산구름이 자동차를 향해 불어오는 바람에 밀려 그들의 머리 위를 지나갔다. 그 뭉게구름은 여기서는 부풀어오르고 저기서는 두터워지면서 몹시 불길한 형체들을 그려냈다. 마지막 심판을 알리는 나팔, 악마, 황소, 물소, 트롤, 키마이라, 잔인하고 상상을 초월하는 한 무리의 괴물들을.

자동차가 폭발 지역에 다가갈수록, 뭉게구름은 형태가 무너지며 밑으로 내려앉아, 마치 검은 지붕처럼 햇빛을 차단했다.

그리고 고개를 넘을 즈음 그 납빛 천장은 대기를 혼탁하게 하면서 그 속에 있으면 아무것도 보이지 않을 만큼 걸쭉한 반죽이 되었고, 모든 움직임을 차단하면서 지면과 거의 맞닿을 지경이 되었다.

알바와 마그누스는 도로가 봉쇄되어 더이상 갈 수 없을까봐 두려웠다. 그 지역은 무척 위험해져서 사람들의 접근이 금지되어 있었다. 이 오염된 공기를 들이마실 조나스를 생각하며 그들은 몸을 떨었다.

멀리에 손전등이 보였다. 이 지역의 통행을 차단하고 있는 것이다. 마그누스는 신중하게 자동차를 세우고 전조등을 껐다. 그리고 인접한 오솔길로 접어들었다.

"어떻게 여기까지 올 정도로 정신이 나갈 수 있는 걸까?"

알바가 기막혀하며 말했다.

"그 여자가 조나스를 데려갔다는 걸, 그리고 조나스가 이 지역의 지리를 속속들이 알고 있다는 걸 잊지 마."

마그누스가 대꾸했다.

"조나스는 절대 그 여자한테 그런 걸 말해주지 않을 거야!"

"위협을 받아 궁지에 몰리면 사람이 어떻게 변하는지 당신은 몰라."

알바가 침을 삼켰다. 조나스는 지금 지옥에 머물고 있다. 제

재 속의 심장

발 힘을 내어 버텨주기만을……

길이 험해서 그들이 탄 고물 자동차가 점점 더 요동을 쳤다. 길은 화산재로 더러웠을 뿐 아니라, 돌멩이들이 잔뜩 널려 있었다.

마그누스가 급브레이크를 밟았다. 갑자기 불어난 물살 때문에 길이 막혀 있었다. 유속이 상당히 빨랐다. 더이상 가는 건 불가능했다.

그들은 외투를 걸친 뒤, 코와 입을 가리는 보호용 마스크를 쓰고 걷기 시작했다.

주위는 마치 세상의 종말 같은 분위기였다.

바람이 몰아쳐 걷는 속도가 느려졌다. 산꼭대기에서 불어온 바람은 바위들 때문에 날카로워졌고, 그런 다음 강철 칼날처럼 예리해져 단호하게 돌진해왔다.

바라크가 있는 고원에 다다르자, 휘몰아치던 돌풍이 잦아들었다. 얼마 동안 마비 상태가 고원을 지배했다. 단말마와도 같은 마비 상태였다. 바라크에서 오백 미터쯤 떨어진 곳에 사륜구동 자동차 한 대가 주차되어 있었다.

"두 사람이 여기까지 온 거야. 저 안에 있어. 틀림없어!"

그들은 빨리 달려가고 싶었지만, 상황이 여의치 않았다. 비가 내린 탓에, 눈雪에 달라붙은 재가 수프처럼 엉겨 신발 밑창에 달라붙었고, 걸음을 내디딜 때마다 안간힘을 써야 했다. 바닥이 비교적 판판한 곳에서는 바람이 그들을 괴롭혔다. 바람은 마구 후려치고, 끽끽 소리를 내고, 인정사정없이 내리쳤다. 뭔가를 생각하는 것조차 불가능했다. 바람은 힘차게 윙윙거려 생각을 없애버리고 지면을 아예 쓸어버리려는 것 같았다.

마침내 오두막집에 도착했다. 굴뚝에서 새어나온 연기가 맞바람을 받아 곧장 옆으로 퍼져나갔다.

마그누스가 조용히 하라고 알바에게 신호를 보냈다. 집안을 불시에 덮칠 작정이었다.

그가 어깨로 부딪쳐 문을 부쉈다.

조나스는 휴식을 취하고 있고, 그 곁에 빌마가 앉아 있었다. 빌마는 누가 불쑥 나타나는 모습만 겨우 보았다. 마그누스는 빌마의 머리를 쳐서 얼떨떨하게 만든 뒤 두 손을 결박했다.

순식간에 몸을 움직일 수 없게 된 빌마는 눈을 껌벅였고, 무슨 일이 일어난 건지 깨닫고는 이내 울부짖기 시작했다.

알바는 조나스에게 급히 달려가 상태를 확인했다. 얼굴이 초췌하고, 콧구멍이 수축되어 있고, 숨을 잘 쉬지 못했다. 조나스의 창백한 양쪽 빰을 가볍게 두드려보았다.

조나스가 눈을 뜨고 이모의 얼굴을 보았다.

"이모가 올 줄 알았어요……"

이 말을 듣고, 빌마가 한층 더 격렬하게 울부짖었다.

"날 내버려둬. 그리고 그애한테 손대지 마. 그애는 내 딸이야. 난 알아볼 수 있어. 그애는 발버둥치지 않았어. 나를 다정하게 대해줬다고. 그게 바로 증거 아니겠어?"

마그누스가 빌마의 입에 재갈을 물리려 했다. 그러자 그 적갈색 머리 여자는 마그누스를 마구 물어뜯으며 여기저기에 발길질을 해댔다. 마그누스가 얼굴을 찡그리며 말했다.

"내가 이 미치광이한테 도대체 뭘 하고 있는 거야?"

알바가 그들에게 달려가 빌마를 위아래로 훑어본 뒤, 마그누스에게 말했다.

"그냥 잘 묶어두기만 해. 우리를 괴롭히지 않고 가만히 있도록. 나중에 경찰이 와서 데려가게 하면 돼."

"나를 도와줘요, 알바." 빌마가 앓는 소리를 했다. "당신도 내 생각에 동의하잖아요. 내가 없으면 당신은 혼자라고요."

"빌마, 당신은 아파요, 많이 아파요. 의사들이 당신을 낫게 해줄 거예요."

"나도 함께 데려가요."

알바는 그녀의 따귀를 갈기고 싶은 걸 간신히 참았다.

"난 당신을 못 믿겠어요. 당신이 조나스를 어떤 상태에 몰아넣었는지 당신도 알잖아요. 조나스는 죽을 뻔했다고요."

마그누스가 조나스에게 옷을 더 입히고 마스크도 씌워주었
다. 그런 다음 도움을 청하지도 않고 아이를 어깨에 번쩍 둘러
멨다.
"잘 붙잡아라, 조나스. 그럼 가자!"
그들은 바라크를 떠났다.
밖으로 나오자, 바람이 더욱 기승을 부리며 몰아쳤다. 이토
록 길고, 이토록 지속적이고, 이토록 집요한 분노가 가능한 걸
까?
붉은 집은 휘청거리며 바람의 공격에 저항했다. 이음새들이
삐걱거리고, 지붕이 흔들렸다. 집안 깊숙한 곳에서 빌마의 날
카로운 흐느낌 소리가 들려왔다.
그들은 비틀거리며 멀어져갔다. 정신을 집중할 수가 없었
다. 바람이 벌판은 물론 그들의 머릿속까지 비워내려 했던 것
이다.
갑자기 이상한 소리가 들려왔다. 따닥따닥하는 그 소리는 끈
질기게 이어졌다. 돌들이 비처럼 쏟아져내리는 소리 같았다.
"저기로 가서 몸을 숨겨, 빨리!"
알바가 옛날에 카트린과 함께 대피소로 만들어둔 돌출된 바
위 밑을 가리켰다. 그들은 거기로 달려갔다.
주위의 지면에서 화산재 등이 튀어올랐다. 어떤 것은 달걀

만큼 작았고, 어떤 것은 암석처럼 크고 불룩했다.

조나스가 공포에 사로잡혀 비명을 질렀다. 알바와 마그누스는 조나스가 부석浮石에 얻어맞은 줄 알고 돌아보았다.

조나스가 멀리 보이는 붉은 바라크를 손가락으로 가리켰다.

거대한 돌덩이가 집의 지붕을 관통해 하나뿐인 방을 부숴버렸고, 뒤이어 벽난로에서 빠져나온 불길이 들보들을 핥기 시작했다.

불길은 불과 오 분 만에 화재로 번져 활활 타오르더니, 점점 더 맹렬해져 걷잡을 수 없을 정도로 위세를 떨쳤다. 이윽고 한 줄기 돌풍이 고원에 불어닥쳐 집을 재 속에 매몰시켜버렸다.

*

알바는 미소를 지었다. 희미한 빛과 가벼운 미풍이 뭔가 다가오고 있음을 예고했다. 봄이었다.

평온한 하늘에서 햇빛이 빛났고, 갈매기들은 흥분해서 끼룩끼룩 웃어댔다. 머지않아 돌처럼 단단했던 땅이 부드러워지고, 풀이 자라나고, 알래스카의 층층이부채꽃들이 비탈을 파랗게 물들일 것이다.

그녀는 시플레를 기다리며 우편함 앞에 서 있었다.

지난밤 시플레가 병원 정보 시스템 해킹에 성공했고, 관련 서류들을 출력했다.

자전거를 탄 시플레가 몸을 좌우로 흔들면서 길을 올라왔다. 알바는 그 모습을 보며 시플레와 자전거 중 누가 더 말랐는지 궁금해했다.

그는 알바에게 다가와 의기양양한 표정으로 서류를 흔들었다.
"여기 있어요!"
"이 고마움을 어떻게 표현하면 될까?"
"혁명을 일으켜서요, 동지. 더이상 이야기하지 말죠. 누가 우릴 볼지도 몰라요."

시플레는 곧장 그곳을 떠나 경쾌하게 언덕을 내려갔고, 점점 작아져 레이캬비크로 이어지는 도로 위에서 하나의 점이 되었다.

알바는 서류봉투를 손에 들고 집안으로 들어갔다. 조나스는 아직 자고 있었고, 카트린은 여독에서 회복중이었다.

알바는 봉투에서 서류를 꺼내, 눈길을 주지도 않고 분쇄기에 넣었다. 종이들이 분쇄기 안에서 잘게 부서지는 동안, 그녀는 자신이 더 힘있고, 더 열렬하고, 더 활기차다고 느꼈다. 잠시 후, 그녀는 차를 끓이고 빵을 구웠다.

그녀 뒤에서 소리가 났다.

조나스였다. 산호색 잠옷을 입은 금발의 조나스는 생기 넘치고 새벽빛처럼 아름다웠다.
"이모가 제 퇴원 기념 파티를 취소한 건 정말 유감이에요!" 조나스가 중얼거렸다. "친구들이 무척 좋아했을 텐데……"
알바는 아침식사가 담긴 쟁반을 조나스에게 내밀면서 말했다.
"파티는 나중에 열면 되지. 그때까지 우리 블롯 게임이나 할까?"

유령아이

맞은편 벤치에서 한 여자가 새들에게 모이를 주고 있었다. 처음엔 참새, 제비 그리고 박새 들이 수줍어하면서, 다시 육지 동물이 될까봐 두렵기라도 한 듯 조금이라도 수상쩍은 움직임이 있으면 공중으로 달아날 채비를 한 채 깡충거리며 다가왔다. 잠시 후에는 수가 많이 불어나 합창대원처럼 반원을 그리며 그녀의 발치에서 안정을 찾았다. 급기야는 염치없는 몇몇 새들이 먹이를 쪼아먹으려고 망설임 없이 여자가 앉아 있는 의자 위로, 여자의 넓적다리와 팔 위로 뛰어올랐다. 진수성찬의 향연에 이끌려 울새 한 마리가 부릿짓으로 다른 새들을 쫓아냈고, 땅딸막한 비둘기들이 뒤뚱거리며 다가왔다.

그 광경이 나에게 궁금증을 불러일으켰다. 물론 지금껏 그런 광경을 백 번은 더 보았다. 모르는 여자가 사람들 눈에 신경쓰지 않고 동물들한테 먹이를 주는 광경 말이다. 하지만 그날은 다른 점이 하나 있었다. 그 여자의 겉모습이 상투성에서 벗어나 있었다. 부랑자 같지 않고, 궁핍해 보이지도 않고, 늙은 여자도 아니었다. 미용실에서 단장하고 나온 듯한 모습에 근사한 연한 색 린넨 바지 정장 차림이었고, 베네치아 풍의 금발 머리 아래 안색이 호박색으로 빛났다. 바다나 야트막한 산에 머무르며 여름휴가를 보내는, 간단히 말해 넉넉하게 여가 생활을 즐기는 유복한 계층의 안색이었다. 여유로운 부르주아 여성이 파리의 참새들에게 먹이를 주고 있는 것이다.

함께 있던 친구가 팔꿈치로 내 옆구리를 치며 중얼거렸다.

"저기 좀 봐."

그 여자와 비슷한 나이에 비슷한 부류의 남자─스포츠를 즐기는 젊은 육십대─가 벤치를 찾아 산책로를 돌아다니고 있었다. 몇 주 동안 우중충하게 비가 내리다가 그날 아침엔 오랜만에 햇빛이 났다. 그러니 어떤 파리 남자가 햇빛을 쬐며 몸을 덥히려 하지 않겠는가? 그 한가로운 산책자는 새들에게 모이 주는 여자 옆에 가서 앉았다.

그는 여자에게 인사하지도, 여자를 쳐다보지도 않았다. 마치 혼자 벤치에 앉은 사람처럼 행동했다. 마른기침을 해 목을 가다듬은 뒤, 가지고 온 신문을 옆에 앉은 여자의 공간까지 침범하며 넓게 펼쳤다.

여자는 그 남자의 존재를 모르는 척했다. 여자가 남자의 다리 사이로 모이 부스러기를 던지자, 시끄럽지만 별로 사납지 않은 검은머리방울새 무리가 남자에게 몰려들었다.

커플 한 쌍이 지나갔다. 남자가 고개를 들어 커플에게 인사했다. 삼 초쯤 지난 뒤 여자도 똑같이 인사를 했다. 그런 다음 태연한 얼굴로 각자 하던 일에 몰두했다. 같은 사람을 알고 있다는 사실이 그들을 가깝게 만들어주는 것 같지는 않았다.

갑자기 바람이 불어와 〈르 피가로〉 신문 한 장을 벤치 끄트머리로 날려보냈다. 여자는 아무 일도 일어나지 않은 것처럼 가만히 있었고, 남자가 소란을 피우며 신문을 주워왔다.

나중에 여자가 몸을 기울이다가 자기 가방을 건드려, 가방이 남자의 발목 근처까지 굴러갔다. 하지만 남자는 무심한 표정으로 한쪽 다리를 들어 다른 쪽 다리 위에 올려놓을 뿐이었다.

둘 중 누구도 옆에 앉은 사람에게 주의를 기울이지 않았다. 그런데 역설적이게도, 그들이 그런 상황에 몰두해 있다는 느낌이 들었다. 그들은 짜증스럽고 상대방을 무시하는 듯한 파장을 뿜어내며 주위에 무기력한 분위기를 퍼뜨렸다. 또한 '당신은 여기에 없어'라고 말하기 위해 사는 사람들 같았다.

친구가 당황스러워하는 내 얼굴을 보며 재미있어했다.

"저 사람들 부부야."

"지금 농담해?"

"전혀. 저 사람들은 한집에 살아."

"저 사람들이?"

"함께 사는 건 아니고."

"어쨌든……"

"저 사람들은 아파트를 두 구역으로 나누고, 서로 마주치지 않도록 벽돌공을 불러다 벽까지 쌓았어. 그래도 자기들의 습관을 계속 유지하기 때문에, 계단에서, 아파트 로비에서, 상점에서, 길에서 하루에 스무 번씩은 마주치지. 하지만 서로 무시해."

"너 지금 나 놀리는 거야?"

"네가 몇 년 전에 저 부부를 봤다면 좋았을걸. 그때만 해도 사이가 무척 좋았거든. 동네 사람들의 눈에―보주 광장 근처에 사는 사람들은 서로 모두 알고 지내―저 사람들은 완벽한 부부, 금슬 좋은 부부의 모범, 행복한 결혼의 전형이었어! 누가 믿겠어?"

"그사이에 대체 무슨 일이 일어난 건데?"

"어느 날 아침 저 부부는 재산을 나누었어. 아파트, 산에 있는 작은 별장, 바닷가에 있는 빌라를. 그리고 더이상 서로에게 말을 걸지 않았어. 갑자기 일어난 일이지."

"말도 안 돼……"

"첫눈에 사랑에 빠져 결혼했다면, 그런 식으로 멀어지지 못할 이유도 없지 않을까?"

"이해가 될 것도 같네."

"너는 운이 좋아! 실은 내가 세브린의 친구한테서 저 부부의 사연을 전해들었거든."

"세브린?"

"네 맞은편에 앉아 있는, 새들한테 모이 준 여자 말이야."

*

세브린과 벵자맹 트루작은 성공한 인생의 집약체였다. 잘생겼고, 젊고, 인기 있고, 하는 일에서도 잘나갔다.

벵자맹 트루작은 국립행정학교를 나와 보건부에서 까다로운 직무를 수행했다. 사람들은 그의 명석한 지성을, 몸에 밴 자연스러운 권위를, 자료에 관한 풍부한 지식을, 공익에 대한 감각을 칭찬했다.

세브린은 독립 언론사의 저널리스트로, 다양한 여성지에 쾌활하고 익살스러운 글을 기고했다. 머핀 만드는 법에 관한 짧고 재미있는 글을 쓰기도 하고, 새로운 매니큐어 컬러에 관해 열 페이지에 달하는 유머러스한 글을 쓰기도 했다. 잡지 편집장들은 그녀의 영리한 경박함을 몹시 좋아했다.

그들에게 부족한 것이 하나 있다면 바로 아이였다. 그러나 사교생활, 여행, 스포츠 활동에 전념하며 삶의 즐거움을 탐하느라 그 소망은 나중에 실현하기로 했다.

그러다가 서른다섯 살 생일을 맞았을 때, 세브린은 너무나 빠르게 흘러가는 시간에 깜짝 놀랐고, 벵자맹과 상의하여 결단을 내렸다. 이제는 아이를 만들 때였다.

그 시기에 세브린의 여동생이 희귀병에 걸린 딸을 낳았다.

세브린은 여동생 걱정에 크게 상심했고, 벵자맹은 두려움에 사로잡혀 이렇게 말했다.

"앞으로 무슨 일이 우리를 기다리고 있을지 걱정이야. 당신 집안에 장애를 가진 아이가 태어났고, 생각해봐, 우리 집안에도 그런 아이가 있잖아. 그런 건 가볍게 여길 일이 아니라고, 세브린!"

세브린은 싫은 기색을 보이며 불평했지만, 벵자맹의 의견을 따라 최대한 꼼꼼하게 검사를 받았다. 그 정도로 엄마가 되고 싶은 마음이 간절했던 것이다.

전문가 – 보건부에서 일하면서 만난 뱅자맹의 친구 – 가 그들의 유전자에 자손에게 장애를 유발하는 인자가 존재한다고 솔직하게 알려주었다.

"그래서요?"

세브린이 풀죽은 얼굴로 물었다.

"그러니 혹시 임신을 하게 되면, 곧바로 태아의 유전자 검사를 받아보는 것이 좋습니다."

세브린과 뱅자맹은 안심하고 한숨을 내쉬었다. 새로운 사실을 알게 되어 조금 슬프긴 했지만, 위험요소를 전제하고 미래의 계획을 세워갔다.

희망이 몇 번 수포로 돌아간 뒤, 서른일곱 살 되던 해에 마침내 세브린이 임신했다.

세브린과 뱅자맹은 너무 기쁘고 흥분한 나머지 이 년 전에 들은 조언을 잊을 뻔했다. 다행히 국제 심포지엄에 참가 중이던 그 의사 친구를 다시 만날 기회가 있었고, 그가 뱅자맹에게 태아 유전자 검사를 환기시켰다.

우중충하던 어느 월요일 아침 여덟시, 노후한 어느 병원의 볼품없는 사무실에서 유전학 전문의가, 부풀어오른 배를 기분 좋게 두 손으로 부여잡고 있는 세브린에게 뱃속의 태아가 점액과다증에 걸렸다고 알려주었다. 호흡기관과 소화기관에 점액이 축적되는 위험한 병이었다. 의사는 아이가 폐기능 부진으로 고통받을 거라고, 평생 지속적으로 검사와 치료를 받아야 할 거라고, 그리고 제한된 활동만을 할 수 있다고 솔직하게 알려주었다. 또한 현재 임신이 단계에 따라 차근차근 진행되고 있긴 하지만, 이런 불가항력적인 이유가 있으니 원한다면 태아를 낙태시킬 권리도 있다고 말해주었다.

세브린과 벵자맹은 결심을 서로 미루며 아이를 지킬지 포기할지 일주일 동안 고민했다. 기분 같아서는 남들과 다른 아이라도 키울 수 있을 것 같았다. 그럴 수 있을 거라는 생각이 그들을 자꾸만 안심시켰다. 하지만 보건부의 친구들은 반대되는 정보를 알려주었다. 그 친구들 말에 따르면, 그런 병을 타고난 아이는 열네 살을 넘기지 못한다는 것이었다. 또다른 친구들 말에 따르면, 마흔다섯 살까지는 버틸 거라고 했다. 누구 말을 믿어야 할까? 전문가들에게 자문해봤지만 그들 역시 친구들처럼 모순적인 말을 했다. 어느 날 저녁, 그들은 그냥 운명에 맡기기로 했다. 주사위를 던져 결정하기로 한 것이다. 그러나 주사위를 던져 답이 나오자마자 겁에 질려 운명에 맡기기를 거부했다. 결정을 내리지 못하고 일주일을 더 고민했다.

텔레비전 방송이 그들이 결심하는 데 도움을 주었다. 그들은 리모컨으로 채널을 이리저리 돌리다가, 장애아들에 관한 정책을 고발하는 르포 프로그램에서 리모컨을 멈추었다. 저 널리스트는 장애아 관련 정책을 개혁하도록 정부에 압력을 가하려는 목적으로, 장애아와 그 부모 들의 일상을 지극히 부정적이고 암울하게 묘사했다. 세브린과 벵자맹은 그 프로그램을 보고 혐오감을 느끼며 눈물을 흘렸고, 그들 자신과 태어날 아이를 기다리고 있을 시련에 낙담해 임신중절을 하기로 의견 일치를 보았다. 그리고 그 사실을 병원에 알렸다.

임신중절이 이루어졌고, 그들 부부에게 치명적일 수도 있었던 몇 주가 흘러갔다.

그들은 서로를 비난했다. 그 비난은 지속적이고, 격렬하고, 공격적이었으며, 상대방보다 자기 자신을 더 겨냥하고 있었다. 세브린은 그런 유전자를 가진 스스로를 학대하면서 벵자맹에게 자기를 버리라고 했다. 한편 벵자맹은 세브린이 그토록 오랫동안 엄마가 되고 싶어했는데 그 소망에 제동을 건 것을 후회했고, 자유롭게 훨훨 날아가라고 그녀를 몰아댔다. 각자 자신이 불행하고 이해받지 못한다고 생각했다. 슬픔 때문에 더 가까워질 수도 있었을 테지만 그들은 슬픔으로 인해 오히려 더 멀어졌다. 그들 둘이서 유령으로 만들어버린 그 아이에 대해 더이상 이야기하지는 않았지만, 세브린은 벵자맹이 여자의 아픔을 별것 아닌 것으로 여긴다고 생각했고, 벵자맹은 세브린이 남자의 고통을 모른다고 원망했다. 그들은 조심스럽게 서로를 속이고 바람을 피웠다. 자주 서글픈 마음으로, 그리고 싶은 욕구도 의욕도 없이 절박한 심정이 되어 낯모르는 사람들과 몸을 섞었다. 마치 이런 생각으로 물에 뛰어드는 사람처럼. '물살이 나를 휩쓸어간다면 잘된 일이지. 만약 그러지 않으면 기슭까지 헤엄쳐가면 되고.'

그러다가 심리치료를 통해 위기를 극복했다.

세브린과 벵자맹은 다시 신혼 때처럼 평온하게 살기 시작했다. 여행을 했고, 친구들과 다정한 시간을 보냈고, 좋아하는 스포츠 활동을 했다. 부모가 되지는 못했지만, 다시 연인이 되었고 특히 공모자가 되었다.

"나한테는 남편이 곧 아이예요." 그들 부부가 무척 금슬이 좋은 것을 보고 주변 사람들이 놀라면, 세브린은 입가에 미소를 띠고 그렇게 말하곤 했다.

아이를 가지는 것이 불가능해진 이상, 그들은 자기 자신들을 목적으로 삼고 살기로 했다.

그들은 만난 지 얼마 되지 않은 사람들처럼 하루에도 수없이 서로에게 미소를 보냈다. 이십 년 동안 함께 살았지만 벵자맹은 결혼을 앞둔 젊은 남자처럼 장미꽃을 샀고, 세브린은 남편을 놀라게 하고 매혹시킬 옷을 사러 상점을 드나들었다. 그들은 서로를 안으며 에너지와 섬세함, 창의력을 얻었고, 덕분에 연애할 때의 기분을 유지할 수 있었다.

"나한테는 남편이 곧 아이예요." 그들의 결혼생활은 공동의 작품, 그들의 재능을 통해 생기를 부여받는 지속적인 보살핌의 대상이 되었다.

그들은 생의 마지막 순간까지 이런 도전을 유지하고, 현대판 트리스탄과 이졸데를 영원히 자처했을 것이다. 샤모니에서 그 사고만 일어나지 않았다면……

그들은 알프스 산맥이 자기들의 무덤이 될 거라고 상상이나 해봤을까? 산은 스포츠를 즐기는 두 사람에게는 놀이와 즐거움의 장소로, 눈부신 빛, 속도의 도취감, 초월의 행복감을 제공해주었다. 바닷가의 모래사장과 물에서 어린 시절의 기분을 누리는 사람들이 있다면, 세브린과 벵자맹은 산에 가서 자기들의 청춘을 되찾곤 했다. 걷기, 스키 산행, 등반 등 산에서 하는 모든 활동이 그들을 즐겁게 해주었다.

도를 넘은 그 원정에 나서기 전까지는……

그들은 그날 아침 일찍 남쪽 산봉우리까지 가는 공중 케이블카를 탔다.

둘 다 스키를 잘 탔으므로, 호젓하게 산을 즐기기 위해, 파리의 대로만큼이나 사람들이 바글대는, 경표警標가 설치된 코스를 벗어나기로 했다.

부드러우면서도 날카로운 알프스 산맥이 그들 앞에 펼쳐져 있었다. 뾰족한 산봉우리, 톱니 같은 첨봉, 능선 들이 고원과 전망대와 번갈아가며 모습을 드러냈다.

그런 특권이 어디 있겠는가! 매순간 그들은 아무도 건드리지 않은 순백의 눈에 첫발을 내디뎠다. 주위의 모든 것이 순수했다. 거기에는 고요도 포함되어 있었다. 구름 한 점 없는 하늘 아래에서, 강렬한 햇볕에 그을린 청결하고 건강한 공기 속에서 그들은 다시 태어나는 듯 느껴졌다.

아래쪽의 검은 계곡과 위쪽의 산꼭대기들이 그들에게 순결한 입체감을 선사했다.

세브린과 벵자맹은 미끄러지듯 나아갔다.

그들은 마치 헤엄을 치는 것처럼 유연하면서도 가볍게 일렁이며 나아갔다. 대기가 액체가 되었고, 햇살처럼 환한 기쁨 속에서 우아하고 자유롭고 조화롭게 몸을 움직이는 도취감을 선사해주었다.

그들은 육중하고 반투명한 눈 속을 지그재그로 활강했다. 하얀 지면 여기저기가 반짝반짝 빛을 발했다.

앞에서 길을 열면서 나아가던 벵자맹이 갑자기 비명을 질렀다. 세브린도 앞으로 몸을 숙이고 울부짖었다.

그들 발밑의 지면이 꺼져들었다. 그들은 잠깐 멈추었다가, 곧 절벽을 따라 몸을 스치며 떨어져내렸다. 붙잡고 매달릴 것이 아무것도 없었다. 그 시간이 한없이 길게만 느껴졌다.

충격이 몰려왔다.

그들은 얼음 바닥 위로 떨어졌다.

얼마 뒤, 그들은 녹초가 되고 얼이 빠진 상태로 정신을 차렸고, 자기들이 크레바스 안으로 추락했음을 깨달았다. 스키와 폴대는 추락하면서 어디론가 달아나버리고 없었다.

또다른 평화가 그곳을 지배하고 있었다. 숨이 막히고 걱정이 되었다. 새 한 마리 울지 않았다. 소음도 다른 어떤 소리도 나지 않았다. 생명 전체가 꺼져든 것 같았다.

"어디 다친 데 없어, 세브린?"

"응, 그런 것 같아. 당신은?"

"나도 괜찮은 것 같아."

그러나 부상을 입지 않았음을 확인하는 것만으로는 위로가 되지 않았다. 문제는 여전히 남아 있었다. 어떻게 여기서 빠져나간단 말인가?

지면에서 얼마나 깊이 떨어져내린 걸까. 적어도 십오, 이십 미터는 떨어진 것 같았다. 누군가의 도움 없이 다시 올라가는 건 불가능했다.

그들은 소리 높여 사람을 불렀다.

차례를 바꿔가며 위쪽 좁다란 틈새를 통해 보이는 하늘을 살펴보았고, 소리질러 구조 요청을 했다. 오직 거기서만, 그들을 삼켜버린 치명적인 절벽 위쪽에서만 구원의 손길이 올 수 있었다.

입이 불타는 것 같았다. 갈증 때문에 입속 점막이 거칠어지고 팔다리가 굳었다. 크레바스 속으로 추락한 이후 축축한 추위가 그들에게 스며들어 옷 속으로 퍼지고, 목덜미를 따라 미끄러지고, 소매와 장갑 사이로 새어들고, 양말을 뻣뻣하게 얼린 뒤 신발을 적셨다.

그들은 주기적으로 계속 소리를 질렀다.

구조 요청을 하며 그들이 낸 소리가 그들에게 다시 힘을 주었고, 그들은 각자 상대의 목소리를 덮으면서 맹렬하게 법석을 떨었다.

그러나 소용이 없었다······

그들의 소리를 듣는 사람은 아무도 없었다.

그럴 수밖에 없었다. 그들은 등산로에서 너무나 멀리 떨어져 하얀 분설(粉雪) 위에 있었고, 사람들이 많이 지나다니는 길에서 고립되어 있었다. 그들이 울부짖는 소리가 들리려면—일어날 법하지 않은 일이지만, 무모한 누군가가 위험을 무릅쓰고 여기까지 와야 했다.

몇 시간이 지나자 힘이 다 빠져버려서, 더 소리지를 마음이 생기지 않았다. 대답하는 사람이 없어서 매번 희망이 꺾이고, 마음속에 흥분이 생겼다 사라졌다 하는 것이 싫었다.

그들은 피부가 부어오른 채 이를 딱딱 맞부딪치며 서로의 얼굴을 빤히 바라보았다.

"우린 죽을 거야."

세브린이 중얼거렸다.

벵자맹도 슬픈 표정으로 고개를 끄덕였다. 진실을 숨겨봐야 소용없었다.

세브린이 눈을 내리깔고 눈물을 흘렸다. 양쪽 뺨에 뜨거운 눈물이 줄줄 흘러내렸다. 벵자맹이 세브린의 장갑을 붙잡아 자기를 바라보게 했다.

"세브린, 당신은 내 인생의 위대한 사랑이야. 당신을 만난 것, 당신을 알게 된 것, 당신의 사랑을 받은 것은 나에게 행운이었어. 그것 말고 이 땅에 살면서 얻은 다른 좋은 기억들은 가져가지 않을 거야."

세브린은 눈을 크게 뜨고 벵자맹을 찬찬히 살펴보다가, 둔해진 입으로 대꾸했다.

"나도 그래. 나도 다른 좋은 기억들은 가져가지 않을 거야."
뱅자맹이 얼음덩어리에서 몸을 빼내 그녀에게 다가왔고, 그녀는 그의 품속에 무너져내렸다. 그들은 격하게 입맞춤을 나누었다.
잠시 후 그들은 몸을 떼어냈고, 기운을 되찾아 다시 소리지르기 시작했다. 환상을 품지는 않았지만, 의무감을 느끼며, 길 잃은 스키 산행자의 역할을 끝까지 수행하며 목이 쉬도록 힘차게 고함을 질렀다.
그들을 가둔 눈과 얼음의 무덤은 그대로였다. 변한 것이 있다면 퇴색한 하늘과 함께 흐릿해진 햇빛이었다. 머지않아 어둠이 내릴 터였다.
그들은 밤을 견뎌낼 생각을 하며 몸을 떨었다.
"이봐요! 이봐요! 거기 누구 있어요?"
그들은 소스라치며 몸을 떨었다.
방금 그들 위쪽 틈새에 사람의 머리가 보인 것이다. 선이 고운 얼굴에 활력이 넘쳐 보이는 젊은 여자였다. 심장이 미친 듯이 뛰었다. 그들은 울부짖었다.
"구조대를 불러올게요."
여자가 또렷한 목소리로 말했다.
"골짜기로 내려갔다가 다시 올라오는 건 무리일 거예요. 곧 어두워질 테니까. 그냥 밧줄만 던져줘요."

"저는 스키를 타고 있어서 밧줄이 없어요."

세브린과 뱅자맹은 얼이 빠져 서로를 바라보았다. 희망이 다시 꺼져들었다.

설상가상으로, 위에 보이던 여자의 얼굴이 사라져버렸다.

뱅자맹은 깜짝 놀라 절벽을 쾅쾅 두들겼다.

"이봐요! 가지 마요! 여기에 있어요! 제발!"

뱅자맹은 거의 정신이 나가, 공포에 사로잡힌 채 마구 울부짖었다. 무력해진 세브린은 반응을 보이지 않고 곁눈질로 뱅자맹을 쳐다보기만 했다.

다시 침묵이 내려앉았다. 매섭고, 빽빽하고, 사람을 짓누르는 듯한 침묵이었다.

뱅자맹도 세브린도 무슨 생각을 하는지 서로에게 묻지 못했다. 추위에 덜덜 떨기만 할 뿐이었다.

시간은 흘러갔다. 일 분. 십 분. 반시간. 한 시간. 여자는 돌아오지 않았다.

"여기요!"

갑자기 위에서 아까 그 젊은 여자가 소리치더니, 오렌지색 밧줄을 틈새를 통해 내려보냈다. 여자는 재치를 발휘해 그곳에서 가장 가까운 등산로로 가, 경계를 표시하려고 말뚝 사이에 매어놓은 밧줄을 벗겨온 것이다. 여자는 그것을 바위에 단단히 비끄러맨 뒤, 부부에게 내려보냈다.

세브린이 먼저 밧줄에 매달려 남은 힘을 다해 몸을 움직였다. 그리고 십 분 뒤 틈새 밖으로 빠져나갔다. 뒤이어 벵자맹이 같은 방법으로 위로 올라갔다.

지면으로 다시 올라온 그들은 눈 위에 앉아, 냉기와 타박상에 고통스러워하며, 자기들을 구해준 젊은 여자를 석양빛 속에서 바라보았다. 그녀는 스무 살 아가씨로, 이름이 멜리사였다. 목청을 한껏 열어 유쾌하게 웃는 모습이, 그들의 생명을 구한 것을 놀라운 모험으로 여기는 것 같았다.

세브린과 벵자맹은 산장에서 몸을 녹이며 안정을 찾고, 의사의 진찰을 받고, 처방받은 연고를 바르고, 진통제와 소염제를 삼켰다. 그런 다음 멜리사에게 전화를 걸었다. 한번 더 고마움을 표하고 집으로 돌아가고 싶었다.

멜리사는 소탈한 태도로 그날 저녁에 만나자고 했다. 마침 친구들과 함께 작은 파티를 열 예정이라고 했다.

세브린과 벵자맹은 열여덟 살에서 스물두 살 사이의, 열댓 명쯤 되는 젊은이들 속에서 삶으로 귀환한 것을 축하했다. 그 청년들과 아가씨들은 어릴 때부터 서로 아는 사이이고 여러 번 함께 모여 즐겁게 휴가를 보낸 참이었다.

술과 농담, 식당 안을 지배하는 쾌활한 분위기에, 긴장했던 마음이 부드럽게 풀렸다. 세브린과 벵자맹은 생명의 은인을 지그시 바라보았다. 무대 위에서 격렬한 록 음악에 맞춰 춤을 추는 멜리사가 그들에게는 힘, 지성, 발랄함, 선의, 에너지 등 세상의 장점들을 모두 갖춘 아가씨로 보였다.

젊은이 중 한 명이 그들의 눈길을 알아차리고 옆에 앉아 말을 걸었다.

"멜리사 참 멋지죠?"

"오, 물론이죠!"

세브린이 큰 소리로 대꾸했다.

"겉으로는 그렇게 보이니까, 멜리사가 심각한 병을 앓고 있는 걸 아무도 눈치채지 못할 거예요."

젊은이가 중얼거렸다.

"뭐라고요?"

"멜리사는 점액과다증을 앓고 있어요. 모르셨어요?"

세브린과 벵자맹의 얼굴이 창백해졌다. 그들은 멜리사에게 눈을 고정한 채, 말없이 입을 벌리고 그 자리에 못박힌 듯 앉아 손을 떨었다. 방금 그들은 유령 아이를 본 것이다.

작가 노트

극장에서 실력 있는 분장사로 일하는 친구 하나가 정신과 의사인 자기 친구와 함께 담당하는 연수 프로그램에서 만난 한 부부 이야기를 들려주었다. 동성 커플인 두 남자는 수십 년 전 어두운 성당의 기둥 뒤에서 결혼했고, 그사이 제단 앞에서는 다른 부부의 결혼식이 치러지고 있었다고 한다.

그 이야기에 나는 감동을 받았다. 그것은 너무도 진귀하고 유머러스한 사랑 이야기였으며, 겸손한 태도였다. 개인적으로, 나는 그들이 무척 기독교적이라고 생각한다. 겸손한 두 연인은 신 앞에서 결합되기를 간절히 원했던 것이다.

두 사람의 행동은 금기를 비웃고, 겉치레에 신경쓰지 않고, 가지지 못한 권리를 잠재적으로 획득하게 해주는 열정의 힘을 잘 보여주고 있었다.

그 '그림자' 결혼은 삼십 년이 넘게 지속되고 있다고 했다.

"'진짜' 결혼을 한 사람들은 어떻게 됐어?"

내가 묻자, 친구는 모른다고 했다.

나는 생각에 잠기지 않을 수 없었다. '변함없는 사랑과 협조'를 공식적으로 서약한 그 사람들은 과연 약속을 지켰을까? 사회가 장려하는 합법적 사랑이 비합법적인 사랑만큼이나 오래 지속되었을까?

내 친구들, 숨어서 결혼한 그 부부 이야기를 다시 해보자. 사회는 두 사람을 주변부로 몰아댔을 테고, 오히려 그래서, 그들은 정식 부부 뒤에서 몰래 맹세한 '변함없는 사랑'에 새로운 의미를 부여할 수 있었을 것이다.

그러나 그들이 변함없는 사랑을 유지할 수 있었던 것은 금기 때문이 아닐 것이다. 변함없는 사랑의 비결은 약속한 것—사랑, 도움, 관심, 지지—을 상대방에게 꾸준히 주는 것이다. 이것을 제한적인 의미로 해석해서는 안 된다. 상대방에게 아첨하라는 뜻도 아니다. 다른 사람과의 연애를 허용한 이 두 친구에게, 부부란 상대방을 새장 안에 가두는 것이 아니었다.

이 이야기에서 나는—내가 희곡 「방종한 사람 Le Libertin」에서 말한 바 있는—디드로*의 사상을 발견한다. 나는 그런 자유롭고 변함없는 사랑이 동성 사이에 더 잘 이루어진다는 내밀한 확신을 갖고 있다. 자기 자신의 마음에 비추어 상대방의 속내를 헤아리면 되기 때문이다. 이성간의 관계에서는 서로에게 미지인 존재를 길들여야 하지만.

남-녀 부부의 경우 부정不貞이 결별의 요인이 되고 비극을 불러온다면, 남-남 커플은 성적 충동으로 인한 일시적 일탈을 상대적으로 중요하게 생각하지 않는다. 그런 충동에 굴복하든 그렇지 않든, 경험적 지식을 통해 남자의 성적 특성을 받아들인다. 어쩌면 그들은 그런 무례한 편의를 즐기고 있을지도 모른다. 반면 이성관계에서 상대방은 그저 상대방일 뿐이다. 성실함과 통찰력만으로는 충분하지 않다. 낯선 성을 이해하려면 긴 시간의 수련이 필요하다. 그런 다음에야 상대방과 제대로 화합할 수 있다.

「브뤼셀의 두 남자」는, 파리에서 브뤼셀을 가는 사이 휘갈겨쓴 작품이다. 파리 북역에서만 해도 이야기는 불분명했다. 그리고 한 시간 이십 분 뒤 미디역에서는, 액체 상태의 금속이 단단한 물체 속으로 흘러든 것처럼, 불분명했던 이야기가 시

---

* Denis Diderot, 1713~1784. 18세기 프랑스의 대표적 계몽주의 사상가.

작과 결말, 인물들과 다양한 유기적 사건을 지닌 이야기의 형태와 밀도를 갖추었다. 철도에 진 빚을 언젠가 갚을 수 있을까? 내 많은 작품들이 기차 안에서 흔들리는 동안 착상되고 부화했다.

모든 것이 하나의 이미지에서 출발한다. 두 남자는 다른 부부가 결혼 예식을 치를 때 비밀리에 결합한다. 이 두 쌍의 부부는 우연에 의해 연결되지만—한 쌍은 제단 앞에서 화려하게 빛났고, 다른 한 쌍은 신자석 마지막 줄 뒤 어둠 속에 숨어 있었다. 비밀 부부는 정식 부부의 행보를 계속 지켜본다.

이 이야기 덕분에 나는 동성 커플과 이성 커플 사이의 차이점을 찾아보게 되었고, 각 커플에 고유한, 때로는 서로 정반대되는 기쁨이나 고통에 주목하게 되었다. 초고를 마치면서, 사회가 격려해주고 교회 앞 광장에서 박수쳐준 커플이 더 행복한 커플은 아니라는 것을 깨달았다.

한 남자와 한 여자가 결합할 때, 외부의 강력한 압력을 받는다. 그들의 공동생활은 격려받는 동시에 강요도 받는다. 모범이 제시되고, 철학이 부과된다. 반대로 두 남자가 부부가 될 때는, 사회가 그들의 결합을 거부하는 만큼, 그들은 경표조차 없는 영토에서 모험을 하는 셈이다. 혹 사회가 그들의 결합을 용인한다 해도, 그들은 사회로부터 어떤 혜택도 기대할 수가 없다. 금지된 혹은 멸시받는 삶을 사는 데는 역설적인 자유가 존재한다.

동성애에만 존재하는 고통이 있다면 무엇일까?
그 사랑이 아무리 강력하고 위대하고 영원할지라도 아이를 가질 수 없다는 것……
물론 동성 커플만 불임으로 고통받는 것은 아니다—이성 커플 역시 불임을 겪는다. 그러나 동성 커플은 예외 없이 모두 불임으로 고통받는다.

「브뤼셀의 두 남자」를 모두 끝내고 나니, 이 이야기를 어떻게 규정해야 할지 모르겠다. 이 이야기는 경장편소설mini-roman일까, 아니면 긴 단편소설longue nouvelle일까?
작품을 읽어본 사람들의 반응이 고무적이다. 「브뤼셀의 두 남자」가 매우 다른 사람들의 마음을 두루 움직이고 있는 것 같아 기쁘다. '이 이야기를 어떻게 할까?' 하는 문제가 남아 있긴 하지만.
바로 출간해야 할까, 아니면 기다렸다가 다른 이야기들과 묶어 출간해야 할까? 하지만 어떤 이야기들과? 그리고 무슨 이유로?

다행히 「브뤼셀의 두 남자」와 비슷한 이야기들이 떠올랐다. 그 이야기들은 유사한 주제에 의해 서로 연관되어 있는 것처럼 보였다. '보이지 않는 사랑'이라는 주제 아래 말이다.

하나의 이야기에는 다른 이야기가 감춰져 있다. 첫번째 이야기를 이해하면, 다음 이야기들을 파악할 기회가 주어진다. 소설집에 실린 작품들은 한 영토에서 쫓기는 사냥감들과 같다. 서로 다른 이야기들이지만 공통점이 많다. 그렇지 않다면, 그 이야기들을 묶는 것은 자의적인 행위가 될 것이다.
　나는 내 소설집들이 유기적으로 구성된 작품이라고 생각한다. 그것들은 모음집도 선집도 아니다. 나는 '브뤼셀의 두 남자'라는 제목의 소설집을 구성할 이야기들을 연이어 쓸 것이다.

「브뤼셀의 두 남자」를 쓰면서, 나는 우회적인 감정, 우리가 우리 자신이나 가까운 친지에게도 털어놓지 못하는 감정들을 다루느라 고군분투했다. 그 감정들은 현존하고, 생생하고, 우리 내면에 호소하지만, 양심의 경계에 머물러 있다. 나의 두 남자 장과 로랑은 그렇게 주느비에브에게 관심을 가지면서 가상의 여성성을 경험하고, 젊은 다비드를 지켜보면서 가상의 부성을 경험한다.

그들의 삶은 숨겨져 있고, 말로 표현되지 않고, 비물질적이지만, 건물을 이루고 유지하는 감정적 건축술에 토대를 둔다. 여기서 많은 열망과 갈망 들이 상징적으로 실현된다.

우리들은 두 개의 삶을 산다. 현실에 근거를 둔 삶 그리고 상상의 삶.
이 두 삶은 쌍둥이 자매와도 같은데, 이 쌍둥이 자매는 우리가 생각하는 것보다 더 복잡하게 뒤얽힌 샴쌍둥이이다. 현실과 평행을 이루는 상상의 세계가 현실을 개조하고 변화시키기 때문이다. 바로 이것이 새로 묶일 소설집의 주제다. 현실적 삶의 토대를 이루는 가상의 삶.

*

나는 열정을 가지고 이 소설집의 두번째 작품인 「개」를 썼다. 두 가지가 이 소설에 착상을 제공했다. 하나는 내 삶의 경험이고, 다른 하나는 1980년대에 철학자 에마뉘엘 레비나스가 내가 재학 중이던 고등사범학교 박사과정 학생들에게 해준 이야기이다.
먼저 내 삶의 경험에 대해서라면, 나는 줄곧 동물들과 함께 살아왔고, 생명이 다하는 날까지 동물들과 함께 삶을 향유하고 싶다. 몇 년 전부터는 시바 세 마리가 내 글쓰기의 공모자—지금 이 순간에도 수컷 한 마리가 책상 밑에서 내 발에 몸을 대고 누워 있고, 암컷 두 마리 중 한 녀석은 양탄자 위에, 다른 한 녀석은 자기 잠자리에 주저앉아 있다—이자, 내 음악의 파트너—내가 피아노를 연주하면 녀석들은 곧장 달려와 피아노 밑에 자리잡고 바이브레이션을 느끼며, 귀만이 아니라 온몸으로 쇼팽의 음악에 귀기울인다—인 동시에 내 산책과 놀이 친구가 되어주고 있다.

녀석들에게 말을 걸 때, 나는 지성, 감수성, 감각과 기억력을 지닌 영혼들에게 말을 거는 것이다. 나는 그 녀석들을 장난감처럼 취급하지 않고, 내가 소중히 여기고 나를 몹시 좋아해주는 사람에게 하듯 한다. 어떤 사람들은 그런 내 태도에 나무라는 눈길을 보내기도 하지만, 나는 녀석들을 행복하게 해주려고 늘 신경쓴다. 내가 그 녀석들을 사랑한다고 말하지 않았는가.

그리고 또 하나, 나는 스무 살 때 에마뉘엘 레비나스가 『어려운 자유Difficile liberté』라는 선집을 통해 발표한 「어느 개의 이름」을 읽고 큰 충격을 받았다. 그는 나치 시절 강제 수용소에 포로로 있을 때 떠돌이 개 한 마리가 자신을 찾아왔던 일을 그

글에 상세히 기술했다. 쾌활하고 발랄한 그 개는 유대인들을 열등한 존재나 '하급 인간'으로 보지 않았다. 경멸하는 눈길로 쳐다보지 않았으며 평범한 인간으로서 그들을 환대해주었다. "나치 독일의 마지막 칸트파 철학자인 그는 자기 충동의 규범들을 보편화하기 위해 필요한 정신을 갖고 있지 못했"고, 그 개는 그의 잃어버린 인간성을 회복시켜주었다.

그 글은 그 거장의 철학과는 거의 반대되기 때문에 더욱 놀랍다.

에마뉘엘 레비나스는 얼굴의 경험이 인간성에 근거를 제공한다고 주장한다. 인간은 다른 인간의 얼굴을 응시함으로써, 주체간의 관계로 들어간다. 인간은 다른 인간의 얼굴에서 눈이 아니라 눈길을 본다. "타인과 만나는 가장 좋은 방법은 그 사람의 눈 색깔에 주목하지 않는 것이기 때문이다. 눈 색깔을 관찰할 때 우리는 그 타인과 사회적 관계 맺기를 거부하는 셈이다." 얼굴을 보는 순간, 우리는 그에게서 자기가 아닌 타인을 보고, 자신의 동포, 존경할 만한 사람, 사형에 처해서는 안 되는 사람을 본다. 얼굴의 경험이 윤리적 경험을 구성한다는 생각에 나는 몸을 떨었다. "얼굴은 우리가 죽일 수 없는 것이다. 혹은 '살인하지 마라'라고 말하는 데 얼굴의 의미가 있다. 사실 살인은 평범한 사건fait banal이다. 우리는 타인을 죽일 수 있다. 윤리적 요구는 존재론적 필연nécessité ontologique이 아니다. 완수된 악—악의 유해함—에 대한 자책감 속에서 금지사항의 강제력이 유지되더라도, 살인을 금하는 행위가 살인 자체를 불가능하게 만드는 것은 아니다."(『윤리와 무한Éthique et infini』) 유대인, 집시, 동성애자, 장애인을 열등한 동물들과 같은 수준으로 간주했을 때, 나치는 얼굴에 대한 이런 경험을 무시했다. 하지만 "'살인하지 마라'는 얼굴이 하는 최초의 말이다. 그것은 명령이다. 얼굴에는 마치 스승의 말씀처럼, 하나의 계명이 존재한다."

야만이 지닌 낯섦. 그것은 인간의 경험을 벗어난다. 그것은 맹목적이다. 그러나 그 개는 자기가 그럴 수 없다는 것을 보여준다. 그렇다면 그 개는 인간보다 더 인간적이지 않은가? 어쨌든 인종주의자는 아닌 것이다. 그리고 결코 이데올로기 때문에 혼란에 빠지지 않는다.

그 개는 왜 사형집행인들도 더이상 보지 않는 그의 얼굴을 보았을까? 그 개에게도 얼굴이 있었는가?

이 질문을 했을 때, 레비나스는 답변을 피했다. 떠돌이 개에게 환대받았던 포로생활 경험은 그의 성찰 가장자리에 머물러 있었다.

울름 로路의 내 스승인 철학자 자크 데리다는 말년에 쓴 글한 편에서 더 멀리 나아갔다. 그는 고양이 앞에서 벌거벗고 있다가 갑자기 부끄러움을 느꼈던 경험을 서술했다. 나도 언젠가 그런 글을 쓸 것이다.

「개」의 결말 부분에서는 용서의 문제가 제기된다.
용서? 내게 그보다 더 힘든 것은 없어 보인다.
이 소설의 주인공 사무엘 하이만 박사는 개 덕분에 배신자의 내면에 남아 있던 인간성을 이해하고, 복수하려던 생각을 버린다. 나는 그의 힘에 감탄한다. 그리고 거기서 최근 몇 년 동안 내가 조사한 역사적 인물, 안네 프랑크의 아버지인 오토 프랑크의 울림을 발견한다.

지금 리브고슈 극장에서는 내가 『안네 프랑크의 일기』와 관련해서 쓴 희곡을 프랑시스 위스터Francis Huster를 비롯한 배우들이 스티브 스위사Steve Suissa의 연출에 따라 공연하고 있다. 나는 암스테르담에 있는 '안네 프랑크의 집' 소속 역사가들 덕분에 그리고 바젤에 있는 안네 프랑크 재단 직원들 덕분에, 오토 프랑크가 그와 그의 가족, 그리고 별채로 피신한 그의 친구들을 누가 고발했는지 조사하도록 독려하지 않았음을 알게 되었다. 내 희곡에서는 어떤 인물이 더러운 배신자가 여덟 사람을 죽음으로 몰아넣고도 평온하게 잠들 수 있다는 사실에 분개하며 이렇게 말한다. "그 녀석의 아이들이 불쌍해."

오토 프랑크는 폭력에 폭력을 더하길 원치 않았다. 그는 어떤 정의는 공정함이 아니라 복수를 지향한다고 보고 경계했다. 그것은 숭고한 행위이다.

도가 지나치다고?

그것에 대해선 잘 모르겠다. 그러나 누가 내 가족을 공격한다면, 나는 살인을 저지를 수 있다. 나는 내가 범접하지 못하는 단계에 이른 사람들을 자주 만나는 것 같다.

많은 감정을 느끼며 「개」를 끝마쳤다. 사무엘 하이만에게서 멀어졌다고—그가 개들에게 느끼는 감사에서 벗어났다고—느꼈을 때, 나는 그동안 억압해온 잠재적 인간혐오 증상을 그가 나에게 부추긴 것은 아닌지 궁금했다.

이렇게 이해하자. 나는 호기심 많고 유쾌한 사람으로 통한다. 나는 인간과 인간의 복잡성을 무척 좋아하며, 새로운 사람들과 만나는 것을 즐긴다. 나는 사람들 또는 작품들에 열광한다. 그렇지 않았다면 소설가도 극작가도 독자도 되지 못했을 것이다. 하지만 가끔씩 인간에 대한 믿음이 사라질 때가 있는데, 인간을 너무도 좋아한 나머지, 그 폭력성, 부당함, 어리석음, 불완전함, 미美에 대한 무관심, 그리고 무엇보다도 그

보잘것없음을 받아들여야 한다는 사실에 타격을 입는 것이다. 이 사실을 이따금씩 의지를 통해 일깨워야 한다.

인간을 사랑해야 한다. 하지만 사랑한다는 것은 얼마나 어려운 일인지! 비관주의를 내면 깊숙이 이해하지 않고는 진정한 낙관주의자가 될 수 없는 것과 마찬가지로, 인간을 조금 미워하지 않고는 인간을 소중히 여길 수 없다. 하나의 느낌은 언제나 그 반대의 느낌을 초래하는 법이다. 그러니 각각의 좋은 면을 검토해야 한다.

*

얼마나 기쁜지! 또다시 모차르트와 교제하는 중이다. 확실히 그는 내 인생에서 가장 중요한 사람이다―이미 죽은 사람들 중에서 그렇다는 뜻이다. 그는 경탄의 감각을, 아름다움에 대한 숭배를, 기쁨의 에너지를 자극하고, 신비에 대한 찬양으로 나를 이끈다.

이번에는 「피가로의 결혼」이나 「돈 후안」에서 그랬던 것처럼 그로 하여금 프랑스어를 말하게 하지 않고, 모차르트와 함께한 나의 인생을 서술하지도 않았다. 그가 보이지 않는 투명 무늬처럼 등장하는 단편소설을 썼다.

나는 사망 후 모차르트가 너무도 빠르게 어둠에서 빛으로 옮겨갔다는 사실에 무척 놀랐다. 돈을, 곡 주문을, 사람들의 인정을 뒤쫓다가 지쳐버린 한 남자가 있다. 그는 서른다섯 살에 공동묘지에 묻혔다. 그의 시신이 실린 영구차를 따라간 사람은 아무도 없었다. 그런데 이십 년이 흐른 뒤 그는 유럽 전체에서 가장 높은 영광의 자리로 들어올려지고, 천재 음악가의 상징이 되고, 이후 그 옥좌에 계속 머물러 있다.

대체 그 사이에 무슨 일이 일어난 것인가?

18세기의 음악가 모차르트는 19세기에 들어와 자신의 진정한 경력을 완수했다. 그는 1791년에 사망했지만, 새로운 예술가로서 19세기 최초의 음악가 자리를 차지했다. 다른 음악가들에게 선택받고 사랑받았으며—하이든은 그가 "이 세상에서 가장 위대한 작곡가"라고 주장했다. 낭만주의 시대에 독특한 아우라를 누렸다. 베토벤, 로시니, 베버, 쇼팽, 멘델스존, 리스트, 베를리오즈 같은 이후 세대의 작곡가들이 그로 인해 독립했기 때문이다. 그들은 모차르트의 서약을 실현하면서 권력으로부터 떨어져나왔고, 왕, 제후, 부유한 귀족들에게서 취향의 선택권을 쟁취해냈다. 이때부터 비로소 음악가들이 음악에서의 선과 악을 규정할 수 있게 되었다. 그리하여 모차르트는 그들의 음악가, 음악가들의 음악가가 되었다. 민중도 그를 선택했고, 그는 모든 사람들의 음악가가 된다.

그 과정에서 중요한 역할을 한 사람들이 바로 처녀 적 성이 베버인 그의 미망인 콘스탄체 모차르트와 그녀의 두번째 남편 니센 남작이다. 이 두 사람이 수년 동안 그의 작품 목록을 작성하고, 악보를 출판하고, 그의 작품들이 연주되게 했기 때문이다.

역사가들은 콘스탄체의 영향력이 큰지 아니면 니센의 영향력이 큰지를 놓고 논쟁을 벌인다. 다수의 역사가들은 모차르트의 아버지와 누나의 의견에 따라, 콘스탄체를 매력 있지만 어리석은 여자, 생활에 질서가 없는 여자, 책임감 있거나 실생활에 도움이 되는 행동을 할 줄 모르는 여자로 폄하한다. 그러나 최근에 나온 콘스탄체의 전기들은 모차르트의 사망 후 그녀가 모차르트를 위해 수행한 작업들을 기술하면서 그녀의 명예를 회복시키려 한다.

그런데 이 주제를 깊이 파고들면, 니센 남작이 한 일을 결코 부차적인 것으로 평가할 수 없다는 사실을 알게 된다. 그가 한 일은 콘스탄체를 돕는 것 이상이었다. 그 덴마크인 외교관은 정확하고 열정적이면서도 끈기 있게 악보들을 분류하고, 출판업자들에게 편지를 쓰고, 계약 체결을 협상했다. 콘스탄체의 인감을 위임받아 모차르트와 관련된 여러 가지 것들을 관리하기도 했다. 그리고 마침내 기록과 증언 들을 모아 자신의 독자적 판단으로 모차르트의 전기를 집필했다. 그 전기에서 그는 모차르트의 아내였던 자신의 아내 콘스탄체의 명예를 회복시킨다—모차르트의 누나 난네를 모차르트Nannerl Mozart의 악의적 증언에 반기를 든다. 콘스탄체에 대한 그의 변호는 논리적이면서도 기묘하다. 논리적인 것은 그가 그 여자와 함께 살았기 때문이고, 기묘한 것은 자기 연적의 유령과 함께 살았기 때문이다.

앙투안 블롱댕Antoine Blondin이 말했듯이 그 사실을 재미있어 하는 것 혹은 그 사실을 설명해주는 열쇠를 찾는 것은 우리의 마음을 끈다—자크 투르니에가 『모차르트 가문의 마지막 후손Le Dernier des Mozart』에서 한 말처럼, 어쩌면 그것은 억압된 동성애의 발로인지도 모른다. 하지만 나는 그냥 그 수수께끼에 매혹되는 쪽을 선택했다. 아내의 남편이었던 남자를 향한 한 남자의 열정으로 이해하는 것 말이다. 나는 이 부부를 셋이 산 부부로만 볼 수 있을 뿐이다.

모차르트에 대한 니센의 행동에 왜 꼭 열쇠가—그것도 딱 하나뿐인—있어야만 할까? 그가 자기 아내의 첫 남편이었던 남자에 대해 느끼는 열정이 왜 단 하나의 색조만을 띠어야 할까? 재능에 대한 숭배, 동성애적 경향, 재정적 이득, 삼각관계, 자신의 여성성에 대한 탐험? 만약 이 모든 것이 다 있었다면?

문학은 우리로 하여금 단선적 사고를 경계하게 한다. 그런 점에서 문학은 이데올로기와 매우 다르게 작용한다. 문학은 복수複數의 기본 요소를 추구하는 경향이 있다. 반면 이데올로기주의자들은 사물의 다양한 겉모습을 일정한 원칙으로 요약하려 하고, '진실은 단순하다'라는 자기들의 암묵적 편견에 의문을 제기하지 않는다.

도대체 무슨 이유로?

왜 진실이 단순하다고 여기는가? 진실은 다양한 원인들로 직조되어 있는데 말이다. 기본 요소에 대한 그런 환상은 어떻게 진실을 앗아가는가? 단순함에 대한 이상理想이 빛을 비추고, 그다음에는 사람의 눈을 멀게 한다.

이데올로기주의자들이 기본이 되는 요소를 찾아내기 위해 다양성을 파헤치는 반면, 복잡성을 수호하는 사도인 소설가들은 한도 끝도 없는 조사를 펼치면서 여러 관계들을 보여준다. 이데올로기주의자들은 파헤치고, 소설가들은 밝혀낸다.

작가 노트

모랄리스트는 결코 훌륭한 소설가가 되지 못한다. 모랄리스트는 현실을 재현한 자신의 작품 속에 무미건조함, 임상의 관점, 살아 있는 사람에 대한 실험실 냄새 풍기는 심층 분석을 도입한다. 그들은 우리를 모성 속으로 데려가지 않고, 시체공시장 안으로 몰아넣는다. 그것은 흥미로울 수는 있지만, 결코 매혹적이지는 않다. 법의학자의 시詩를 높이 평가하는 경우를 제외하고는……

*

어머니와 함께 아이슬란드 여행을 왔다. 대형 여객선이 물살을 가르고, 우리를 영원한 태양을 향해 데려다준다. 무한한 바다와 하늘 속에서, 우리는 이 주 전 우리 곁을 떠난 아버지 생각을 한다. 아버지가 여전히 우리 이야기를 들을 수 있는 것처럼 평화롭게, 다정하고 즐겁게 아버지 이야기를 한다.

아버지가 돌아가시기 훨씬 전에 이 유람 여행을 계획했고, 아버지의 애도 기간 동안 이 여행을 하게 되리라는 것—이미 여러 해 동안 고통을 겪으셨기 때문에 이런 결말은 충분히 예상 가능했다—을 나는 알고 있었다. 아버지 자신도 그럴 거라 생각하셨고, 그러길 바라셨고, 나에게도 그렇게 말씀하셨다.

당신이 떠나면 어머니를 나에게 부탁하고 싶어하셨다.
 이 여행에는 밝고, 명확하고, 평화로운 분위기가 감돌고 있다. 운명의 빛이 완수된 것인가?

 나는 심장 이식수술을 소재로 한 단편소설을 아이슬란드를 배경으로 쓸 생각이다. 세번째로 방문하는 이 나라가 나는 좋다. 겨울이든 여름이든—내가 보기에 이 나라에는 계절이 두 개밖에 없는 것 같다. 바다 위로 솟아 있는 화산의 우툴두툴한 껍질에 압도된다. 자연에는 식물이나 동물만 있는 것이 아니라, 바위나 빙하를 쪼개는 용암의 난폭하고 위험한 힘도 존재한다. 그것은 잠들고, 진동하고, 부글부글 끓어오르고, 틈을 만들고, 폭발한다. 땅이 살아 있는 것을 확인하고 싶다면 아이슬란드로 가야 한다—식물도 동물도 보이지 않더라도.
 현무암과 재로 이루어진 이 지역 사람들은 부드러움과 매서움이 흥미롭게 혼합된 기질을 가졌다. 그들을 짓누르는 자연의 힘 때문인지 겸허함과 결속력을 보여준다. 9세기에 이곳에서 인류 역사상 첫 의회가 결성되지 않았는가?

 「재 속의 심장」은 자기 아이가 아니라 언니의 아이에게 모성을 느낀 탓에 아들보다 조카를 더 사랑하게 된 여자의 이야기이다. 아들이 교통사고로 죽자, 그녀는 그 사실을 불현듯 깨닫고 죄책감을 느낀다. 속죄하기 위해—혹은 도망치기 위해, 그녀는 조카를 미워하게 된다. 숭배에 증오가 이어진다.

그녀는 많은 충동을 느끼지만, 말보다는 붓으로 표현하는 데 익숙한 탓에 자신의 감정을 말로 표현하지 못하고, 자기 성찰도 하지 못한다. 차라리 생각을 말로 표출하지 않는 편이 낫다. 위험을 무릅쓰고 그렇게 한다손 쳐도, 그녀는 잘못 생각하고 있기 때문이다. 그녀는 망설임 없이 남편의 품에 몸을 던지고, 경멸하는 태도로 자기 생각을 말한다. 사랑하는 언니를 압제자로 묘사하기도 한다. 새로 사귄 친구 빌마는 악마의 모습을 감추고 있지만 그녀에게는 천사로 보인다. 죽은 아들은 끊임없는 불평의 소재가 된다.

스스로를 표현할 말을 찾아내지 못하는 사람들이 있다면, 알바는 스스로를 배반하기 위해 말을 사용한다. 때문에 이 소설은 알바의 시점을 빌려 그녀의 심리 분석을 하지 못한다. 그저 사실들만 나열할 뿐이다. 마치 영화처럼 행위들만 묘사할 뿐이다. 때로는 펜이 아니라 카메라로 소설을 쓰는 듯한 기분이 든다.

빌마는 알바의 분신이다. 이 두 엄마는 공동의 슬픔을 갖고 있다. 많은 현대인들처럼, 그녀들도 정신적 고통을 견디지 못한다.

지금 이 시대는 고통을 거부한다. 십자가에 못 박혀 죽은 사람이 상징인 기독교 시대를 보낸 뒤 물질주의적이 된 우리의 세상은 고난을 어떻게든 없애려는 경향이 있다. 슬픔을 겪게 되면 약을 먹거나 약물을 하거나 심리치료사를 찾아간다.

빌마와 알바는 낙담한 마음을 없애려 한다.

더이상 낙심하지 않으려는 의지가 그녀들을 괴물로 만든다. 한 여자는 조나스를 납치하려 하고, 또다른 여자는 조나스를 없애려 한다. 그녀들은 자신의 슬픔에 맞서지 못하고 납치하거나 죽이는 방법을 택한다.

행동하는 것. 나는 강하고 적극적이고 활동적이지만 마흔 살 혹은 쉰 살 무렵에 자살하는 사람들은 자기 생명에 개입하는 행위—목을 매거나 머리에 총을 쏘아 자살하는 행위—를 통해 자신의 고통을 교묘하게 회피하는 사람들이라고 생각해왔다.

욕망이 줄어들어서가 아니라 행동하려는 욕망에 의한 자살, 오해에 의한 자살이며, 자신의 고통에 맞서지 못하는 무능함에 의한 자살인 것이다.

모든 지혜는 고통을 받아들이는 데서 시작된다.

「재 속의 심장」은 나 자신에게 '개인은 무엇인가?'라는 의문을 제기한다.

개인의 신체 일부는 그 사람의 것인가? 내 심장, 신장, 간도 나인가?

이식수술은 인간의 신체기관을 기계적인 조각으로, 호환 가능한 것으로 간주한다. 인간은 뇌사가 일어나자마자 모든 감정을 잃고 신체기관들의 창고가 되어버린다고 주장한다. 다시 말해 인간은 살아 있는 총체이자 동시간적 신체이며, 뇌사가 일어나면 전체를 이루었던 각각의 요소들만 남게 된다는 것이다.

이 소설의 등장인물인 빌마는 이를 거부하고, 그녀는 자기 딸의 심장이 곧 자기 딸이라고 생각한다. 반면 알바는 조카 조나스를 살리기 위해 자기 아들 토르의 심장을 적출했다고 생각한다. 사실 이 두 여자는 죽음을 인정하지 않는다. 빌마는 죽음을 부인하고, 알바는 죽음을 피할 수 있었다고 생각한다.

장기 기증을 지지하는 입장인 나는 한 사람의 죽음이 다른 사람에게 유용할 수도 있다는 개념이 마음에 든다.

죽음은 삶이 새로운 모습을 갖추고 계속되도록 삶에 행하는 봉사일 뿐이다.

지구가 불멸의 존재들로 가득해지면, 우리가 어떻게 공존하겠는가? 그러니 새로운 세대에게 자리를 만들어줄 방법을 생각해내야 할 것이다. 죽음이 삶의 지혜를 알려준다.

인간과 자연의 화합을 지향하는 것이 낭만주의라면, 「재 속의 심장」은 낭만적인 소설일 것이다. 지상의 힘은 분개하여 맹위를 떨치고, 내 주인공들은 그들 마음의 상태에 순응하여 진정된다.

*

마지막 단편소설 「유령 아이」를 쓰고 있다. 아니, 다시 쓰고 있다고 말하는 편이 맞을 것이다. 몇 달 전에 버전 하나를 이미 써놓았기 때문이다.

그 경험은 가혹했다. 내가 좋아하는 어느 잡지사에서 크리스마스 이야기를 한 편 써달라고 요청했고, 그 요청에 따라 나는 잡지사에 그 이야기를 보냈다. 그들로서는 무척 난감했을 것이다. 하지만 나로서는…… 내가 보낸 작품은 그들의 바라는 바에 전혀 들어맞지 않았다. 「유령 아이」는 가혹하고 과격해서 '크리스마스 이야기'에 요구되는 요정 이야기다운 특성이, 순박하거나 익살스러운 특성이 전혀 없었다.

잡지사 편집장이 전화를 걸어와 횡설수설 당혹스러운 마음을 표했고, 나는 어리둥절했다. 글이란 것이 시즌의 기준에 일치해야 한다는 개념이 나에겐 와닿지 않았다. 거듭 말하지만, 내가 저널리즘을 수행할 능력이 없다는 것을, 주문받은 대로 글을 쓸 능력이 없다는 것을 뼈저리게 깨달았다.

솜씨 좋게도 그 잡지사에서는 내가 예전에 쓴 작품들 중에서 '크리스마스 정신'에 부합하는 단편소설 한 편을 찾아냈다.

「유령 아이」는 친한 친구들을 통해 영감을 얻은 작품이다. 그들에 대한 존경과 사랑 때문에, 나는 이 작품에 주의를 환기하는 동시에 침묵을 지키고 싶었다.

아이가 정상적으로 자라지 못할 거라는 통보를 겁내지 않을 부모가 어디 있겠는가? 우리는 그런 운명을 끌어안은 사람도, 그런 운명을 거부한 사람도 알고 있다. 나는 보통과는 다른 자식을 낳기로 결정한 사람을 칭송하지만, 그렇다고 해서 임신 중절을 선택한 사람에게 결코 돌을 던지지 않는다. 때때로 그들의 삶의 무게는 똑같다. 전자는 아픈 아이를 건강한 다른 아이들과 함께 키우느라 고생하고, 후자의 머리 위에는 하나 또는 여럿의 거부당한 아이의 유령이 떠다닌다.

나는 외동딸을 바라보는 친구의 고통을 간파한다. 그 딸은 희귀병에 걸렸지만 생기 넘치고, 예쁘고, 영리하고, 낙천적이다. 그와 그의 아내는 그 아이의 형제자매가 될 수도 있었던 아이들을 포기했다. 외동딸에 대한 사랑과 기쁨으로 몸을 떨 때, 그는 그 아이들을 포기한 것을 후회한다. 외동딸을 병원에 데려가 치료받게 할 때 그리고 감염을 염려할 때, 그는 그 아이들을 포기하길 잘했다고 생각한다. 그 친구는 이쪽에서 저쪽으로 끊임없이 흔들린다. 바로 그 흔들림이 우리가 경탄하는 인간적 깊이와 밀도를 그에게 부여한다.

얼마 전, 쇼팽이 당시 사람들이 생각한 것처럼 결핵 환자가 아니라 점액과다증 환자였다는 사실을 밝혀낸 과학 기사 한 편을 읽었다. 점액과다증은 기제가 밝혀지지 않은 희귀성 폐질환이다.
나는 현기증에 사로잡혔다.
오늘날엔 신뢰도 높은 유전자 검사를 통해 임신 전 또는 임신 중에 많은 질병들을 사전 추적할 수 있다. 나는 의사가 쇼팽의 부모를 병원으로 불러 그들의 아들이 호흡에 어려움을 겪을 거라고, 생명을 이어갈 가능성이 희박하다고, 아들은 물론 그들도 일상생활에 어려움을 겪을 거라고 이야기해주는 상상을 해보았다. 아마도 의사는 그 아이를 태어나게 하면 매우 비싼 대가를 치르게 될 거라고 말하며 그들의 죄의식을 자극

할 것이다.

그리하여 쇼팽 부부는 꼬마 프레데릭을 포기할 테고, 인류는 고독을 어루만져주는 그의 훌륭한 음악을 빼앗길 것이다.

나치의 공포를 환기하고 겁을 주는 오래된 우생학을 굳이 들먹이지 않아도, 우리는 점점 의문을 차단하는 실용적인 방향으로 나아가고 있다. 오늘날 생명의 장場에는 회계 논리가 강요된다. 어떤 질병이 사회에 얼마만큼의 비용을 발생시킬지를 계산한다. 환자를 몇 달 동안 생존시켜줄 약품 사용에 인색하게 굴고, 돈이 많이 드는 치료를 거부한다.

이미 그렇게 되어버렸다. 공무원들은 한 생명의 가치가 그 정도라고 결정했다. 그 이상은 아니라고. 영국의 실용주의자들은 NICENational Institute of Clinical Excellence를 창립했는데, 이 기관은 한 사람의 일 년간 치료비와 약값으로 사회가 용인할 수 있는 총비용을 결정하는 보건 관련 최고 기관이다. 휴대용 계산기를 가져와보라. 그 총비용은 일 년에 사만 파운드이다. 새로운 치료법 때문에 치료비가 이 금액을 초과하면, NICE의 원칙을 따르는 사회 보장 기관에서는 치료비 상환을 거절한다. 이러한 회계 논리가 오스트리아와 스웨덴에 점점 퍼지고 있다. 정부의 부채가 그런 확산을 조장한다는 데는 의심의 여지가 없다.

하지만 합리성이 곧 이성은 아닐 것이다.

경제적 합리성이 인간을, 인간의 존엄성을, 인간의 유일하고 대체 불가능한 특성을 공격한다면 더이상 이성이 아니다.

경제적 합리성이 야만성을 불러온다면, 어떤 존재가 다른 존재보다 더 중요하다고 주장하는 이데올로기를 불러온다면 더이상 이성이 아니다.

경제적 합리성이 한 사회의 목표, 즉 구성원들의 건강과 안전을 보장하는 목표를 놓아버린다면 더이상 이성이 아니다.

이런 경제적 합리성은 비인간적일 뿐이다.

「유령 아이」에서 나는 고통에 관해 한번 더 성찰했다.

확실히 우리 시대는 고통을 견디려 하지 않는다.

사람이 고통스러우면서 행복할 수 있을까? 오늘날 대다수의 사람들은 이 질문에 부정적으로 대답할 것이다.

그런데 유전병을 앓고 있는 스무 살 여주인공 멜리사는 행복하다. 일상생활의 불편에도 불구하고, 여러 가지 항생제를 복용하고 하루에 한 시간씩 호흡기 관련 물리치료를 받아야 함에도, 그녀는 살고, 즐기고, 웃고, 사랑하고, 경탄하고, 배운다. 다른 사람의 생명을 구하기까지 한다. 그리고 언젠가는 그녀도 아이를 출산할 것이다.

행복은 고통을 피하는 데 있지 않다. 고통을 우리 존재의 결에 통합하는 데 있다. 그렇다면 고통을 감내할 가치가 있는 생명이란 무엇인가?

이 질문에 대한 답은 지구상에 사는 모든 사람의 수만큼 많을 것이다.

나 대신 혹은 다른 사람들 대신 누군가가 그것을 결정하는 것을 나는 절대 용인하지 않을 것이다. 이 문제에 관해 두 개인의 의견이 조금이라도 일치하는 건 나에게는 수상쩍어 보인다. 세 사람의 의견이 일치한다면 독재의 징후가 있는 것이다.

*

이제 책이 끝났다.

작품들을 다시 읽어보면서 책의 짜임을 구성하는 실들을 확인하려 한다.

'비밀스러운 건축'이라는 주제가 책 전체를 지배한다. 장과 로랑, 남-남 커플은 주느비에브와 에디라는 남-녀 커플에게 의지한다. 하이만 박사는 동물과의 교감 덕분에 세상의 종말에서 살아남는다. 콘스탄체와 게오르그 니센 듀오는 모차르트가 중심을 차지하는 비육체적 트리오를 이룬다. 알바는 자기 아들이 아니라 조카에게 모성을 느낀다. 세브린과 벵자맹은 아이를 포기함으로써 자기들의 결합을 견고히 한다. 달리 방법이 없으므로, 자기들의 결합에 가치를 부여하고 서로를 열렬히 사랑한다.

'필요불가결한 중재'도 존재한다. 장과 로랑은 이성애 부부와 비교하면서 자기들의 삶을 더 잘 이해한다. 성취감을 느끼기도 하고 낙담하기도 한다. 사무엘 하이만은 개 아르고스를 통해 인간들을 평가한다. 개의 태도를 보고 크게 깨달아 복수를 피하고 용서에 다다른다. 니셴은 자료를 정리하고 악보를 출판하는 작업을 통해 모차르트를 망각의 혼돈에서 끌어낸다. 그는 자신의 아내 속에 존재하는 음악가의 아내를 사랑한다. 알바는 마그누스의 합리적 개입 덕분에 빌마가 제정신이 아님을 깨닫는다. 세브린과 벵자맹은 멜리사를 보고 자기들의 과거를 떠올린다. 멜리사는 그들의 목숨을 구해준 점에서는 구원이고, 과거 아이를 중절시킨 사실을 떠올리게 한 점에서는 복수인 모순된 얼굴을 가졌다. 그들을 구덩이에서 끌어낸 뒤 다른 구덩이에 던져버린 셈이다.

이 책에서는 '상징적 구현' 역시 찾을 수 있을 것이다. 다비드는 두 남자에게 가상의 부성을 제공하고, 장은 마지막에 주느비에브에게 그녀가 경험하지 못했던 성공과 안락함을 제공한다. 개 아르고스들은 하이만 박사의 아내였고, 미란다의 어머니였다. 모차르트는 게오르그 니센에게 젊은 시절 그가 시를 쓸 때 보이지 못했던 천재성과 위대한 창조자와 함께하는 내밀한 인생을 선사한다. 유괴범 빌마는 알바의 악한 면을 상징하며, 조나스는 알바가 엄마로서 성숙하게 해준다. 젊은 멜리사는 세브린과 뱅자맹이 거부한 아이를 구현한다.

브뤼노와 얀은 이 단편소설들이 사랑에 대해 이야기하고 있다고 나에게 알려주었다.
나로서는 너무도 당연해서 미처 깨닫지 못한 사실이었다. 하기야, 내가 사랑 말고 다른 것에 대해 이야기하는 단편소설을 쓴 적이 있던가?
이 책에 매료된 외국 독자들은 다시 한번 '너무 프랑스적!'이라고 생각할지도 모르겠다.

소설가로 데뷔한 이래 자주 깜짝 놀라곤 하는데, 나 스스로도 내 작품들의 일관성을 나중에야 파악하게 되곤 한다는 점이다. 일부러 추구하진 않았지만 어떤 단일성이 발견된다. 문장과 등장인물, 상황들, 이야기들은 모두 내 머릿속에서 흘러나온 것이다.
 부르고뉴나 보르도 와인을 꿈꾸어도, 보졸레 포도나무 열매로는 보졸레 와인만 만들 수 있는 것이니.

옮긴이 최정수

연세대학교 불어불문학과와 동 대학원을 졸업하고 전문번역가로 활동하고 있다. 파울로 코엘료의 『연금술사』, 『오 자히르』, 『마크툽』, 기 드 모파상의 『오를라』, 『기 드 모파상: 비곗덩어리 외 62편』, 『그래픽 노블로 읽는 모파상의 전쟁 이야기』, 프랑수아즈 사강의 『한 달 후, 일 년 후』 『어떤 미소』 『마음의 파수꾼』 『고통과 환희의 순간들』, 아니 에르노의 『단순한 열정』, 아모스 오즈의 『시골 생활 풍경』, 아멜리 노통브의 『아버지 죽이기』, 마리 다리외세크의 『가시내』, J. M. 에르의 『셜록 미스터리』, 시몬 드 보부아르의 『모스크바에서의 오해』, 『찰스 다윈: 진화를 말하다』, 『르 코르뷔지에의 동방여행』, 『우리 기억 속의 색』, 『소설 거절술』, 『사강 탐구하기—프랑수아즈 사강의 불꽃같은 삶과 문학』, 『딜레마: 어느 유쾌한 도덕 철학 실험 보고서』 등을 우리말로 옮겼다.

브뤼셀의 두 남자

초판 1쇄 발행 2017년 3월 20일
초판 2쇄 발행 2022년 1월 10일

지은이 에릭 엠마뉴엘 슈미트
옮긴이 최정수

펴낸이 정중모
펴낸곳 도서출판 열림원
출판등록 1980년 5월 19일 (제406-2000-000204호)
주소 경기도 파주시 회동길 152

전화 031-955-0700
팩스 031-955-0661
홈페이지 www.yolimwon.com
전자우편 editor@yolimwon.com

ISBN 978-89-7063-992-5 03860

* 이 책의 판권은 저자와 도서출판 열림원에 있습니다.
  이 책 내용의 전부 또는 일부를 재사용하려면 양측의 서면 동의를 받아야 합니다.
* 이 도서의 국립중앙도서관 출판예정도서목록(CIP)은 서지정보유통지원시스템(seoji.nl.go.kr)과 국가자료공동목록시스템(nl.go.kr/kolisnet)에서 이용하실 수 있습니다.
  (CIP제어번호: CIP2017001766)
* 책값은 뒤표지에 있습니다. 잘못된 책은 구입하신 곳에서 교환해 드립니다.